Maike Wetzel

Entfernte Geliebte

Erzählungen

Schöffling & Co.

Erste Auflage 2019

Satz: Fotosatz Amann, Memmingen
Druck & Bindung: Pustet, Regensburg
ISBN 978-3-89561-287-9

www.schoeffling.de
www.maikewetzel.de

Entfernte Geliebte

Fremde Fenster

Letzten Sommer sagte ein Mann zu einer Frau, ich liebe dich. Die beiden saßen in einem Café in einer kleinen deutschen Stadt. Die Stadt ist so klein, dass sie nicht mal einen eigenen Namen hat. Sie teilt ihn sich mit einem anderen Ort. Die Frau schaute in die Sonne, der Mann wiederholte, ich liebe dich. Er fragte sich, ob er den richtigen Ton getroffen hatte. Seine Lippen waren rau, er fuhr mit der Zunge darüber. Eine Schwalbe flog ganz dicht über den Asphalt vor dem Rathaus hinweg. Die Frau schwieg. Sie rieb sich mit dem Zeigefinger den Schlaf aus den Augenwinkeln, ihr Gesicht zog sich dabei in die Länge, ihr geschlossener Mund formte ein stummes »Oh«. Die Frau war gerade erst aufgestanden und mit dem Mann zu dem Café gewankt, sie hatte nicht mit einem solchen Angriff gerechnet. Im Grunde war alles sehr einfach, sie trieben auf einem sicheren Fluss. Sie würden sich versichern, vertrauen, sich gegenseitig umgarnen wie Efeu, der das Haus umspinnt. Genauso würde ihre Liebe wachsen, dicht und grün, bis kein Licht mehr nach innen dränge. Einer von ihnen oder sie beide würden zur Heckenschere greifen und zum Schluss bliebe nicht mehr übrig als ein Haufen Äste am Boden. Das dachte die Frau, aber sie wusste nicht, was sie sagen sollte. Sie hätte gern etwas gemurmelt, etwas Weiches, Zärtliches. Aber Birkenpollen, die in ihren Kaffee getrudelt waren, belegten ihre Stimme und so hüstelte sie. Sie fand es schwierig genug, eine Person zusammenzuhalten. Wie sollte ihr das mit zweien gelingen? Auch der Mann hatte wohl Angst, wahrscheinlich vor der Leere am Morgen. Um sie zu vertreiben, sagte er vorschnell, ich liebe dich. Wusste er überhaupt, was er da sagte? Wusste sie es? Die Frau kratzte sich den Handrücken und summte ein Lied, zur Beruhigung. Es war »Veronika, der Lenz ist da«, wenn ich mich nicht irre. Die Frau hätte gern für immer geschwiegen. Sie wollte in diesem Moment verharren. Sie wusste, der Mann erwartete eine Antwort. Der Mann sprach ihr innerlich die Worte vor, die er hoffte zu hören. Sie las den Satz auf seiner Stirn, aber sie sprach ihn nicht aus. Stattdessen sagte sie: Ich habe geträumt. Sie hatte aber gar nicht geträumt. Ich habe geträumt, dass das Haus sich bewegte, es rannte. Ich war im obersten Stockwerk und hatte Angst, dass das Gebäude zusammenstürzen würde. Der Mann dachte »einstürzen«, es heißt »einstürzen«, nicht »zusammen«, oder? Er war sich nicht sicher, hoffte aber, dass zusammenstürzen ein gutes Omen in seiner Sache war. Er sagte, wahrscheinlich war deine Blase schuld. Du musstest im Schlaf auf die Toilette gehen und konntest nicht, diese Unterdrückung machte sich im Traum Luft, Freud erklärt es so. Innerlich fluchte er, denn mit dieser Entgegnung war das Gespräch in die falsche Richtung geglitten. Dabei hatte er gerade etwas gesagt, mehr als das: Er hatte sich gestellt. Er fühlte sich im Stich gelassen. Er bestrich sein Brötchen zum zweiten Mal mit Butter, die Marmelade im Schälchen vor ihm trocknete bereits. Die Frau rief, zahlen, bitte! Sie war verblüfft, der Kellner hörte sie sofort. Der Mann am Cafétisch schaute sie an. Die Frau erinnerte sich, dass er gut aussah, wenn er traurig war. Er sah auch jetzt gut aus. Seine

Augen waren hell und klar, die Augenbrauen undefiniert wie die eines Kleinkindes, sie schienen immer hochgezogen zu sein. Die Frau kramte nach ihrem Portemonnaie. Ein winziger schwarzer Käfer lief über ihre Tasche. Mit dem Fingernagel schubste sie ihn hinunter. Während die Frau die Rechnung beglich, löste der Mann sein Dilemma. In Gedanken ergänzte er die Antwort, die sie ihm schuldig geblieben war. Das Ergebnis entmutigte ihn nicht.

Der Mann brach auf zum Bahnhof. Nachdem er den Cafétisch verlassen hatte, dachte die Frau an die letzte Nacht. Sie dachte, Pappardelle mit Anchovis. Sie dachte, kleine Fische. Sie wollte denken, alles sei richtig. Die Worte, die Gesten, die griffen wie die Zähne eines Reißverschlusses. Ritschratsch, auf und zu, Fächerspiele. Du-ich, ich-du, ichichdudu, duichichdu. Sie saßen auf einem umgestürzten Baumstamm im Wald. Ein hellblaues Schild glomm in der Dämmerung. »Trimm-dich-Pfad« hatte er ihr vorgelesen. Darunter rannte ein schwarzes Strichmännchen Richtung Schildrand. Der Mann und die Frau kicherten über das Geräusch ihrer Mägen, die sich gegenseitig zu antworten schienen. Sie schlugen nach den Mücken. Eine saß auf seinem Ellenbogen, sie stach ihren Rüssel in seine Haut. Der Mann und die Frau schauten zu, während die Mücke saugte. Er behauptete, es blieben keine juckenden Beulen zurück, wenn man das Insekt nicht störe. Ihr Gift verspritzten Schnaken nur bei hastigem Abbruch der Mahlzeit. Die Mücke saugte sich satt an seinem Blut. Endlich war sie fertig und flog davon. Die Frau spürte die kalte Abendluft an ihrem Rücken. Ihn juckte bald darauf der Mückenstich. Er zwang sich, nicht zu kratzen.

Die Frau wohnte zwanzig Kilometer von der kleinen Stadt entfernt, sie waren nur zum Frühstück und wegen des Bahnhofs hierher gefahren. Der Mann schrieb ihr noch vom Fahrkartenschalter aus eine Karte. Er warf sie ein, bevor er abfuhr.

Liebes,

unter dem Bild einer jugendlichen Augenpartie las ich neulich: »Sie machen sich Sorgen über Ihr Älterwerden? Ein Tuberkulose-Kranker in der Dritten Welt würde sich darüber freuen.«

Nur ein Auge ist auf dem Plakat abgebildet. Die Frau erscheint einäugig, der Spruch auch – das Bild wurde beschnitten, der Text verdreht uns die Ansicht. Was hilft, verrät das Kleingedruckte. Es enthält eine Bankleitzahl.

Ich las dies, dachte kurz darüber nach und wusste doch: Wenn ich für jemand gut sein könnte, dann für Dich und nicht für fremde Lungen.

Verzeihe mir, ich predige. Gestern hast Du mich angefasst und heute bin ich allein. Das ist schwer zu begreifen. Ich versuche es gar nicht. M.

Die Frau zog die Karte morgens aus ihrem Briefkasten. Sie war Lehrerin und gerade auf dem Weg zur Schule. Sie zückte einen Rotstift und notierte zwischen und neben den Zeilen des Mannes:

Die Liebe ist das einsamste Geschäft der Welt. Alle Kunden zahlen in fremder Währung bei einem stummen Computer mit großen Augen. Traurig ist das nicht. Nur komisch. Deine F.

Die Karte des Mannes war nun fast vollständig mit den zwei konkurrierenden Handschriften gefüllt. Die launische Schrift der Frau, die sich mal nach rechts, mal nach links neigte und Buchstaben ausließ, ungeduldig über Silben hinweg sprang, füllte alle Leerstellen, die der Mann gelassen hatte. Seine regelmäßige, altmodisch zirkelnde Schrift war umzingelt von ihren hastigen Lettern. Die Frau steckte die vollendete und befriedete Karte in den Schulkopierer. Obwohl sie vorgab, das Schriftstück umgehend zurückzusenden, wollte sie insgeheim doch festhalten, was der Mann ihr schrieb. Sie kopierte beide Seiten. Das Foto verwischte leicht. Die Karte zeigte die schmucklose Stelle des Rheins, an der Loreley auf ihrem Felsen die Schiffer in den Tod bürstete. Die Frau schickte die Karte zurück an die Privatadresse des Mannes, sechshundert Kilometer von ihrem Wohnort entfernt.

Doch die Karte erreichte den Mann nicht mehr zu Hause, er war bereits wieder unterwegs, gestrandet in Wiesbaden. Hier hatte er seine Geschäftsreise unterbrochen und wartete auf eine Verbindung, um zurück zu der Frau zu fahren. Es war ihm egal, ob sein Job deswegen platzte. Er arbeitete für das Jugendherbergswerk an einer neuen Broschüre. Er sollte über die älteste ihrer Herbergen berichten, sie lag in Altena. Doch statt nach Nordrhein-Westfalen würde der Intercity ihn nun in zwei Stunden zu der Frau bringen. Er vertrieb sich die Wartezeit im Café des Staatstheaters. Er beobachtete alte Damen in dicken Pelzmänteln, die Operettenkarten für den Abend abholten, dabei aufgeregt mit ihren manikürten Knotenfingern winkten und sich in Hundeleinen verhedderten. Der Mann zählte vier Nutriamäntel und zwei Nerze. Vom Mobiltelefon aus telefonierte er mit seiner Wohnungsnachbarin. Die Studentin hatte eine Schwäche für ihn. Sie kümmerte sich während seiner Abwesenheit um den Briefkasten und um sein Haustier. Heute hatte sie die zurückgesandte Postkarte der Frau herausgefischt. Der Mann bat sie, den Text vorzulesen. Sie begann mit seinen Worten, er unterbrach sie hastig. Gehorsam beschränkte die Studentin sich auf die Anmerkungen der Frau. Der Mann hörte aufmerksam zu. Im Gedächtnis blieben ihm nur die fehlende Anrede und »Alle Kunden zahlen in fremder Währung«. Der Rest des Geschriebenen vermischte sich in seinem Kopf zu einer vagen Botschaft, deren gefühlsmäßige Färbung er irgendwo zwischen violett und entenschnabelgelb ansiedelte. Das waren zu unsichere Farben, um ihnen entgegenzufahren, entschied er. Das Kläffen eines Zwergpudels riss ihn aus seinen Gedanken. Das Tier stand direkt neben ihm. Der Mann griff wieder zum Kugelschreiber und notierte auf die Papierserviette des Cafés:

Meine Liebe, würden Sie ahnen, worum es ginge, hackte man Ihnen Arme und Beine ab. Was bliebe Ihnen? Was bliebe uns? Dies ist Vorschlag und Frage zugleich. Inszenieren Sie es auf Ihrem persönlichen Speiseplan wie gehabt.

Ich werde an die Lenne fahren. Wissen Sie, warum? Ich schrieb, Sie antworteten kaum, der Rest bleibt ungesagt. Soll das ewig so weitergehen?

Ich erfuhr gerade, wir lebten in einer Zeit des subtilen Argwohns. Die Ironie sei das süße Gift unserer Sprache, sie zersetze die Worte ins Ungefähre. Das orakelte ein pausbäckiges Farmerkid aus West Virginia in der Wochenzeitung. Ich habe Anlass, ihm zu glauben. Wenn Du doch dasselbe von mir sagen könntest. Wünscht sich M.

Der Mann galt seit fast einem Jahrzehnt nicht mehr als jugendlich, in der Jugendherberge in Altena musste er sich als Senior eintragen. Er übernachtete in einem der Gruppensäle, denn im Betreuerzimmer schlummerte bereits eine Geografie-Lehrerin mit ihrer Freundin. Sie beaufsichtigten eine lärmende achte Klasse, deren nächtliche Kissenschlachten den Mann im Schlafsaal nervten. Während er wach lag, dachte er an die Frau. Er hatte keine Ahnung, welche Fächer sie unterrichtete. Er hoffte, er könnte sie das bald fragen. Der Mann schlief schlecht in dem oberen Stockbett unter den braunen Dachbalken. Am nächsten Morgen stieß er sich den Kopf an der Schräge über seiner Matratze. Am Frühstücksbüfett schüttete er sich aus Versehen Pfefferminztee auf das Vollkornbrot. Der Kopf des Mannes schmerzte. Er war müde, verärgert über das nasse Brot und hungrig, denn die Schulklasse hatte sich bereits alle anderen Brote geschnappt und spielte damit Fangen. Der Mann starrte in ihre pickeligen Gesichter, hörte ihren Rufen zu. Jeder Wurf war eine Anmache. Der Mann seufzte und dachte an die Broschüre, die er verfassen sollte. Altena in Nordrhein-Westfalen war eine Industriestadt, grau im Winter wie im Sommer. Die Schornsteine leiteten den Dampf der geschmolzenen Metalle in die Wolken, die den Schlossberg umkreisten. Die winzige Jugendherberge lag im Vorhof der Burg, früher nächtigte in dem Fachwerkhaus das Gesinde.

Vor fünfundzwanzig Jahren hatte der Mann diese Stadt schon einmal besucht. Als Mitglied der Wandervögel. Es war seine erste Fahrt gewesen. Er war im Winter 1979 elf Jahre alt. Damals gab es genau zwei Duschkabinen in Altena. Sie lagen außerhalb der eigentlichen Jugendherberge. Zitternd vor Kälte war er die vereiste Treppe draußen vor dem Haus hinunter gerannt, in die Kabine gestürzt und hatte gehofft, dass es noch warmes Wasser gab. Um Wasser und Zeit zu sparen, hatten sie zu zweit geduscht. Er hatte mit einem Jungen, dessen Namen er vergessen hatte, in dem eiskalten Kabuff gestanden. Sie hatten sich gegenseitig mit dem kalten Wasser bespritzt. Plötzlich hatte der andere Junge den Hahn zugedreht. Der Mann, der damals ein Junge war, hatte gedacht, das Duschen sei beendet, und nach dem Handtuch geangelt. Doch der andere hatte begonnen, sich einzuseifen. Der Mann war immer noch geschockt, wenn er daran dachte. Elf Jahre lang hatte er geglaubt, es genüge, Wasser auf seinen Körper zu sprengen. Niemand hatte ihm je gesagt, dass der Schmutz darauf hartnäckiger sei. Er hatte sich geschämt. Er entriss dem anderen die Seife, als ging es um sein Leben. Der Junge fragte ihn, ob er Läuse habe. Der Mann hoffte, die Frau würde nur in seiner Version von dieser Episode erfahren. Mit stolzem Witz über seine damalige Unwissenheit würde er die Geschichte erzählen. Zusätzlich überlegte er sich eine romantische Liebesszene, die er ebenfalls hinter der aus losen Brettern gezimmerten Tür der Duschkabine in Altena ansiedelte. Mit dieser erfundenen Kindheitserinnerung würde er sein Bild geraderücken.

Die Frau trat derweil mit dem Fuß in einen Haufen Laub neben dem Kiosk am Schlachtensee, sie wirbelte die Blätter auf. Es war Anfang November, die Sonne strahlte über eine grün-rot-goldene Wochenendidylle. Es war unnatürlich warm für diese Jahreszeit. Die Bäume warfen nur widerwillig ihre Blätter ab. Sogar einige Bienen waren ausgeschwärmt. Die Temperaturen zwangen sie dazu. Doch sie fanden keine Blüten, deshalb warfen sie sich auf jeden farbigen Flecken, der ihnen entgegenwankte. Die Frau trug Rot. Sie zwang sich, nicht mit den Armen nach den Bienen zu schlagen. Sie wusste, dass dies unklug wäre. Die Frau wollte nicht unklug sein. Die Frau war mit einem anderen Mann verabredet.

Unruhig ging sie an den Blumenrabatten neben dem Zebrastreifen an der Uferstraße auf und ab. Der Mann kam zu spät. Das war es nicht, was die Frau beunruhigte. Sie sagte sich, sie habe keinen Grund zur Sorge. Warum sollte eine Verabredung mit einem anderen Mann zwangsläufig zum Betrug führen. Wen könnte sie überhaupt betrügen? Den Mann? Sich selbst? Die Verabredung? In einer Klausur hätte sie diese Frage nach einem simplen logischen Schema beantwortet. In ihrem Kopf zog sie es vor, die Ansichten hin und her zu schieben wie dicke samtige Vorhänge, auf und zu. Die entrollten Szenarien wurden immer verwirrender. Es gab zu viele Unbekannte. Das Problem der Frau war, dass sie alles zu Ende dachte. Sah sie eine Sachertorte, sah sie Verfettung, Herzinfarkt und frühen Tod. Sah sie ein schönes, preiswertes Kleid, schrie es sie an: Kinderarbeit! Es gab keine Heilmittel für sie. Medikamente merkte sie sich anhand der Nebenwirkungen.

Endlich erschien die Verabredung. Das Keuchen des Mannes kam der Frau erzwungen vor. Der Ford sei auf der Stadtautobahn liegen geblieben. Ihn wieder flottzumachen habe gedauert. Die Frau bekundete Verständnis, vermutete aber, dass der Ford in Wirklichkeit ein warmer, weicher Körper im Bett des Mannes gewesen war, der ihn und nicht den Wagen zwang, liegen zu bleiben. Sie verfluchte ihr Warten. In der halben Stunde, die sie sich vergebens die Füße an den Blumeninseln vertreten hatte, hätte sie zum Beispiel ihre Wäsche aus der Waschmaschine holen können. Stattdessen würde sie ihre Blusen heute Abend zerknittert und klamm aus der Trommel ziehen. Sie würde mit dem Bügeleisen vor dem Fernseher stehen und bei spannenden Stellen den Stoff versengen. Am liebsten hätte sie dem verspäteten Mann bereits jetzt eine Rechnung für die Blusen ausgestellt. Aber statt zu bügeln hatte sie sich in dieser halben Stunde am Schlachtensee einen Brief an den Mann in Altena ausgedacht:

Mein Lieber, wenn ich in fremde Fenster stiere, wenn ich fremden Tischen die Gäste abgucke, mich abwende, um meine eigenen Ecken und Kanten sorgenvoll zu mustern, wenn Spinnen vor meiner Nase baumeln, an unsichtbaren Fäden hochschnellen und kleine Käfer fressen, dann und immer wäre ich gern bei Dir. Bei Dir, wo alles weichgezeichnet ist. Die Deine.

Solche Briefe hatte die Frau hundertfach in ihrem Kopf gestapelt. Sie verschickte keinen davon. Ihr Sehnen schien ihr zu zerbrechlich, um versandt zu werden. Der Mann, mit dem die Frau verabredet war, zitierte gerne. Er hatte in Oxford studiert und war ein guter Schwimmer. Die Frau wusste das. So hatte sie ihn kennengelernt. Er hatte eine Chlorbrille getragen. Seine Augen waren verborgen gewesen. Das hatte ihr gefallen. Mit »You gave birth to me« wiederholte der Schwimmer gerade die Songzeile einer kahlrasierten Sängerin. Sie sprach darin von ihrem Baby. Er wollte der Frau anhand des Textes erklären, wie essentiell Geben und Nehmen waren und dass das Nehmen dem Geben immanent sei. Im Moment der Geburt gebe die Frau etwas und es werde ihr gleichzeitig etwas genommen, sagte er. Die Frau hasste Sätze mit »die Frau«. Sie hatte gehört, der Sängerin sei das Sorgerecht für ihr Kind entzogen worden. Der Schwimmer nahm den Einwurf dankbar auf. Er dozierte nun über das angelsächsische Rechtssystem. Die Frau und der Schwimmer gingen am Ufer des Schlachtensees entlang. Das Licht der untergehenden Sonne brach sich gleißend im See. Plötzlich spürte die Frau ein wohlbekanntes Zwicken in der Leistengegend. Sie hatte Seitenstechen, doch sie war nicht außer Atem. Die Frau wusste, was das Seitenstechen bedeutete. Sie langweilte sich. Sie legte eine Hand auf ihre Taille. Das Zwicken verstärkte sich. Der Schwimmer merkte nichts davon. Er war bemüht, keine Gesprächspausen aufkommen zu lassen. Die Haut unter der rechten Augenbraue der Frau spannte. Sie fühlte, dass gleich der nervöse Tic einsetzen würde, ein unwillkürliches Zucken unterhalb des Augenlides. Sie schwieg dagegen an. Gleichzeitig wuchs ihre Langeweile. Sie hörte nicht mehr zu, aber ihr fiel auch nichts ein, was sie hätte zum Besten geben können. Sie versuchte, die Langeweile zu unterdrücken. Sie wusste, dieses Gefühl war gefährlicher als Lust. Sie wusste auch, dass Lust oft aus Langeweile entsteht. Sie war froh, dass sich über ihr kein Dach wölbte. So würde sie wenigstens den Anstand wahren. An einer Wegbiegung schimmerte das Wasser durch die tief hängenden Äste der Bäume, die Frau schob ihren Arm durch den des Mannes. Der Schwimmer überlegte fünfzig Meter lang. Dann blieb er stehen und zog die Frau an sich. Die Frau hob ihren Kopf. Das Zwicken in ihrer Leistengegend war stärker geworden.

Heute habe ich einen anderen Mann geküsst, schrieb die Frau abends an den Mann. Sie wusste nicht, wie er das aufnehmen würde. Sie überlegte lange und fuhr dann fort:

Er schmeckte nach saurem Apfel.

Auf Deine Frage: Nein. Ewig soll nichts weitergehen. Wir können viel sagen. Wird es so besser? Hier! Fall mir in die Arme, gib mir die Schlangen und die Hunde in Deinen Mägen, ich werde sie zu Ketten winden, und singen werde ich von Dir und mir, von uns, denen nichts zu lächerlich ist. Keine Aufstände, keine Gebetsbücher, Unterhosen ohne Gummi und feige Viren. Das macht Spaß. Spaß ist das, was in den Fingerspitzen bizzelt, wenn Du Deine Nägel reintauchst. Er ist eine grüne Flüssigkeit mit Bläschen.

Die Frau war erschöpft, nachdem sie das geschrieben hatte. Sie hatte das Gefühl, es sei nicht von ihr. Sie legte das Blatt in ihre Unterrichtsmappe und schleppte es eine Woche lang mit sich herum. Dann schmiss sie es weg. Sie holte es wieder aus dem Papierkorb. Sie schickte den Brief an den Mann, zusammen mit einer Fahrkarte. Doch der Mann ließ sie verfallen. Seine Mutter war krank. Die Frau fand, dass das keine gute Ausrede war. Den Mann vom Schlachtensee hatte sie bereits vergessen.

Die Mutter des Mannes lag in einem Krankenhaus der Diakonie. Aber der Mann sah keine Nonnen. Er hatte den Brief der Frau in der Tasche. Dreimal hatte er ihn bereits gelesen. Auf der Toilette las er ihn noch einmal. Der Brief gefiel ihm. Er schien so voller Leben. Er beschloss, nächstes Wochenende zu der Frau zu fahren. Die Szene im Café im letzten

Monat erschien ihm jetzt unwirklich. Wirklich war das Versprechen des Briefes, das er zwischen den Zeilen las. Er sah es vor sich, das kommende Glück, und vor Aufregung wedelte er mit dem Brief in der Hand, da er sonst hätte jauchzen müssen. Er las nur, was er lesen wollte. Den anderen Mann, den die Frau erwähnte, hielt er für einen Witz. Er ging zurück an das Bett seiner Mutter. Sie sagte, sie könne nicht schlafen im Krankenhaus, da seien Geräusche die ganze Nacht, das Stöhnen der Patienten, die Nachtschwester mit ihrem Freund. Nach drei Tagen beginne man Schwimmhäute zwischen den eigenen Fingern zu sehen, die Halluzinationen kämen durch den Schlafentzug. Der Mann erzählte seiner Mutter nicht, dass er seit zehn Jahren nicht mehr richtig geschlafen hatte. Er spürte einen leichten Zug im Genick und schloss das Fenster. Während er an dem Hebel ruckte, sah er eine Prostituierte auf der anderen Straßenseite. Es nieselte. Sie trug Plateaustiefel, enge Jeans und einen Miedergürtel aus Stretch, der ihre Taille zusammenschnürte. Ihre Haare wirkten wie ein langer schwarzer Teppich. Beim Hinausfahren nahm er das Mädchen mit. Auf dem Parkplatz eines Möbelgeschäfts beugte sie sich über ihn. Als er ihr in die Haare griff, schob sie ihn weg.

Zu Hause packte er das erste Mal seit Wochen seine Reisetasche aus. Die Wohnung roch komisch. Er riss die Fenster auf und bemerkte, dass sie graue Schlieren hatten. Er war zu faul, sie zu putzen. Er holte die Schildkröte aus der Obhut seiner Nachbarin und versprach der Studentin ein Abendessen. Er würde Spaghetti Vongole machen, das ging schnell. Er überlegte, wo er die Muscheln kaufen sollte. Als er mit der Schildkröte in der Hand vom Apartment der Studentin auf den Hausflur trat, sah er die Frau vor seiner Wohnungstür. Sie hatte kurzerhand den Zug genommen. Sie sahen sich an – der Mann mit dem Kriechtier in seiner Hand, die Frau mit einer müden Reisemiene. Doch sie forschten nicht im Blick des anderen, Fragen waren überflüssig. Im Widerschein ihrer Wünsche verwandelten sie sich selbst in die vielversprechenden Wesen ihrer Briefe, voller Rätsel und Geheimnisse. Sie waren ihre eigenen Engel. Die Frau sagte, ich liebe dich. Der Mann sagte, ich dich auch. Zwei Tage später wussten sie mehr.

Die Katze

Du bist allein in dem Haus in den Hügeln. Vor dem Fenster biegen sich die Bäume, der Wind pfeift um die Ecken, der Himmel spannt sich blau. Im Garten liegt die rote Katze unter dem Stein im Sand begraben. Du hast sie verscharrt. Die rote Katze streift um das Haus, wenn nachts die fünf Hunde heulen, du siehst sie nie. Es sind unsichtbare Hunde. Ihre Stimmen winseln. Sie ächzen, sie keuchen, jaulen. Nur einen Ton beherrschen sie. Jeder einen anderen, ein nie ermattender Chor. Sie klagen, sie flehen, Nacht für Nacht. Du stopfst dir Wachs in die Ohren, du wälzt dich im Schlaf. Am nächsten Morgen ist der Pilz hinter deiner Stirn zu groß für deinen Schädel, dein Hirn drückt von innen dagegen. Du hast Kopfweh.

Im Wartezimmer sitzen zwei Männer. Der eine hat ein blendendes Gesicht, manchmal verzerrt es sich, während er spricht oder zuhört, und wird eine Fratze. Du hakst ihn ab. Du schreibst ihn wieder oben auf die Liste. Das Dorf ist klein. Fast so eng wie sein Hemd. Es spannt an der Brust und an den Schultern. Gleich werden die Knöpfe fliegen. Er atmet ein. Du schaust ihm nicht in die Augen. Deine Finger tasten nach dem geschwollenen Mückenstich. Das Bein ist dick und heiß um die Stelle herum. Der Arzt wird dir Tabletten geben. Du wirst die Rechnung gleich bezahlen. Du bist die Fremde hier. Der zweite Mann im Wartezimmer ist alt. Er sitzt in seiner ausgebeulten Hose aus Kunstfaser, er denkt: Jung zu sein bedarf es wenig, doch wer alt ist, ist ein König.

Die Katze stirbt. Du lässt sie verhungern. Du schaust ihr zu beim Sterben. Zuerst maunzt sie noch. Sie steht am Fenster und schreit. Du verscheuchst sie, du fauchst sie an, du wirfst mit Steinen nach ihr. Ein Brocken aus Mörtel zerspringt an ihrem Kopf. Sie schaut verdutzt, sie verzieht sich. Sie miaut aus der Ferne. Später verstummt sie. Es fällt dir bald auf. Sie schleppt sich auf die Terrasse. Sie liegt dort bereits wie tot, dann schafft sie es zu den Treppenstufen, von da kriecht sie neben den überdachten Parkplatz. Sie braucht drei Tage dafür. Überall sackt sie zusammen, sie streckt die Beine von sich, schließt die Augen und regt sich kaum, auch wenn du mit den Einkaufstüten direkt an ihren Ohren raschelst. Du siehst die eingefallene Bauchdecke sich heben, sie atmet. Sie lässt sich nicht stören. Du stapfst mit dem Essen hinauf in die Küche. Das Haus ist gelb gestrichen, ockergelb, der Putz trägt Flecken von der Feuchtigkeit in den Mauern. Zwei runde Bögen beschirmen die Terrasse und tragen den Balkon. Es ist ein Sommerhaus. Die Treppe ins obere Geschoss liegt im Freien, die Heizkörper sind klein, angesichts der hohen Räume. Ein zugiges Haus. Der Wind weht hindurch, knistert in den Zeitungen, schlägt die Türen zu. Es ist später Sommer, früher Herbst. Die Ameisen ziehen eine schwarze Kette über die Schnauze der roten Katze. Ihre Augen sind geschlossen, aber sie atmet. Sie ist nur zu müde, um die Ameisen zu verscheuchen.

Der Mann mit dem blendenden Gesicht liest eine Segelzeitschrift. Er liest dieselbe Seite seit fünf Minuten. Gleich ist er dran. Du stehst auf und gehst zu dem Garderobenständer, an dem deine Jacke hängt. Du holst ein Taschentuch aus der Tasche, du schnäuzt dich und schielst in die Zeitschrift. Eine Yacht mit gehissten Segeln, Schaum vor dem Bug, ein Hund bellt in die Gischt. Das blendende Gesicht schaut zu dir auf und spricht. Du verstehst seine Worte nicht. Ein breiter Dialekt. Er jongliert mit den Vokalen, du nickst. Das war die falsche Antwort. Er stutzt. Da – wieder die Fratze. Als wäre er kurz ein anderer. Der zweite Mann tippt auf seinem Mobiltelefon herum, er tut sehr konzentriert. Du fragst, wird es regnen heute Nacht? Der Jüngere schweigt und wiegt den Kopf. Das blendende Gesicht ruft stumm: Ich bin mehr als du erwarten kannst. Du wirst wütend. Du ordnest die Zeitschriften auf dem Tisch, als wären sie Munition. Er hält sich für sehr schön. Sein Hemd ist kurz vorm Bersten an der Brust. Die obersten Knöpfe sind offen, der Kragen klappt auf. Diesen Mann zu berühren wäre wie an einen gedeckten Tisch gefesselt zu sein. Mit einem ein Meter langen Löffel in der Hand und niemand bereit, dich zu füttern. Würdest du ihn füttern? Jemand anderen? Würdest du Abmachungen treffen, Koalitionen bilden an diesem Tisch? Wärst du jemals satt?

Guten Abend, guten Abend, Abendgut, Ahhh-Bend – der Gesang beim Gang durch das Dorf. Warte nicht auf deinen Einsatz, blicke, spreche, schreite voran. Gassen-Bingo, Ringelreihen. Eine alte Frau, viele alte Frauen, alte Männer, Familien, hier ist niemand allein. Grüß dich tot, sonst fallen sie über dich. Herr. Im Himmelderdurichtest. Die Frau aus dem Gemüseladen geht auf der anderen Straßenseite vorbei. Knuff in den Rücken. Sag es, Herrgott. Mach mich nicht verrückt. Obwohl du weiter schweigst, hat es zum Irrenhaus nie gereicht. Muttertier trabt neben dir, ärgert sich schwarz, wird zu einer pelzigen Raupe, die dich anfunkelt. Ihre Pupillen sind schwarzer, glänzender Glibber, versteckt unter den Haaren. Du hast sie blamiert, Franzbranntwein ist süßer als ihre Gedanken jetzt. Du schaltest ab, böses Gesicht. Du hasst es, zu grüßen. Wenn du Fremde grüßt, öffnest du die Tür. Du lädst die Vampire ein. Deine Mutter weiß das nicht. Deine Mutter ist per Sie mit den Vampiren. Du nicht. Sie duzen dich, sie fassen dich an, ohne zu fragen, sie riechen alt. Ihre Ohrlappen reichen bis zum Boden, sie hören alles, selbst was du verschweigst. Du bist jetzt älter, niemand zwingt dich mehr. Du trägst einen Panzer vor deiner Brust, zwei weiße Schalen, sie hängen an Ketten wie Zugbrücken, sie sichern den Graben, Abstandhalter. Niemand fasst dich an. Du bist allein. Du bist verwundbar. Sei auf der Hut. Nein, sei stolz. Du bist allein. Vollkommen. Richtig. Du bist dir fast sicher, dass du es bist. Du bestehst auf dem Sie. Gleichzeitig denkst du von dir als einem Mädchen. Du bist eine Frau. Dir gefällt das Wort nicht. Es macht dich schwer. Du möchtest sein wie das Seil, das deine Freundinnen schwingen auf dem Hof. Ein gleichmäßiges Abenteuer. Auf und ab mit einem leichten, hüpfenden Herzen. Aufregend kontrolliert. Kein Weib. Nicht gewaltig oder gar derb. Auch keine Dame. Ein Mädchen. Ein Seestern, vielleicht. Du weißt, dass sie keine Augen haben, auch kein Hirn. Sie rollen durch den Ozean, sie sind Stachelhäuter mit trichterförmigen Saugnäpfen anstatt Füßen. Du wärst ein Seestern mit Abitur und Gesangsausbildung am Konservatorium. Du glaubst nicht mehr, dass du Sängerin werden willst. In einer der Stunden mit dem kahlen Mann und den Tonleitern hast du verloren, was dich einmal daran glauben ließ. Dass du dein Leben damit verbringen willst, den richtigen Ton zu treffen. Wahrscheinlich bist du einfach nicht gut genug. Oder hast du nicht genügend Biss? Zu viele Plomben, Brücken, Amalgam. Das Quecksilber würde sich lösen, wenn du sie entfernst, es würde dich vergiften. Dein Kopf ist voller gesunder Gedanken. Sie machen dich krank. Du steckst dein Abiturzeugnis in eine durchsichtige Hülle, du legst die Hülle in einen Ordner. Du stellst den Ordner ins Regal.

Du schläfst in dem Ferienhaus. Im Herbst steht es leer. Es gehört einer Stammkundin deiner Mutter. Die Frau hofft, durch diesen Gefallen den besten Platz am Tresen zu erobern. Du glaubst nicht, dass sie den bekommt. Du glaubst eigentlich an gar nichts mehr. Aber in diesem Fall hast du Gründe dafür. Du kennst deine Mutter. Sie würde nie den Frieden in ihrer Kneipe gefährden, sie wird sich nicht anbiedern. Sie darf niemanden bevorzugen, sie schenkt alle Gläser gleich voll. Das ist ihre Größe und ihr Problem. Du magst das Haus. Es ist geräumig, der Garten ist riesig. Es ist ein struppiger, wilder Garten, das hohe Gras ist verdorrt, es gibt wenige Blumen, viele knorrige Olivenbäume mit ihren blassen, länglichen Blättern, an denen das Wasser abperlt wie auf einer Regenhaut. Sie stehen auf Terrassen am Hang. Im steilen Garten wachsen Artischocken, Disteln, Mais, Tomaten, Feigen, Aprikosen, Pflaumen, Birnen, Äpfel, Kohl, Schafgarbe, Holunderblüten. Du darfst dich bedienen. Die Ernte gehört dir, die Besitzerin kann dieses Jahr nicht kommen, der Gärtner ist krank. Es gibt nicht mehr zu tun als zu pflücken. Du backst Pflaumenkuchen und kochst viele Töpfe Marmelade. Einmachen ist schöner als schlafen. Es macht dich ruhig und lustig. Du tanzt mit dir selbst auf der Terrasse. Du drehst die Musik laut, du kreiselst wild, du lachst. Du pumpst mit den Armen, wackelst mit dem Hinterteil, du findest dich schön. Du siehst wie ein Affe aus dabei. Die Schatten an den Wänden zeigen es dir. Das Haus blickt auf Baustellen, früher lag es einsam am Dorfrand. Jetzt hat es Betonmischer, Steinhaufen und die Hauptstraße zur Gesellschaft. Auf der Straße flitzen die Autos den ganzen Tag den Berg hinauf und hinunter. Sie hupen vor der Kurve, Motorradfahrer knattern vorüber, auch der Motor des Busses brummt laut wegen der Steigung. Du legst dich auf die Mauer über der Straße. Die Fahrer hupen und winken zu dir herauf. Du bist blind hinter deiner Sonnenbrille. Blinde sind besser dran als Taube. Du kannst die Fahrer hören, du brauchst sie nicht zu sehen. Einmal, am Morgen, hörst du Hufe klappern auf der Straße. Du rennst im Schlafanzug hinaus. Du siehst einen Jungen, einen jungen Mann in einem schreienden T-Shirt auf einem weißen Pferd. Du lachst. Ein Witz von einem Märchenprinz. Er hält die Zügel in einer Hand, die gegenüberliegende Schulter leicht nach hinten gekugelt, der linke Arm pendelt in der Luft. Er hält sich stolz. Das Pferd tänzelt ein wenig, wenn die Autos es überholen. Es trabt. Ein Schimmel. Ausgerechnet. Du lachst dich kaputt. Er sieht nicht zu dir herauf. Er ist ein Bild von einem Mann. Das Bild, das du nicht malen kannst. Du siehst nur seinen Rücken.

Im Garten pflückst du Birnen. Sie sind süß und reif, die feinsten Birnen für dich allein. Du bist glücklich. Alles gehört dir. Die Sonne wärmt dich, die Luft hüllt dich ein. Die Zikaden zirpen, die Grashüpfer gehören dir, die Bienen, die

Schmetterlinge, die Vögel im Strauch. Deine Beine wollen laufen, deine Augen sind Strudel, sie ziehen alles in sich, du fühlst die Kraft in deinen Armen, wie lang du bist und wie stark. Du nimmst die Gießkanne hoch. Etwas trommelt von innen gegen die Wand. Vor Schreck lässt du die Gießkanne gleich wieder fallen. Eine Eidechse windet sich in der Plastikhöhle. Du schüttelst sie aus der Öffnung. Sie rennt davon, eilig, doch immer wieder eine Achtelsekunde lang stoppend, um sich abzusichern nach allen Seiten. Du beobachtest sie, bis sie im Gras verschwunden ist. Lächelnd blickst du zur Treppe. Dort tanken die Echsen die Sonnenwärme in ihr Blut. Sie brauchen die Strahlen, sie machen sie schnell. Keine Eidechse ist zu sehen. Dein Blick fällt auf die letzte Stufe. Da siehst du sie. Die Ameisen sind überall. Sie kriechen über die rote, hingestreckte Katze. Schwarze Schnüre über ihrem Körper. Sie fressen sie auf.

Die Katze lebt noch, als du zum ersten Mal in die Altstadt gehst. Die Häuser sind baufällig, schief. Wie Betrunkene lehnen sie sich aneinander in den Gassen, dazwischen die labyrinthischen Treppenstufen, manchmal dünne Brücken zwischen den Häusern, nachträglich angebaute Erker ohne Fenster, selten ein Balkon. Wäscheleinen hängen vor den Fenstern, die Türen stehen offen, bunte Plastikbänder wehen davor. Du schaust in die Wohnungen hinein. Die Fernseher laufen, auf dem Herd brutzeln Zucchiniblüten, überall ist es laut und eng. Die Menschen sitzen vor ihren Türen zusammengeklumpt. Kittelschürzen, Hornbrillen, Kopftücher. An einem kleinen Brunnen zapft ein Junge Wasser. Sie mustern dich. Du grüßt nicht. Du schlenkerst die Arme.

Du hast Anweisung, die Katzen nicht zu füttern. Die Besitzerin des Hauses sagt, sonst käme eine ganze Meute herauf. Sie würden dich belagern und miauen, Tag und Nacht. Du hast diese Anweisung, du hältst dich daran. Die Katze ist tot. Sie liegt langgestreckt wie im Flug. Ihr Fell ist blassrot, die Läufe weiß. Sie hat wie immer Dreck um das Maul. Du willst nicht wissen, um was es sich handelt. Braune Schmiere, halb erstarrt. Du nimmst eine Schaufel und gräbst ein Loch neben der Garage. Du bindest dir ein Tuch um die Nase, du willst nichts riechen. Der Gestank dringt durch den Stoff, du öffnest den Mund. Du nimmst die Katze mit der Schippe hoch. Sie ist ganz leicht. Du schmeißt sie in das Loch, ihr Körper verdreht sich, ihr Genick bricht. Du schaust ihr nicht in die Augen. Sie sind bestimmt ausgehöhlt von den Ameisen. Schnell schüttest du das Grab zu. Du steckst einen Bambusstab darauf. Den schwersten Stein, den du finden kannst, rollst du darüber. Niemand soll die Katze ausbuddeln. Sie selbst soll sich auch nicht befreien. Dein Brustkorb wird eng, dein Atem pfeift. Du entfernst das Tuch von deiner Nase. Es ist feucht.

Der blendende Mann heißt Vittorio. Den Namen schnappst du auf. Er unterhält sich mit dem alten Mann. Du ahnst, was Vittorio quält. Die Nerven, das Leid. Seine Krankheit rührt dich und macht ihn angreifbar. Du wirst nicht stochern. Du wirst behutsam sein. Im Grunde hältst du dich für einen guten Menschen. Vittorio ist genau der Richtige für dich. Hier und jetzt. Du kannst ihn heilen. Du wirst ihn mit Marmelade ködern. Vielleicht mag er es, beschmiert zu werden. Du kicherst. Du setzt nichts davon um. Es ist heiß. Du hältst deinen Kopf unter den Wasserhahn. Du schließt die Augen. Das Wasser klebt dir die Haare an die Stirn, es läuft dir den

Kragen hinab. Du blinzelst und bemerkst den Skorpion, kurz unter deinen Augen. Er versucht gerade, die Wände des Waschbeckens hoch zu laufen. Seine Scheren sind offen, der gegliederte Schwanz mit dem Stachel daran aufgerichtet. Der Skorpion ist fast so lang wie dein Daumen. Mit einem festen Wasserstrahl spülst du ihn in die Kanalisation. Du schließt den Abflussschacht des Waschbeckens. Du schüttelst deine Bettdecke aus, bevor du dich hinlegst. Du kontrollierst das Innere des Schranks, du schaust hinter die Tür, unter das Bett. Du schließt dich ein.

Nachts fressen dich die Schnaken, sie saugen dich aus. Du hörst sie neben deinem Ohr, du kannst dich nicht mehr wehren, du bist schon gelähmt vom Schlaf. Von einem Schlaf ohne Erholung. Wirre Träume von Menschen, die du kaum mehr kennst. Am nächsten Morgen weißt du nicht, wo du bist. Erst das Streifenmuster der Jalousie auf deinen Schenkeln bringt dich zurück. Du freust dich. Dass du da bist. Dass du Wärme bekommst und Licht. Und Nahrung. Du streckst und dehnst dich über das Laken. Das Elfenkleid erzählt allen, wie leicht du bist, wie unbeschwert, dass du davonfliegen wirst, ein Kolibri. Flieg, Kleidchen, flieg. Zeig all die roten Male, die Beulen, die zerkratzten auf der Haut. Die Schwellungen, das Jucken am Fuß, am Bein, an den Fingern, an den Adern am Hals. Zeig, dass die Trägerin lebendig ist, dass ihr Blut schmeckt und sich rührt, dass sie der Mücken Beute ist.

Du bist allein in dem Haus in den Hügeln. Du wirst hier unverwundbar werden. Es ist eine selbstgewählte Einsamkeit. Manchmal wünschst du dir, du könntest sie brechen wie Brot. Doch es ist dir unmöglich, mit Kellnern, Apothekerinnen, Museumsangestellten oder Tankwarten zu schwatzen.

Dir fällt dazu nichts ein. Wer bist du? Manchmal vergisst du deinen eigenen Namen. Deinen Körper pflegst du wie ein Gefährt, das du brauchst, um durch die Wüste zu kommen. Du berauschst dich an deiner Einsamkeit. Du schreist hinab ins Tal. Dein Ton wird verschluckt von der Dunkelheit. Bomben krachen im Tal, manchmal von den Hügeln. Du siehst sie nicht, du lässt dir sagen, es seien Leuchtraketen, Feuerwerkskörper, chinesische Kracher. Da, wo du herkommst, sind sie nur zum Jahreswechsel erlaubt. Hier ist jeder Tag ein neues Jahr. Die Dörfler feiern, was ihnen so einfällt. Geburtstag, Namenstag, Taufe, Hochzeit, Verlobung. Du meinst zu bemerken, dass der Himmel über dem Tal anders wird, kurz bevor die Katze stirbt. Grimmiger.

Es rumpelt hinter den Wolken, wie ein Düsenjäger mit Startschwierigkeiten. Die kalte und die warme Front stoßen aufeinander, der Donner grummelt über deinem Dach. Die Katze lebt noch, sie hat Angst. Sie greint und versteckt sich in deinem Eingang, sie jammert und bettelt. Sie möchte ins Haus. Du lässt sie nicht. Der Wind wird stärker. Blätter fliegen über die Terrasse, der angelehnte Besen an der Wand kippt um, das Tor schlägt zu. Der Himmel verdunkelt sich, du schaltest das Licht ein. Das Tal vor dir ist weiter hell, die unterste Wolkenschicht auch, sie wirkt noch heller durch die Dunkelheit darüber. Das Gewitter hängt über dem Berg. Bei dir schlagen erst einzelne dicke Tropfen auf, dann prasselt plötzlich der Regen herab. Du rennst durch das Haus, du stürzt die Treppe im Freien hinauf, um die Fenster zu schließen. Die Katze schreit. Sie fürchtet sich. Sie glaubt, sie gehört zu dir. Sie nimmt an, dass du ihr Schutz gewähren wirst. Sie irrt. Der Wind peitscht den Regen gegen die Scheiben, das

Wasser quillt unten am Rahmen heraus, es tropft auf die offen liegenden Leitungen darunter. Du stopfst Handtücher zwischen Fensterbank und Rahmen, Stoffwürste. Sie saugen sich voll, um das Wasser zu stoppen. Der erste Blitz zuckt herab. Eine Treppe aus Licht, ganz kurz. Der Donner folgt kurz danach. Schärfer jetzt, näher. Die Katze hustet. Sie hat den Kopf nach vorne gereckt. Der Hustenkrampf hebt ihre Vorderpfoten vom Boden ab, durch ihren Körper geht ein Ruck. Dann ist der Anfall vorbei. Sie kauert auf der Treppe. Über allem liegt ein merkwürdig gelbes Licht, ein schwefeliges Gelb. Giftig, dunkel, darüber ein Gleißen. Der Regen wird stärker, so dicht, dass er die Sonne verhängt. Der Wasserschleier verhindert die Sicht zum nächsten Haus. Der Hügel gegenüber ist verschwunden. Das Wasser quillt weiter über die Fensterbank. Du wringst die Handtücher, du verlegst sie erneut. Die Blitze erhellen kurz die Terrasse. Es rumpelt jetzt durchgehend, manchmal Schläge. Eine Gruppe Schwalben flüchtet über dein Dach. Du siehst die kleinen schwarzen Flügelzacken von unten, den Buchstaben W. Ein Hund winselt. Das Licht im Haus flackert, es droht auszugehen. Nur einen kurzen Moment lang. Plötzlich prasselt Hagel herab. Hart schlägt er auf. Die Eiskugeln sind größer als Oliven, sie sind viel härter und schwerer, die Höhe, aus der sie fallen, verleiht ihnen zusätzliches Gewicht. Es hagelt auf die Bleche der Autos, ein Hagelmuster stanzt sich hinein. Es hagelt auf die Weintrauben, die Feigen, die Früchte, auch in deinem Garten. Die Wucht zerschmettert die Ernte. Alles wird zerstört. Die Hagelkörner füllen die Gräben mit Eis. Sie liegen da, wo gerade noch Hitze war. In der Savanne vor deinem Haus.

Du fragst dich, ob du die Katze hättest retten können? Ob du sie hättest füttern sollen? Du sagst dir, Katzen verhungern nicht. Nicht in einem reich gedeckten Garten. Mit Mäusen, Eidechsen, Ratten, jungen Vögeln zuhauf. Bestimmt hüpfen sie ihnen zwischen die Pfoten im Gras. Du sagst dir, du bist Gast und zu jung, um Bescheid zu wissen. Zu städtisch, du kennst dich nicht mit Tieren aus. Bei dir zu Hause ist wenig Lebendiges, um das du dich kümmern musst. Hier findest du davon zu viel. Nachts schwirren die schwarzen Schatten der Fledermäuse um dich herum. Es raschelt laut, direkt vor deinem Fenster, der Hang reicht fast an die Fensterbank heran. Im Eichenhain faucht und knurrt es, Kampfgeräusche. Es klingt nach großen Tieren. Schwere Tritte auf trockenem Holz. Du schließt die Läden. Du leuchtest durch einen Spalt in die Dunkelheit hinein. Durch den Strahl der Taschenlampe wird die Nacht noch dunkler. Du entdeckst nichts, was dir als Erklärung dienen könnte. Die Geräusche sind nah. Gleich werden sie an der Tür kratzen, das Schloss aufbrechen. Du ziehst dich aus. Kaum hast du dich hingelegt, jaulen die Hunde, beginnt ihr fünfstimmiger Chor. Sie drängen sich in dich, sie zittern in dir, sie keuchen und winseln vor Angst. Du kannst nicht schlafen. Du denkst an die Katze. Sie schleicht um das Haus, sie wetzt ihre Krallen am Baum vor dem Fenster. Sie hat spitze Zähne und eine klagende Stimme. In Japan käme sie groß raus. Die Legenden dort berichten von Katzen, die ihre Besitzer vor Schlangen und Blitzschlägen retteten. Die Japaner bringen Opfer zum Tempel der Katze. Sie zünden Kerzen an auf Verdacht. Sie erbitten Glück, Wohlstand, Schutz von ihr. Vielleicht hätte die Katze dir helfen können? Du willst keine Hilfe. Dieses Haus ist für dich nur eine Station. Du siehst dein Leben vor dir wie eine Straße, am Ende glitzert etwas wie ein Diamant. Es ist offensichtlich, dass etwas Großes vor dir liegt. Du kannst alles aushalten bis dahin. Selbst die Schlange unter deinem Stuhl am Morgen. Du trinkst deinen Kaffee, du kommst langsam zu dir, die Wespen umkreisen die Marmelade, du trinkst, ohne in den Becher zu schauen, du schluckst ohne Bewusstsein. Du bist noch in der Nacht. Du hast kaum geschlafen. Gerade als du wegdämmertest, krähte der Hahn. Nicht einmal, sondern stundenlang. So kam es dir vor. Die Schnäbel der Hühner waren in deinen Augen. Sie schmerzen, du kneifst sie zusammen. Du schlägst nach den Wespen. Sie holen Verstärkung, sie kreisen dich ein. Du stehst ruckartig auf, stößt dich vom Stuhl ab, er schabt ein Stück zurück. Die Schlange liegt unter deinem Stuhl. Du hattest sie nicht bemerkt. Sie ist klein, ihr grüner Kopf ist schwarz getigert. Die Schlange rührt sich nicht, an ihrem Ende hängen die Ameisen. Tot, also. Du beugst dich hinab, um sie näher zu betrachten. Ihr Schwanzende fehlt, abgehackt. Die Schlange zuckt zur Seite, du weichst zurück. Sie lebt noch, sie ist nur verletzt. Sie schleppt sich zum Rand der Terrasse, die Ameisen klammern sich an sie. Sie werden sie besiegen. Sie sind das größte Lebewesen der Welt. Ein Ameisenstamm, ein sich kilometerweit wälzender Körper. Der Stamm gilt als ein Wesen, weil er als ein Ganzes handelt. Du vergisst vieles, aber nicht das. Du hast fast vergessen, dass du mal daran geglaubt hast, dass du eine natürlich schöne Stimme hast. Dass dein Lehrer dir Kühle vorwarf. Dass auch deine Mutter dich für gefühllos hält. Dass du selbst dich fragst, was das bedeuten soll und ob du die falschen Ideale hast. Falsch, weil sie nicht zu dir passen. Weil du sie nicht fühlst. Es kommt dir nicht vor, als ob du behindert wärst, tief in dir drin. Manchmal geben die anderen dir das zu verstehen, doch ohne Mitleid. Sie empören sich. Sie betrachten dich als einen Angriff auf ihr Leben. Wahrscheinlich empfinden sie Hass. Du wünschst dir den blendenden Mann herbei. Nicht etwa aus Liebe. Du willst nur umschlossen werden und ein paar Lügen erzählen. Über Statuen und Zartheit und Religion. Möglichst keine über Übermorgen. Die Katze ist weg.

Du musterst die Oberlippe der Frau. Sie besitzt keine Einbuchtung, sie ist durchgängig voll. Ein ungewöhnlich schöner Mund, sanfte, wache Augen. Die Frau berührt Vittorio am Oberarm. Du würdest gern entdecken, was sie in ihm sieht. Sie ist seine Frau. Ehe heißt teilen, heißt dazugehören. Du willst das alles nicht. Nicht in diesem Irrgarten aus Stein. Nicht jetzt. Irgendwann vielleicht. Aber dann wird alles anders sein, da bist du dir sicher. Vittorio schiebt dir seine Zunge in den Mund und den Daumen dazwischen. Er reißt die Augen auf, beschleunigt den Atem. Du glaubst, es ist richtig, den Mund jetzt weiter zu öffnen. Du bist ein wenig enttäuscht, dass es nicht mehr ist als das. Du fühlst kein Zittern, keinen Rausch. Dabei gibt er sich alle Mühe. In der Garage zeigt er dir den verlangten Rasenmäher. Er erklärt dir, wie man ihn bedient, er berührt dein Haar, er nimmt deine Hand. Als du zweimal nichts dagegen unternimmst, küsst er dich. Um nicht in Tränen oder Schimpfen auszubrechen, strengst du dich an. Du befühlst seine Muskeln, fliegst mit den Händen über seinen Bauch, seine Beine, die Schultern, sein Gesicht, du sagst ihm, wie stark er ist, wie gut er sich anfühlt, du übersiehst sein Zucken. Wenn die Fratze kommt, wendest du dich, scheinbar überwältigt, ab. Ihr habt ohnehin nicht viel Zeit. Seine Frau kocht am Ende der Treppe. Du riechst Koriander und Kreuzkümmel. Du schiebst deine Hand unter seinen Gürtel. Er hat Augen voll Licht. Unter deinen Fingern aber fühlst du ihn. Klein und weich. Du ziehst dich zurück. Er verdoppelt seine Anstrengungen. Ihr seid erleichtert, als seine Frau euch ruft. Du verabschiedest dich, ohne zu kosten.

Du sitzt auf der Terrasse, du schaust in das Tal. Vor dir räuchert die grüne Spirale gegen die Schnaken. Die Katze liegt zusammengerollt auf dem Tisch. Ihre Ohren sind zart wie Pergament, rosa, geädert. Sie drehen sich nach jedem Geräusch. Die Bauchdecke hebt und senkt sich gleichmäßig schnell. Du hörst die Katze sprechen. Sie sagt: Ich war mehr als du erwarten kannst. Ich war dir egal. Unter meinem Stein denkst du an mich. Ich bin tot. Bist du dir sicher? Du bist eine Katze in einem Haus in den Hügeln.

Doppelleben

Zwei lehnten an der Wand in der Tiefgarage. Ich wollte ihnen nicht zusehen, doch ich konnte meinen Blick nicht abwenden. Ich schaute zu, wie sie sich aneinander rieben und ihre Gesichtszüge sich in grobe schwarzweiße Pixel auflösten. Ihre Arme umschlängelten ihre Körper, glitten weiter, Finger packten zu. Die Benzinlache neben ihnen, der Gestank der Abgase, der in dem Gewölbe hing – all das schien sie nicht zu erreichen. Sie waren ineinander vertieft.

Ganz sicher gab es in ihrem wie in allen Fällen mehr als zwei Möglichkeiten, mehr als eine Weggabelung, an der sich die Geschichte verzweigen könnte. Doch mir gefällt die Möglichkeit der Spiegelung. Das Bild eines Gangs, das von einander gegenüberliegenden Spiegeln zurückgeworfen wird, die Illusion der Unendlichkeit, die so entsteht. Das Nie-enden-wollende, ein Moment der Ewigkeit im Spiegelkabinett. Ich finde ihn tröstlich. Vielleicht ist ein Kuss, das Verschmelzen von zwei Körpern, nichts anderes als der Versuch, diesen Spiegel zu finden. Das Ewige, das Bleibende, das Paradies. Ich sage dies im Vollbesitz meiner geistigen Kräfte. Ich gehe nicht unter. Ich suche nur im Strudel der Möglichkeiten nach etwas, das hält. Den Händedruck eines Kindes, das scheinbare Lächeln in der Rinde eines Baums.

Die beiden in der Tiefgarage hielt nichts. Als sich die Türen des Aufzugs neben ihnen plötzlich öffneten, stoben sie auseinander. Sie taten harmlos, als würden sie sich nicht kennen. Doch die silberne Kammer im Inneren des Lifts war leer. Niemand hatte sie überrascht. Da lachten sie. Wahrscheinlich warf die Tiefgarage ihr Lachen um ein Vielfaches verstärkt, scheppernd zurück. Mein Monitor übertrug nur das Bild. Doch was ich dann sah, lässt mich noch immer die Augen reiben. Es ähnelte einer Doppelbelichtung oder einem Kurzschluss der Synapsen, einem Déjá vu. Die Frau begriff die offenen Türen des Lifts scheinbar als Aufforderung einzusteigen. Jedenfalls stürzte sie in Richtung des Aufzugs davon. Sie drückte den untersten Knopf. Der Mann stutzte, verblüfft. Dann versuchte er ebenfalls schnell in den Lift zu schlüpfen. In diesem Moment entstand die Spiegelung. In einem der von mir belichteten Augenblicke erreichte der Mann das Innere des Aufzugs, und die Türen schlossen sich hinter ihm. In dem anderen Moment, den ich fast gleichzeitig sah, stürzte er zum Lift, doch dessen Türen schlossen sich vor ihm. Er blieb allein zurück. Von diesen zwei spiegelgleichen Paaren träume ich. Von dem einen Paar, das gemeinsam in die Tiefe fuhr und von dem anderen, das der Lift trennte. Ich glaube, wenn ich sie heute treffen würde, wäre ich von beiden entzückt.

Ein Sänger im Beihai Park neben der Verbotenen Stadt erinnerte mich an den einsam zurückbleibenden Mann neben dem Lift. Er sang voller Inbrunst und zupfte dazu seine Gitarre. Beides an der Brücke des Ewigen Friedens. Doch nichts in Peking schien friedlich und ewig schon gar nicht. Der Horizont hinter den Hochhäusern war nicht zu erkennen. Die Abgaswolken hingen tief. Der Smog zog einen gelblich-grauen Filter über die Stadt. Auch auf der Haut des

Sängers lagerte sich der bleierne Schleier ab, seine Kehle verengte sich. Dennoch sang er. Sein Lied war süß wie Zuckerwatte und bitter wie Asphalt. Alle Bäume, sogar die Enten und Spatzen, die vertrockneten Samenkapseln der Lotusblüten im See und die dick gefütterten Katzen verneigten sich vor dem neuen Star. An den Stämmen befestigte Taue und Tiertrainer zwangen sie dazu. Die sanften Augen des Sängers waren geschlossen, er atmete tief, sein Ohr neigte sich zu den Saiten. Sein schräg gestellter Kopf ließ ihn grüblerisch erscheinen, ein Lautpoet. Die Kameras richteten sich auf ihn, sie surrten nicht.

Im Restaurant am Ufer des Sees bestellte der Sänger anschließend frittierte Hühnerfüße, die vier Köstlichkeiten – Pak Choi, Shiitake-Pilze, Bambussprossen und Karotten –, geschmorte Seegurke, dazu gebackene Wollhandkrabben mit ihren pelzigen Scheren und etwas Quallensalat. Die Kellnerin servierte auf Palastgeschirr an den drehbaren, runden Tischplatten. Die Stäbchen glänzten golden. Der ganze hohe Speisesaal strotzte vor Gold und Rot. Schwerer Damast als Tischtuch, samtige Vorhänge. Der Sänger saß nicht allein an seinem Tisch. Das wäre schlimm gewesen. Doch er fühlte sich einsam im Geschnatter seiner Begleiter. Sein Blick driftete ab. Die anderen umringten ihn mit ihren Mikrofonen und Objektiven, den Kabeln und Batterien im Gepäck, sie lobten lautstark den Geschmack und die Textur der Speisen. Wie das Essen unter den Mahlzähnen und den emsigen Zungen knackte, knisterte oder sämig zerlief. Die Frauen und Männer des Filmteams schaufelten das Essen mit beiden Händen in sich hinein. Sie waren nicht zufrieden mit der Bestellung des Sängers. Er hatte zu wenig Fleisch geordert und überhaupt zu wenig von allem. Es durfte nichts übrig bleiben. Sie würden ihren Tadel nicht aussprechen. Denn das wäre ein Gesichtsverlust für den Star gewesen. Doch dem Sänger wäre die Beschwerde vielleicht gar nicht aufgefallen. Er achtete auf etwas ganz anderes. Ein Hauch, ein Schimmern schwirrte heran. Der Sänger folgte dem Glanz mit den Augen, wie magisch davon angezogen. Es war eine Insektenlarve im letzten Entwicklungsstadium. Sie trug bereits die Anlagen zu Flügeln auf ihrem Rücken. Die Nymphe setzte sich auf seinen Daumen und bewunderte die langen Fingernägel des Gitarristen. Der Sänger blickte in ihre Facettenaugen. Zwei Augen aus mehreren Zehntausenden zusammengesetzt. Ich glaube, er erkannte etwas darin. Im Videoclip hielt der Sänger plötzlich die Frau aus der Tiefgarage an der Hand. Wie stille Silbererze zogen sie als Adern durch den Wald. Jeder an des Anderen Seite. Ihre Schritte fraßen den Weg. Sie vermählten sich, verknoteten ihre Hände mit Blumenketten. Die Frau bückte sich, um eine Blüte aufzuheben. Da schnellt etwas aus dem Dickicht. Zu schnell, um es mit dem Blick zu erfassen. Sie spürte den Biss in der Ferse. Ein Stechen und Brennen, das Ausbreiten des Gifts. Von oben tropfte Schwarz ins Bild, füllte es ganz aus.

Inmitten des Trubels eines Kindergeburtstags aber war die andere, die spiegelgleiche Frau zusammengesunken. Die Frau, die gemeinsam mit dem Mann in die Tiefe gefahren war. Die Kinder umringten sie, rammten sie, boxten sie in die Seite, brüllten in ihr Ohr, schlugen ihr Spielzeug auf den Kopf. Sie schmierten ihr Sprühsahne hinters Ohr, malten ihr den Lippenstift weit über ihren Mund hinaus. Ihre verwischte Clownsmaske sah traurig aus. Die Frau aber rührte sich nicht. Innerlich schwebte sie davon, in einen schwarzen, fensterlosen Raum. Sie hasste Unordnung. Sie war niemals fertig. Ihr Kind schlief durch. Das echte Kind war keine Knospe. Es war ein springender Dorn. Kein Spiegel. Einen fremden Mann wünschte sie sich anstelle der Fernbedienung. Auf dem Monitor hatte sie einen glänzenden, verführerischen Traum erblickt. Das Kind störte in diesem Bild. Im Traum drängte sie es in den Hintergrund. An einem Nagel baumelte es am Schlafittchen an der Wand. Es schaute treuherzig, verschreckt. Es klapperte mit den Lidern. Es war eine Puppe. Wenn sie es schüttelte, dann schrie es. Die Frau war ganz und gar nicht unartig. Sie wollte ganz und gar nicht unartig sein. Sie wollte nur endloses Vergnügen. Kein Gewichse, kein Reiben des Flaschenhalses. Sondern wahre, echte, tiefe, schlimme. Gefühle. Sie wollte sich nicht erinnern. Sie wollte voranschreiten, sorglos pulsieren. Doch sie sagte sich, ohne Gedächtnis wäre sie nur eins von vielen brav weidenden, elektrischen Schafen. Das Gedächtnis hielt sie für notwendig für die Revolution. Wofür sollte es sich sonst zu kämpfen lohnen, wenn nichts hängen blieb? Sich in jemand zu verlieben, die private Zuneigung über die Staatsräson zu stellen, das war bis heute eine Revolution. Wie alle Bürger sammelte die Frau Treuepunkte, die bewiesen, wie gut sie dazu gehörte. Mit jedem dieser Treuepunkte wurde ihr Datenspeicher weiter verstopft. Sie hatte ihn ausgelagert und war dennoch sicher, dieser Müll würde als Bumerang zu ihr zurückkehren. Fast wünschte sie sich, die alten Mongolen nähmen sie und ihren Speicher gefangen und löschten damit jede Erinnerung. Die Methode der Nomaden dazu war simpel: Sie rasierten damals ihren Gefangenen den Kopf, stülpten ihnen die Haut vom Hals eines frisch geschlachteten Kamels über den kahlen Schädel und ließen sie so in der

Steppensonne schmoren. Unter dem engen Helm aus Kamelhaut wuchsen die Haare der Gefangenen nach innen. Wenn sie überlebten, verloren sie spätestens nach fünf Tagen ihr Gedächtnis. Sie wurden so zu perfekten Sklaven. Wow. Diese Geschichte war groß. Die war wahr. Die wollte sie sofort posten. Doch der Mann auf ihrem Monitor besaß einfach die besseren Filter. Die Fliehkraft seiner Bilder war umwerfend. Auf seinem Kanal sah alles schöner aus, wärmer, geleckter. Bei ihm gab es keine Grimassen, keine Falten. Keine Erinnerung. Er war perfekt. Vor langer, langer Zeit schrieb sie ihm bebende Briefe. Sie schickte sie nicht ab. Sie schickte sie nicht nach Schanghai, nach Peking, Nanjing. Sie lebte in diesen Briefen. Während sie sie schrieb. Atemlos, mit der Hand. Wie ein vorzeitiger Mensch. Sie schrieb in sorgfältigen, runden Schwüngen. Alles für die Nachwelt, gut entzifferbar. In ihrer kleinen Kammer unter dem Dach, die weder eine Klingel noch Funkverbindung besaß, schrieb sie mit Bleistift oder Kuli, manchmal auch garniert mit Parmesan. Später folgten noch kleinere Kammern, Zellen gar. Eine auf der Insel, die andere in einem Studentenaufbewahrungsheim. Ihr Zimmer dort glich einer Schuhschachtel mit Waschbecken. Dann stopfte sie sich in andere Boxen in anderen Ländern. Sie versuchte damals, so wenig wie möglich zu brauchen. Keinen Besitz anzuhäufen. Das schloss Menschen mit ein. Sie hatte die Share Economy erfunden, bevor es sie gab. Sie lieh sich Leben aus. Sie schlüpfte in fremde Kleider, schaute durch fremde Brillen, aß zurückgewiesenes Essen. Sie war keine Bettlerin. Sie war besonders frei. Sie zog von Zelle zu Zelle, nichts hielt sie, zwang sie nieder. Zeitweise betrieb sie Osmose. Pickte in die fremde Wand, durchstieß die Membran, floss in den fremden Raum, wurde aber niemals ausgetauscht, nur kurz löste sie sich auf. Doch dieses Verschmelzen, das war es, was sie seitdem suchte. Das war ihre Religion. Totaler Taumel, Rausch, Kontrollverlust. Sie kannte dieses Gefühl für die Dauer eines Stroboskopblitzes. Sie wünschte es sich ein Leben lang. Die Augen des Fremden, die schienen ihr wie dieser Blitz, obwohl sie tief umschattet waren. Sie ahnte seine Schlaflosigkeit. Dennoch tanzte der Mann vor dem Flipchart auf der Bühne, die spitze Nase in den Himmel erhoben. Er wirbelte die Theorien, die Philosophinnen, die Künstlerinnen, die ganzen Pussys durcheinander, von der Rapperin über die Analytikerin bis zur Politikposse. Die wilde Mischung bewies seine Meisterschaft. Die Frau hasste das. Er verströmte sich an die Massen, an das Meer der Bewunderer unter ihm. Ihr Kichern berauschte ihn. Er stand im grellen Licht der Scheinwerfer. Die Parodie eines Denkstars. Doch die Frau erschien nicht zu seinen Vorträgen. Nein. Die anderen sollten ruhig Tickets ersteigern, in Schlangen vor der Kasse campieren. Obwohl sie diesen Mann doch erträumt hatte. Unter einem Päonienzweig, unter baumelnden Pfingstrosen. Mit übertrieben weißen, üppigen Blüten und einem Geruch, der trunken macht. So schlief er in dem geheimen Garten mit den Zweigen einer Trauerweide in der Hand. Sie rief ihn. »Der erfolgreiche Denker reitet die Riesenschildkröte.« Das war aus einem uralten Stück und passte überraschend gut auf ihn. Sie war die Päonienfrau und träumte von dem Denkstar. Sie baute einen Clip für ihn. Sie sah ihn in dem geheimen Garten. Die Tür zu diesem Paradies klemmte natürlich. Die höhere Tochter, als die sie sich in dem Video sah, litt unter ungemeiner Schönheit, gepaart mit zu viel Durchblick. Zu schlau, um nicht zu erkennen, wie beschränkt sie war. Sie langweilte sich im

Unterricht. Heimlich tippte sie sich ihren Lehrern unter dem Pult davon. Dort hielt sie das Smartphone. Auf dem Display erblickte sie den Denkstar zum ersten Mal. Sie las seine Lippen, streichelte in Gedanken sein Haar. »Wo aber Gefahr ist, wächst | Das Rettende auch.« Das hatte sie bei Hölderlin geklaut. Der Denker konnte sich nicht ewig vor der Päonienfrau verbergen. Auch er hatte sie gesehen. Sie wusste es. Sie sah seinen Avatar auf ihrem Kanal. Er hatte ihr zugezwinkert, bevor sein Bild wieder verschwand. Sie fühlte ihre Haut runzeln in diesem Moment. Sie wurde alt, als er wieder flüchtete. Doch dann tauchte er auf einer anderen Plattform wieder auf. Er war es, der ihr sagte, es sei schade, wie sie ihr Leben verschwendete. Dass er sie als Opfer sah, fand sie sexy. Sie glaubte ihm kein Wort, wollte ihn aber sofort beschenken. Sie näherten sich einander in dem lila-grell flimmernden virtuellen Raum, nahmen ihre Masken ab, und Blüten umtanzten sie. Diese Blumen und auch die Päonienblüten sangen von ewiger Liebe. Sie meinten wohl eine Creme zur Tagespflege. Ihre Blätter fielen zu Boden. Er war bald mit ihren rosigen Häuten bedeckt. Doch da erlosch der Akku des Bildschirms, und der Mann verschwand. Kein Wunder, dass die Frau nach der blumigen Orgie vor Sehnsucht und Langeweile krepierte.

Währenddessen glitt der Sänger auf einer Rolltreppe unter die Erde. An den U-Bahngleisen suchte er nach seiner Frau. Er beschrieb sie den Passanten. Er zeigte ihr Porträt auf seinem Telefon. Niemand hatte die Hinkende gesehen. Ihre Ferse hatte geschmerzt. Ein Sporn, vielleicht. Oder eine Blase von den hohen Absätzen. Der Sänger war besorgt. Vielleicht würde er ihre Überreste an den Gleisen finden. Von einem Zug zerfetzt. Selbst die Uhr an ihrem Handgelenk völlig zerstört. Das Uhrglas zersplittert, von Blutstropfen benetzt. Doch eine andere Frau nahm ihn an die Hand. Sie trug eine rosa Brille, ihre Zähne waren braune Stummel, ihr Atem hochprozentig. Aber ihr Lächeln unter dem weißen Fell auf ihrem Kopf wärmte ihn wie eine Rettungsdecke, ein silberner Panzer. Sie zog den Sänger tiefer unter die Erde. Dorthin, wo es dunkel ist und wo die Tänzer in verbotenen Clubs toben. Die letzte Tür war verschlossen. Zwischen Schwelle und Türblatt quoll Rauch hervor. Auch auf das Klopfen der Frau öffnete niemand die Tür. Ich habe Hausverbot, erklärte sie dem Sänger. Hier musst du dich allein zurechtfinden. Der Türsteher ähnelte einem Dobermann. Schmal, beinah spitz, mit kurzen, schwarz glänzenden Haaren. Der Rauch stammte von einer Nebelmaschine. Der Club hinter der Tür gastierte in einem ehemaligen Bunker. Halbnackte wanden sich an den schwitzenden Wänden. Ihre Pupillen waren nach oben verdreht. Tote Augen. Der Sänger sah das von Adern durchzogene Weiß ihrer Augäpfel. Blind tasteten die Hände der Fremden nach ihm. Angeekelt zog er sich zurück und wäre fast in den Abwasserkanal gestolpert. Unrat und Ratten schwammen darin. Am anderen Ufer meinte der Sänger in einem Schatten den Umriss seiner Geliebten zu erkennen. Er rief einem Kanuten, er solle ihn übersetzen. Doch der Paddler wollte nicht. Der Sänger widmete ihm ein Lied. Er lullte ihn ein. Dem Paddler fielen die Augen zu, oder schloss er sie absichtlich? Der Sänger jedenfalls bestieg das Boot und die Strömung zog ihn in die Rohre hinein.

Die Mutter von dem Kindergeburtstag aber hatte der schwarze Hund besucht. Sie war wie in sich selbst versiegelt.

Ihr Kopf war von Tränen überschwemmt, die aber nicht flossen, die ihr nur die Stimmbänder verschnürten. Alles grau. Ihre Mutter versuchte, sie aufzuwecken. Sie rüttelte sie, knuffte. Sie keifte. Bist du noch sauber, Mädchen? Was hast du getan? Wach auf. Die Päonienfrau aber zog sich die Decke über den Kopf. Nie mehr wollte sie aufstehen. Nie mehr würde sie lachen. Wer war sie gewesen? Jetzt war sie nur noch Schein. Es lohnte nicht die Mühe, ihre Zunge zu entknoten. Sie hatte nichts zu sagen. In ihr war nur Leid. Leid, das sie aber nicht mal verdiente. Denn sie trauerte nur um einen Traum. Ein Luftgespinst. Um den Denker auf der Bühne, die sie nie betreten hatte, diesen eitlen, aufgeplusterten Spatz, dem sie vielleicht mehr ins Herz wünschte als dort Platz hatte. Sie selbst aber taugte noch weniger als ihr Laken. Das war wenigstens glatt gespannt. Es schützte und barg sie. Sie tat sich furchtbar leid. Das Kind rüttelte an ihr. Doch die Frau wabbelte nur wie eine Qualle. Ihre Wangen pufften auf, während ihre Augen tief in rote Höhlen sanken. Alles, was sie tun konnte, war schlafen. Nur Erholung brachte ihr der Schlaf nicht. Sie zerfiel zusehends. Ihre Mutter und das Kind standen wie hinter einer Glaswand. Hilflos mussten sie zusehen, wie die Frau Stück für Stück verschwand. Sie brüllten sie an, sie wollten ihr Kraftnahrung in den Schlund schütten, doch die Frau presste ihre Lippen aufeinander. Eines Tages aber postete sie ein besonders schönes Porträt aus alten Tagen von sich selbst auf all ihren Kanälen. Da bekamen ihre Mutter und das Kind Angst. Sie ahnten, dass es mit ihr zu Ende ging. Bestimmt waren sie aber auch etwas erleichtert, als die Frau dann tatsächlich starb. Sie häuften einen Berg aus Erde auf ihr Grab. Ihr Leichnam ruhte im Sarg.

Unten in der Kanalisation verstärkte der Hall die Stimme des Sängers. Sein Gesang brachte Brücken zum Schwingen, zum Schlag erhobene Arme sanken herab. Mit dem Kanu paddelte er über den schwarzen Fluss, doch der Schatten, den er für seine Geliebte gehalten hatte, verschwand im Dunkeln. Zufällig entdeckte die Direktorin einer der führenden Fruchtbarkeitskliniken den Clip aus der Unterwelt. Die Traurigkeit im Gesicht des Sängers, sein sanftes Wehklagen machten sie an. Sie rief ihren Gatten hinzu – einen durchtriebenen Unternehmer mit einer Schwäche für Bulldoggen. Auch er lauschte dem klagenden Lied des einsamen Kanuten. Seine Gattin seufzte betört. Mei, is des herzig, Baby, sagte sie, und Baby nickte. Sein blonder Schnauzer wackelte, während er über den Tabellen mit den jüngst Verstorbenen brütete, die seine Firma verantwortete. Schon wieder waren zig Container mit menschlicher Ware im Hafen von Neapel versackt. Er würde dort nach dem Rechten sehen müssen. Er würde Leute anbrüllen, notfalls bestechen müssen, damit sein Schmuggel ihm weiter Dünen aus Geld bescherte. Seine Spermien und Eizellen hortende Gattin scherte sein tödlicher Handel wenig, solange der Gewinn ihr königliches Porzellan, die mit Goldfäden durchwirkten Tapeten und regelmäßige Schlammpackungen bescherte. Doch sie wollte nicht nur Schönheit um sich scharen, sondern sich auch als gute Frau fühlen, als eine, die anderen Menschen half. Darum bettelte sie ihren Gatten an, er möge seine Macht einsetzen, an einer der vielen Strippen ziehen, die er so glänzend beherrsche, damit der Sänger wieder seine Geliebte erblicke. Sie wünschte sich ein Happy End zum Prosecco am Feierabend. Sie wollte ihr Herz erwärmen am jungen Glück. Der Gatte knurrte, ihm solle es recht sein. Wenn sie, die Ehefrau, dann endlich zu Hause bliebe und nicht mehr in diese schrecklichen Boutiquen zöge und wenn der Sänger sich, verdammt noch mal, nicht umblicke. Alles dürfe er tun, nur das nicht. Diese ewige Rückschau, die sei eine Krankheit. Das müsse sofort aufhören. Als auf die Zukunft ausgerichteter Unternehmer plädiere er für den Fortschritt, für eine strikte Erziehung zur Gegenwart. Die Gattin jauchzte entzückt. Sie drückte ihm einen blutroten Abdruck ihres Lippenstifts auf die hohe Stirn.

Der Sänger drängte sich bald darauf durch die Tanzenden. Der Kurierfahrer des Unternehmers schritt ihm voraus. Seine enge Fahrradhose fiel in dem Club nicht weiter auf. Der künstliche Nebel erschwerte die Sicht. Der Sänger tastete sich vor. Er fühlte Leder, Plastik und Sehnen unter der nackten Haut. Lichter blitzten, das Wummern der Bässe löschte seinen Herzschlag aus. Er hatte zu wenig getrunken. Ihm war etwas schwindelig. Da sah er seine Geliebte. Sie tanzte hinter einer halbdurchsichtigen Wand. Er wollte nach ihr rufen, doch der Kurier legte einen Finger an seinen wulstigen Mund. Sie hätte ihn ohnehin nicht gehört. Die Musik war viel zu laut. Doch plötzlich schwiegen die Trommeln, alle Tanzenden standen still, wie eingefroren. Sie lauschten dem Sänger. Er klagte über das Verlorene, er wünschte sich die Vergangenheit zurück. Es war ein verdammt bekanntes Liebeslied. Doch die Schwarzgekleideten hier unten hörten es zum ersten Mal. Sie staunten über so viel unverschämten Schmerz, das Locken mit der eigenen Verletzlichkeit, die sie längst hinter sich gelassen hatten. Denn der Sänger wollte sich opfern. Wenn die Geliebte nicht mit ihm käme, dann würde er auch hier unten bleiben. Nichts und niemand könne ihn von hier entfernen. So schwor er im Gesang. Dem Kurierfahrer des Unternehmers war das alles zu viel. Was sollte dieser Gefühlsausbruch? Dem Übermütigen wurde doch alles mundgerecht serviert. Ärgerlich bedeutete er dem Sänger, wo er hinter den Paravent schlüpfen konnte, um zu seiner Geliebten zu gelangen. Der Sänger zog sie am Arm. Sie leistete keinen Widerstand, sie hatte überhaupt keine Spannung in sich. Sie war wohl völlig weggetreten. Verstört griff er fester zu als beabsichtigt. Sie gab keinen Laut von sich. Sie schwankte, sah ihn nicht an. Er zog sie an der Hand mit sich. Sie folgte ihm, stumm und wesenlos wie ein Schatten. Am Ausgang des Clubs ermahnte der Kurier sie, dass die Gänge sich hier verengten. Sie dürften nicht Hand in Hand, sondern nur hintereinander gehen, und der Sänger dürfe sich unter keinen Umständen nach der Geliebten umdrehen. Der Sänger fragte nach dem Grund, doch der Kurier zuckte mit den Achseln und deutete nur auf die Überwachungskamera. Was soll das, fragte der Sänger. Ist das alles ein Spiel für die Herrschaften? Der Kurier entgegnete, und wenn schon? Was zählt, ist das Ergebnis. Nimm, was du kriegst. Ohne uns hättest du sie nie gefunden. Der Sänger war nicht zufrieden mit dieser Antwort, schwieg aber. Gehorsam liefen sie im Gänsemarsch durch die dunklen Rohre. Der Zement glänzte vor Feuchtigkeit. Der Sänger hörte den lahmen Fuß seiner Geliebten scharren, sie zog ihn ein wenig am Boden entlang. Er machte sich Sorgen, dass sie auf dem nassen Boden stolpern würde. Immer wieder rief er nach ihr. Doch sie antwortete nicht. Dann hörte er tatsächlich, wie sie ausrutschte und fiel. Er drehte sich um. Da war sie schon auf dem Rückweg. Ohne ein Wort, ohne einen letzten Blick glitt sie ins Dunkel zurück. Der Kurierfahrer hielt ihn fest, als er ihr folgen wollte. Es war zu spät.

In der Zwischenzeit war auch der Denker krank geworden. Er kratzte sich die Haut wund und konnte nicht mehr auftreten. So blutig, rot verquollen war sein Gesicht. Er verkroch sich in seinem Computer. Dort entdeckte er das Bild der inzwischen verstorbenen jungen Mutter, die ihm den Päonienzweig entgegenreckte. Er ahnte nichts von ihrem Tod. Er fand etwas in ihrem Gesicht, das seine Haut weniger jucken ließ. Vielleicht war es Ruhe? Vielleicht Betäubung? Vielleicht beides – er nannte es »Liebe«. Er sprach mit ihrem Bild. Er behandelte die Päonienfrau in seinem Computer, als säße sie neben ihm, als fühle er die Wärme ihres Schenkels an seinem. Dank eines Sprachprogramms antwortete sie ihm sogar durch den Lautsprecher. Sie begleitete ihn durch seinen Tag. Sie scherzten zusammen, sie wählten gemeinsam ihr Mahl. Doch er benötigte für sie keine Extraportion. In vielem hatte sie Vorteile gegenüber einer leibhaftigen Partnerin. Sie stellte weniger Ansprüche. Nur berühren konnte er sie nicht. Einmal probierte er dieses Manko mit einer Puppe und dann mit Hilfe einer angemieteten Frau, die der Päonienfrau ihren Körper lieh, zu überwinden. Doch die in der Stimme zum Ausdruck gebrachten Gedanken und Gefühle verbanden sich für ihn nicht mit dem fremden Körper. Er war schon zu sehr an ihr Bild gewöhnt. Ohne dieses Bild hätte es vielleicht geklappt. Vielleicht hätte er eher einen Taucheranzug mit elektrischen Impulsen gebraucht. Doch nach der Leihfrau hatte er keine Lust mehr darauf, sich in einen solchen Lustfrosch zu verwandeln.

Die Päonienfrau aber erfuhr von seinem Sehnen. Ihre Seele lag nämlich gar nicht in der Gruft. Sie vibrierte in den Glasfaserkabeln, die die Signale des Denkers zum Abbild ihrer

Person transportierten. So merkte sie genau, wie oft am Tag er sein Smartphone entsperrte, um ihr Gesicht zu sehen und mit ihr zu sprechen. Der große Administrator aber entdeckte ihre Liebe ebenfalls. Er rief die Päonienfrau zu sich. Er fragte sie: Hey, Püppi. Wieso siehst du so bezaubernd aus? Bist du ne Nutte oder eine Betrügerin? Die Päonienfrau schüttelte ihren Kopf und erklärte, ich hab mich in ein Traumbild verknallt. Daraus wurde nichts. Und ich krepierte. Aus Sehnsucht. Is nicht dein Ernst, entgegnete der Administrator. Niemand stirbt wegen eines Traums! Doch sie erzählte ihm die ganze Geschichte und rührte damit sein verkabeltes Herz. Zuerst wollte er sie in das Symbol der Liebe, eine Schwalbe in einem neuen Computerspiel, verwandeln. Denn leider, leider war sie ja schon vom Sex befleckt. Doch sie jammerte um Erbarmen, das Beisammensein mit dem jungen Mann, den sie geträumt hatte, sei doch gar nicht wirklich geschehen. Außerdem sei ihr Vater ein großes Tier im öffentlichen Dienst und sie das einzige Kind. Das ist total schade drum, Püppi, sagte der Administrator, aber ich muss dich dann bei den gebrochenen Herzen ablegen. Da ist noch Speicherplatz frei. Och, nö, stöhnte sie. Is da nix zu machen? Gibt's keinen Trojaner oder jemand anderen aus dem Darknet, der mir helfen kann? Der Administrator schüttelte den Kopf. Gut, dann bleibt mir wohl nichts anderes übrig, beschloss die Päonienfrau und wandte sich zum Gehen. Über ihre Schulter rief sie noch: Kannst du schnell mal nachsehen – wie heißt der Typ eigentlich richtig? Ich hab seinen Namen nie richtig verstanden. Levi-Immanuel oder Lévi-Emmanuel? Woher soll ich das wissen, sagte der Administrator. Schau mal nach. Steht in den Eheverzeichnissen als mein Mann. Er ging die Verzeichnisse durch und tatsächlich, da stand es: Lévi-Emmanuel und die Päonienfrau würden heiraten und sich beim Pflaumenkloster treffen. Also gut, wenn das schon programmiert ist, dann darfst du noch mal hoch. Die Päonienfrau lächelte.

Sie raffte all ihre Daten zusammen und tauchte eines Nachts als Hologramm in Lévis Büro auf. Der Denker war wie gebannt von ihrer Erscheinung, obwohl er sie nicht als die Frau auf seinem Bildschirm erkannte. Sie hielten sich die ganze Nacht wach. Er fragte nach ihrem Namen. Sie stöhnte etwas, das er nicht verstehen konnte. Dann beruhigte sie ihn, sie habe schon hunderttausend Sonnengrüße und acht Tantrakurse absolviert. Sie sei inzwischen rein wie Blut und bündele ihre Kräfte scharf wie ein Parabolspiegel. Als er sie wie ein Ertrinkender umschlang, gestand sie ihm endlich, sie sei schon vor Langem gestorben. Es sei nicht ihre Schuld. Die Yogalehrer und Osteopathen hätten versagt. Doch es gäbe einen Weg, um sie wiederzubeleben. Sex sei schon mal nicht schlecht. Allerdings dürfe es kein vorfabrizierter sein, kein von Pornografie und anderem Plastik infizierter. Du willst ein Kind, folgerte er haarscharf. Ich will mit dir leben, antwortete sie schlicht. Das war zu viel für den Denker. Sie ahnte, dass er sie nicht aushalten würde. Um sie beide zu retten, packte die schlaue Päonienfrau den dummen Denker an beiden Oberarmen. Sie hob ihn empor und pflanzte ihn auf ein Stoppschild an einer viel befahrenen Kreuzung, die elektrische Motorroller umkreisten, während ein Blutmond hinter dem Obelisken aufging. Der Denkstar war glücklich in seiner Benommenheit. Er hatte viel zu viel nachgedacht. Er wollte nicht mehr. Er wollte sich einfach mal hängen lassen. Er wollte keine Formulare mehr ausfüllen, keine Hotlines mehr anrufen, um herauszufinden, wie er sich befriedigen könnte, er wollte nie mehr Schnupfen haben. Irdisches Glück war so was von unnütz. Er wollte sich in Geistigkeit auflösen. Doch die Geliebte klopfte ihn schnell von diesem Irrweg auf den Boden der Tatsachen zurück. Diese Methode hatte ihr eine der Hexen beigebracht. Sie klopfte mit ihren Fingerknöcheln auf sein Brustbein – und hui: öffnete sich sein Herz wie die Schiebetüren zum Winterschlussverkauf. Der Denker fand zwar, er hätte die Ehe nicht verdient, denn er sei zu kühn und frei dafür. Doch allmählich fror es ihn, besonders am Hintern, wenn er so allein auf der Bühne tänzelte. Und er wollte so gern der wunderbare Retter der Gestorbenen sein. Deshalb bejahten der Denker und die neu zum Leben erwachte Päonienfrau einander, und das rührte auch die anderen Follower mitsamt den Schwiegereltern. Der Vater der Braut nahm das Paar in seine Firma auf. Die beiden schlossen einen ewig bindenden Ehevertrag. Sie wurden das Turbodenkerpaar. Sie performten gemeinsam vor den Flipcharts dieser Welt. Ihr Verbrauch an Laserpointern war enorm. Sie zeichneten Tausende kleine Sterne damit. Sie kehrten nie wieder in die Tiefgarage zurück.

Verzweifelt leerte der Sänger derweil zig Flaschen in dem unterirdischen Club. Anschließend ging er, ohne zu bezahlen. Der Sänger sah nicht ein, warum er für nicht empfundene Freuden zahlen sollte. Doch der Wirt kannte kein Pardon. Er hetzte eine Horde Rockerinnen auf den Sänger. Sie umkreisten ihn in einem Tunnel und schlugen den Hals von ihren Bierflaschen. Mit den gezackten Scherben bedrohten sie den Sänger. Doch der lachte nur. Sein Spott verwandelte sich in ein Lied, ein gewaltiges Lied, vor dem die Ladys sich die Ohren zuhielten. Der Sänger verfluchte alle Frauen, alles Miststücke. Immer taten sie so persönlich, so zugewandt, sie opferten sich, gierten aber nur nach Komplimenten und am Ende hauten sie gnadenlos ab. Eine der Rockerinnen schlich sich von hinten mit einer Rasenschere an ihn heran. Er bemerkte sie nicht, bis sein Kopf im Yongding He schwamm. Er sang trotzdem weiter. Die Strömung trug den singenden Schädel weiter und weiter und spülte ihn schließlich auf der Insel Lesbos an. Auch dort, vor dem Stacheldraht der Flüchtlingslager, sang er weiter. Die Krabben fraßen seine Augen, während sein Lied sich in die Steine fräste.

Hier aber schweig ich. Ich lösche das Licht, schalte den Bildschirm aus und lausche im Dunkeln auf das betörende Heulen, das bis in meine Kehle vibriert. Auf meiner Seele aber haftet der Umriss eines geteilten, eines doppelten Lebens, der sich wie Rauch im Wind der Erinnerung verformt.

Geister

Wir essen an dem runden Tisch. Die Lampe hängt niedrig. Um uns sind die schwarzen Fenster. Draußen ist es dunkel. Die Nachbarn sehen uns, wir sehen die Nachbarn nicht. Ich knipse den Fernseher aus, er ist weit weg. Ein Knacksen, ein Blitz, das Bild fällt zusammen. Es ist still. Das Korbgeflecht des Stuhls knarzt, als ich mich setze. Die silberne Platte liegt voll Aufschnitt, die Wurst hat Augen. Ich recke mich nach der Wasserflasche. Mein Vater reicht sie mir. Ich schenke mir ein, Bläschen steigen hoch im Glas. Die Plastikflasche ploppt in ihre Form zurück, ich zucke zusammen. Die Stoffservietten sind schon benutzt. Es gibt Kümmelbrot, Cervelat, Radieschen. Abendessen. Mein Vater legt löchrigen Edamer auf das Brot. Er beugt sich nah an den Teller, beißt ab, beißt wieder und schlingt das Essen hinunter. Meine Mutter bestreicht ihr Brot mit Margarine. Sie nimmt die Wurst mit der Gabel. Sie pult den gelben Rand ab, schneidet die Wurst zurecht, legt sie auf das Brot, darauf Schnittlauch. Sie beißt einen Bissen ab, kaut und schluckt. Gleich wird sie aufstoßen, Sodbrennen. Ich angele mit der Gabel nach den Gurken. Sie schwimmen zwischen Senfkörnern und Dillstängeln, wie Teichwasser im Glas, Froschgurken. Ich beiße auf eine Gurke, sauge. Mein Vater schaut auf. Ich zerkleinere die Gurke mit den Backenzähnen. Mein Mund ist leicht offen dabei, ich schmatze. Niemand sagt etwas.

Meine Schwester starrt auf den Tisch. Sie nimmt das Messer in die Hand, dreht es zwischen den Fingern. Sie hat bereits zwei Gläser Sprudel getrunken. Sie steht auf. Meine Mutter fragt, wo willst du hin? Fehlt was? Meine Schwester schüttelt den Kopf. Sie geht in die Küche. Ihre Karottenhose schlabbert um die Beine. Sie trägt einen Kinderpullover. Er ist aus Polyacryl. Der Stoff stinkt, wenn man schwitzt. Meine Schwester schwitzt nie. Ich sehe nicht, was sie in der Küche macht. Ich höre, wie sie den Schrank öffnet und etwas herausnimmt. Die Speisewaage scheppert, als sie etwas darauf schüttet. Die Kühlschranktür geht auf. Wahrscheinlich nimmt meine Schwester Milch heraus. Sie schenkt ein. Wir lauschen auf die Geräusche. Wasser strömt durch die Leitungen, platscht in die Spüle. Ein Behälter wird in den Strahl gehalten, wahrscheinlich ist die Milch darin, das Wasser verdünnt sie. Meine Schwester kommt zurück, ein Tablett in der Hand, darauf eine kleine Schüssel Müsli. Sie setzt sich. Meine Eltern schauen sich an, ich nehme mir Brot. Meine Schwester hat den Löffel vergessen. Sie murmelt etwas Undeutliches. Sie steht auf, verschwindet in der Küche. Meine Mutter blinzelt nicht, sie handelt schnell. Mit dem Messer schneidet sie ein Stück Margarine ab, sie balanciert das Fett auf der Messerspitze, führt es aber nicht zu ihrem Teller. Sie lässt die Margarine in das Müsli plumpsen. Mit dem Schaft des Messers rührt sie um, damit das Fett verschwindet. Mein Vater schaut sie an. Meine Mutter kann nichts sagen, meine Schwester kommt gleich zurück. Meine Mutter faltet ihre Serviette zusammen. Meine Schwester tritt an den Tisch. Sie setzt sich, gießt den roten Tee in ihre Tasse. Es ist die vierte Kanne heute. Sie trinkt. Das Brot krümelt in meinem Mund. Meine Schwester schaut uns nicht an. Sie rührt mit dem Löffel im Müsli. Sie bemerkt den gelben Klumpen Fett. Erschrocken starrt sie ihn an. Sie überlegt und fischt die halb aufgelöste Margarine heraus. Ihr Mund öffnet sich, formt schon den ersten Buchstaben, dann presst sie die Lippen zusammen, die Mundwinkel zucken. Sie wird nicht weinen. Sie steht auf und geht. Meine Schwester isst nicht. Wir wissen nicht, warum. Ihre Haut knittert auf den Knochen. Meine Mutter ist verzweifelt, mein Vater beherrscht sich.

Vom Fenster meines Zimmers aus sehe ich den Mietblock gegenüber. Unser Grundstück liegt erhöht, wir schauen auf das Dach. An einem Freitag im Oktober, vor einigen Jahren, hob mein Vater mich über den Zaun. Ich spielte mit einem Mädchen aus dem Block. Ihre Eltern arbeiteten beide in der Lagerhalle für die Bücher, draußen auf den Feldern vor dem Dorf. Ich stellte mir immer vor, wie die beiden mit dem Gabelstapler an den langen Regalen entlangflitzten. Mein Vater saß einfach in einem Büro hinter seinem Schreibtisch. Sicher war das viel langweiliger.

Mein Bett ist zerwühlt. Ich mache es nie. Wozu? Auf der Matratze liegt Spielzeug. Ich habe aussortiert. Die Spielsachen gehörten meiner Schwester und mir. Wir brauchen sie nicht mehr. Blonde Puppen mit langen Beinen, kantige Männchen ohne Nase, Bausteine aus Plastik. Barbies, Playmobil, Lego. Die üblichen Namen aus der Kaufhausabteilung. Für Kinder bis zwölf Jahre. Ich bin fast zwölf, meine Schwester ist vierzehn. Wir spielen nicht mehr. Ich trage die Sachen zu den Nachbarskindern. Da, wir können nichts mehr anfangen damit. Ich sage nicht: Die Playmobilmännchen haben keine Taille, wir werden erwachsen. Die Nachbarskinder greifen nach der Spielzeugkiste, sie freuen sich.

Ich trotte nach Hause. Ich suche den achten Band des Lexikons. Er ist verschwunden. Im Wohnzimmer stapeln sich die Ratgeber. Meine Mutter liest sie wie Anklageschriften. Sie will meine Schwester heilen. Wir alle wollen, dass es vorbei ist. Einkaufen scheint leichter zu sein als vorher. Die Palette ist beschränkt. »Du darfst« ist unser Hoflieferant. Früher ist lange her. Ich weiß nicht mehr, wie es war. Hatte meine Schwester Freundinnen? Haben sie getanzt zu den alten Platten? Bill Ramsey, die Zuckerpuppe aus der Bauchtanztruppe. Haben sie Brautschau gespielt? Mit Brüsten so groß wie Melonen? Wählte der Sultan die mit den größten?

Ich liege auf dem Bett, mein Stoffelefant ist zwischen meinen Beinen. Ich starre an die Decke. Sie ist holzvertäfelt. Die Bretter sind honigfarben. Wespen kriechen durch die Astlöcher über mir. Jeden Tag werden es mehr. Heute ist es besonders schlimm. Ich fürchte, sie haben ein Nest gebaut. Ich liege ganz still. Die Wespen fliegen durch mein Zimmer. Eine landet dicht neben mir. Ihre Facettenaugen sind seltsam gerastert. Aus den schwarzen Astlöchern über mir strömen neue Wespen nach. Ich halte die Luft an. Die Wespe läuft über die Bettdecke auf mich zu. Ich fliehe zur Tür, stoße sie auf, schreie. Mein Vater ist im Garten, er kommt hoch. Wir gehen zurück in das Zimmer. Er schließt die Tür hinter sich. Ich stehe neben ihm. Wir sind fast gleich groß. Die Wespen sind überall. Sie bedecken das Fenster, die Wand, das Bett. Es sind zu viele Wespen. Mein Vater kann nichts machen. Morgen wird ein Kammerjäger sie wegbringen, den ganzen Stamm und ihre graue Wabenburg. Ich schlafe unten, bei meiner Mutter im Bett, mein Vater bezieht die Couch im Wohnzimmer. Meine Schwester schläft nicht. Ich höre die Dielen knarren über mir. Sie läuft in ihrem Zimmer herum, schiebt Möbel, sortiert Bücher, ordnet Platten, zählt ihre Haare. Es werden immer weniger.

Meine Schwester isst nicht. Das ist alles, was sie macht. Den ganzen Tag konzentriert sie sich auf das Nichtessen. Sie sagt, es sei wie ein Dämon, sie könne nichts dagegen machen. Sie habe gerufen und nun werde sie ihn nicht mehr los. Sie sagt, sie wolle essen, aber es gehe nicht. Wir könnten das nicht begreifen, niemand, auch sie nicht. Am Anfang hat sie es gesteuert, ganz bewusst, Diätpläne geschmiedet, sich selbst diszipliniert, sie hat alles getan, um weniger zu werden. Sie hat gedacht, sie kann umdrehen, wann sie will. Aber jetzt geht nichts mehr hinunter. Sie verwandelt sich in das Elend, das sie fühlt. Meine Mutter fürchtet, sie könnte verschwinden. Mein Vater hofft, es ist eine Phase.

Meine Schwester erzählt mir Märchen. Das macht sie gern. Sie erzählt von der Schönen und dem Biest. Tausendschönchen erlöst den Prinzen, sie erkennt ihn unter der Hässlichkeit. Was wünschst du dir, frage ich. Meine Schwester hat keine Idee. Sie sagt, es wird mir einfallen, wenn es so weit ist. Ich sage, vielleicht solltest du es jetzt schon wissen. Wir liegen im Bett. Ich kuschele mich an sie. Sie hat Flaum am Körper, Wollflaum, wie Frühgeburten. Im Bio-Buch ist eine Abbildung. Zu früh geborene Babys haben Flaum am Rücken, an den Schultern, an den Wangen. Er soll sie warmhalten. Lanugo heißen die Haare. Das klingt schön. Meine Schwester passt auf, dass niemand den Flaum sieht. Sie versteckt ihre Haut, sie zieht sich die Haare ins Gesicht. An einem sonnigen Tag muss ich Fotos machen von meiner Schwester. Sie ruft mich in ihr Zimmer, sie reicht mir die Kamera, die kleine, schnelle. Ich sage, ich will nicht. Tu es für mich, bittet sie. Es ist für keine Misswahl. Das Geräusch aus ihrem Mund erinnert an ein Lachen. Sie kauert auf dem Teppich, fast nackt, den Blick abgewandt, die Unterhose hängt auf ihren Hüften. Ihre Schulterknochen sind kleine Flügel. Ich drücke ab.

Meine Mutter fragt, wie war's in der Schule? Ich rutsche auf die Eckbank neben sie. Meine Schwester sitzt am anderen Ende des Tisches. Meine Mutter fragt uns, aber sie schaut meine Schwester an, die die Kartoffeln auf ihrem Teller mit den Augen wiegt. Aufläufe, Suppen, Pudding, so etwas kocht meine Mutter schon lange nicht mehr. Da könnte ja alles drin sein. Fett, Zucker, Schmand. Meine Schwester isst nur von ihr selbst gekochten Pudding. Mit Wasser verdünnte Magermilch und Süßstoff verwendet sie zum Anrühren. Speisen, unter die meine Mutter Fett oder Zucker mischen könnte, wehrt meine Schwester ab. Deshalb kocht meine Mutter übersichtlich: Bohnen, Kartoffeln, Steak. Alles liegt einzeln auf den Platten, ohne Soße. Damit meine Schwester weiß, was sie isst. Meine Schwester wendet die Kartoffeln auf ihrem Teller, sie stochert zwischen den Bohnen, ab und zu nimmt sie einen Bissen. Sie kaut endlos, wälzt den Speisebrei so lange im Mund, bis er süß schmeckt.

Manchmal wird meine Mutter wütend, dann backt sie. Bis das ganze Haus nach Kirschkuchen riecht, Kirschkuchen aus Haselnussrührteig. Dazu kocht sie heiße Schokolade mit Sahne. Echte, bittere Schokolade, keinen Fertigkakao. Ich trinke und esse alles. Schokolade mag ich besonders gern. Meine Schwester schmeißt drei Süßstoffpillen in den Hagebuttentee. Sie nippt an der Tasse und schaut uns zu. Meine

Mutter hält es nicht mehr aus, ihre Stimme überschlägt sich am Telefon, mein Vater kommt früher heim. Er öffnet die Beifahrertür. Meine Eltern fahren weg. Schlössergucken. Sie versuchen sich abzulenken. Ich lerne zu Hause.

Meine Schwester sagt, sie sei Kandidatin Nummer Eins gewesen. Bei jedem Wort reißt ihr Totenkopf in Falten auf. Ihr Gesicht ist verschwunden, ihr Mund übergroß. Ich ertrage ihren Anblick kaum. Es ist unanständig, sie anzuschauen. Sie ist hässlich. Ich wende mich ab. Meine Schwester wiederholt, sie sei wie für das Hungern gemacht gewesen. Das habe sie schon immer gewusst. Sie hat alle Bücher gelesen. Dort steht, wer dafür anfällig ist. Es sind viele. Meine Schwester sagt, alle Umstände sprächen für sie. Sie kennt ihren Fall, sie weiß, wo all die anderen Fälle hingegangen sind. Morgens um sechs steht sie auf, rennt um den Block, rein in den Stadtwald, bis zum Friedhof. Da liegt unser Großvater. Sie trägt immer ihren Ausweis bei sich, falls sie umkippt. Aber im Wald kann ihn niemand lesen, die Wege sind leer. Auf dem Bild im Kinderausweis hat meine Schwester dicke braune Zöpfe. Sie schaut misstrauisch, schief. Sie war schon damals kein Funkenmariechen, ihr Lächeln die reine Höflichkeit. Das Foto ist vier Jahre alt, heute würde sie darauf niemand mehr erkennen. Wenn sie vom Laufen nach Hause kommt, duscht sie kalt. Danach ist ihr warm für eine Viertelstunde. Es ist ein milder Tag draußen. Sie merkt nichts davon. Sie friert, trotz Teeinfusion aus der Thermoskanne und drei Kleiderschichten übereinander. In ihrem Schrank hängen nur noch alte Kleider, vererbte, aufgetragene. Neue Sachen wären Verschwendung. Meine Schwester will bescheiden sein. Sie trägt einen Pullover vom Flohmarkt, ein Hemd von meinem Vater. Die Angorawäsche hat ihr meine Mutter aufgedrängt. Meine Schwester hat sich beschwert über den Preis. Ihre Stöckerbeine verschwinden im Stiefelschacht, die Hose ist weit und wattiert. In die Schule fährt sie mit dem Rad. An der Steigung der Autobahnbrücke scheuert sie sich am Sattel die Haut vom Steißbein. Jeden Tag fällt es ihr schwerer hochzukommen. Aber sie tritt selbst bergab in die Pedale. Ich nehme den Bus.

Der Schularzt schickt einen blauen Brief nach Hause. Er hat meine Schwester gewogen, dabei hat er alles gesehen. Auch die blauen Flecken am Hintern, an den Ellenbogen. Weil da die Knochen rauskommen. Sie kann nicht sitzen, nicht liegen. Der Brief fragt, ob sie in Behandlung sei, sie müsse. Der Klassenlehrer will sie selbst kurieren. Meine Schwester lehnt ab, dankend. Sie hat bereits den dritten Therapeuten. Den ersten hat sie gleich verschlissen. Der erste Therapeut meiner Schwester war nicht ihr Typ. Sie konnte seine großen Ohren nicht leiden, seine Stimme, seine Ideen. Mit den beiden neuen ist es nicht besser. Sie behauptet es zwar, aber ich glaube ihr nicht. Sie hat nun zwei Therapeuten gleichzeitig. Bei dem einen müssen wir mit in die Stunden. Vater, Mutter, Kinder. Der Therapeut zeichnet uns auf. Es sind immer neue Sechzig-Minuten-Bänder. Er pult die Folie ab, legt die Kassette ein und dann los. Er redet, wir sollen mitmachen. Ich schiele auf den Lautsprecher des Recorders. Ich will nicht aufgenommen werden. Der Kassettentherapeut möchte, dass meine Schwester den zweiten Therapeuten verlässt. Irgendwann tut sie es. Obwohl sie nun keinen Therapeuten mehr für sich allein hat. Nur den Kassettentherapeuten, den wir uns teilen, einmal im Monat. Für den Therapeuten müssen wir Märchen erzählen, jeder sein liebstes. Das ist unsere Hausaufgabe. Wir streiten uns um die Bücher mit Grimms und Andersens Märchen. Meine Schwester geht in die Bücherei und liest Chinesische Märchen. Sie nennt ein Märchen, das der Therapeut nicht kennt. Wir sollten intuitiv entscheiden. Ich weiß nicht, was das bedeutet. Der Therapeut ist nicht zufrieden mit uns. Jedes Mal, wenn wir in die Praxis kommen, spielen wir die Reise nach Jerusalem, wir wechseln unsere Sitzordnung. Der Therapeut soll keine Hinweise darauf kriegen, wie wir zusammenhängen. Die gelben Ledersofas quietschen unter unseren Hintern. Zu Hause hören wir es auf den Kassetten. Die Bänder verschwinden schnell aus dem Wohnzimmerschrank, auf Nimmerwiedersehen. Jemand nimmt die Kassetten weg. Wir suchen sie nicht.

Der Therapeut sagt, wir sollen aufhören, ständig über das Gewicht meiner Schwester nachzudenken. Gedanken zu vermeiden ist viel schwieriger als an etwas zu denken. Ich habe kleine Kopfhörer, runde. Die stecke ich mir ins Ohr, wenn es wieder nicht klappt, wenn ich erneut an meine Schwester denke. Die Frauenstimme aus den Kopfhörern klingt winzig-weich, sie flüstert fast, die Band klingt nach Tanzorchester. Am Ende der Strophe kreischt die Sängerin auf, ausgelassen. Bis es vorbei ist und dann / ist es nett und still. / Aber bald danach / beginnt der nächste große Kampf.

Mein Vater liebt meine Mutter, meine Mutter liebt meinen Vater, meine Eltern lieben uns. Der Therapeut sagt, schön. Er gibt uns Namen. Ich bin Sonnenschein. Ich mustere den Therapeuten von oben bis unten. Er soll nicht glauben, dass er sich damit bei mir einschmeicheln kann. Ich schaue verächtlich auf seine silberne Brille, den grauen Pullunder, die abgewetzten Schuhe. Sein Gesicht ist ausdruckslos, seine Stimme ruhig. Meine Eltern wollen bestraft werden, wenn das helfen würde. Sie würden alles tun, nur damit meine Schwester isst. Wir gehen nicht mehr aus. Alle starren. Alle starren uns an. Sie zählen an jeder Rippe meiner Schwester unsere Untaten auf. Wir sind die Addams Family. Alle wissen, was mit uns nicht stimmt, nur wir nicht.

Abends im Bett fahre ich mit dem Fuß über die Astlöcher in der Holztäfelung. Die Dachschräge über mir ist voll davon. Ich kann nicht einschlafen. Ein Stockwerk unter mir schreit meine Mutter, meinen Vater höre ich nicht. Ich weiß, sie ruft, tu was, du musst was tun. Ich weiß, er sagt, er kann nichts tun. Fett ins Müsli schmeißen hilft nicht, wenn meine Schwester nicht essen will. Meine Mutter weint. Sie hat Angst, dass meine Schwester weiter hungert. Sie könnte alles kaputt hungern, ihren Körper, sich selbst und uns dazu. Mein Vater nimmt meine Mutter in den Arm. Er kann sie nicht trösten. Er hat selbst Angst. Irgendwann geht die Schlafzimmertür und sie sind ruhig. Ich lausche und lausche. Es bleibt still. Etwas zieht mich tief ins Laken. Ich schlafe ein.

Meine Freundinnen fragen nicht mehr nach meiner Schwester. Da gibt es nichts Neues. Wir lesen Bravo und rufen das Sex-Problemtelefon an. Wir stellen die Fragen, die schon abgedruckt waren, die Frau am anderen Ende bemerkt es. Kichernd legen wir auf. Nelly schneidet mir die Haare. Danach juckt mein Lieblingsshirt. Sie streichelt mir mit dem Puderpinsel über die Augen, das Gesicht, den Hals. Sie will nur die Haare abputzen. Die Enden sind jetzt rechts auf Kinnhöhe, links hat Nelly die Haare lang gelassen. Sie hatte ein Zeitschriftenfoto als Vorlage. Sie sagt, das ist der letzte

Schrei. Ich umarme sie. Beim Turmspringen trage ich blaue Badeanzüge und spüre mein Blond leuchten. Die türkischen Jungs sind die schönsten. Sie haben braune Augen. Aber sie sind so viele. Sie stehen am Beckenrand und pfeifen. Eine kleine Siegesmelodie. Ich stemme mich weit weg von ihnen aus dem Wasser und schaue schnell, ob was verrutscht ist. Das Gras des Freibads riecht frisch gemäht.

Als ich nach Hause komme, ist es Winter. Meine Schwester backt Lebkuchenhäuschen. Drei Stück, eines für jeden von uns. Ihres vom letzten Jahr steht noch, es hat einen grauen Schleier. Für unsere Häuschen stellt sie Zuckerguss her, in jeder Farbe. Die Häuschen sind schöner als die unserer Mutter. Ihre Kekse kamen aus der Packung. Meine Schwester backt selbst Lebkuchen. Sie nimmt dreimal so viel Butter wie angegeben. Die Häuser haben spitze Dächer und Zuckerstreusel darauf. Hänsel und Gretel und die Hexe sind aus dem Supermarkt. Meine Schwester war in jedem Laden, um die billigsten Figuren zu finden. Ich will gleich naschen. Meine Schwester sagt, leck die Töpfe aus. Das mache ich. Meine Schwester studiert Kochbücher und Kalorientabellen. Sie könnte Ernährungsberaterin werden. Sie liest keine anderen Bücher mehr, außer für die Schule, Lesen ist unnütz, es verbraucht keine Energie. Ich höre meine Schwester hinter der Wand an der Heizung liegen. Sie stößt gegen die Luftbefeuchter. Ich höre das Klirren. Ich weiß, sie friert, da, am anderen Ende des Heizungsrohrs. Ihr Blut stockt, sie hat lila Waben an den Beinen, ihre Hände und Füße sterben ab.

Ich bin schon wieder gewachsen, meine Schwester schrumpft. Manchmal erwische ich sie mit einer Zigarette in der Hand. Ein Zug, und sie fällt fast um, so schwindelig wird ihr. Sie zieht gierig bis in den Magen hinein. Sie krümmt sich. Warum machst du das, frage ich. Der Schwindel geht vorüber, sagt meine Schwester. Ich sage nichts. Meine Schwester hört keine Musik, sie liest nicht, sie schaut nicht fern, sie hat keine Freundinnen. In unserem Haus ist es still geworden, das Klingeln der Nachbarin schreckt uns auf. Sie bringt Rotbäckchen-Saft. Damit es dem Kind bald wieder besser gehe. Der Saft sei appetitanregend. Weil es ja keinen Hunger habe, das arme Ding. Der Magen meiner Schwester knurrt. Meine Schwester stellt die ungeöffnete Flasche Saft in mein Zimmer. Meine Eltern und ich mögen nicht mehr essen, es macht keinen Spaß mehr. Meine Mutter muss kochen, was meine Schwester will. Meine Schwester sagt, nein, bitte, nehmt keine Rücksicht auf mich. Aber was bleibt uns übrig? Meine Mutter versteckt die Waage. Meine Schwester hat zugestimmt, Entzug auf Probe. Am dritten Tag dreht sie durch. Sie trinkt nicht einmal mehr, aus Angst, ihr Bauch könne sich blähen. Die Waage kommt wieder. Ich drücke auf die digitale Anzeige. Der Speicher zeigt einunddreißig Kilo.

Auf der Trabrennbahn stehen wir in der VIP-Lounge. Es gibt ein Büfett. Meine Schwester pirscht sich an. Sie pickt sich einen Teller voll. Voll ist bei ihr so viel, wie ich übrig lasse. Ich nehme mir von allem etwas, aber kein Fleisch, das ist eklig. Die Jockeys lungern mit hungrigen Gesichtern vor dem Zelt herum. Sie waren noch nicht dran, sie dürfen nicht essen. Sie müssen leicht sein für die Pferde, denke ich. Es sind winzige, drahtige Burschen. Einer sagt mir, ich sehe aus wie Greta Garbo. Ich finde das lustig, so ein alter Knacker. Mein Vater schaut misstrauisch zu mir herüber. Er redet mit Kollegen. Meine Mutter behält meine Schwester im Auge, sie redet ihr zu. Die Pferde, die draußen vorbeidonnern, machen meiner Mutter keinen Spaß. Die Pferde haben Muskeln, aufgebläht wie Ballons, groß und schön. Die Jockeys werden stark auf ihren Rücken. Nach dem Rennen tritt eine Kellnerin ans Büfett und lädt ein Tablett für die Reiter voll, sie essen bei den Ställen. Im Zelt tragen alle Männer Krawatten, alle Frauen Stöckelschuhe, die Absätze bohren sich in den Rasen, sie heben die Erde aus dem Grund. Die Gäste schauen nur manchmal auf den Bildschirm mit den Pferdenamen. Dort flimmern die Ergebnisse, draußen jubeln die Menschen. Meine Mutter trägt Lippenstift, sie tupft Rot auf die Serviette. Ihr ist heiß. Ich weiß nicht, warum wir hier sind. Meine Schwester kratzt sich wund, innen am Ellenbogen. Ihr Teller ist leer. Morgen in der Schule werde ich erzählen, dass wir auf das falsche Pferd gesetzt haben. Es sei trotzdem schön gewesen, das Wetter.

Es ist Frühling. Die Prospekte des Sanatoriums liegen auf dem Küchentisch, meine Schwester liest sie wie Reisekataloge. Das Sanatorium ist teuer und in Österreich. Die Bilder im Prospekt sind gezeichnet: ein weißes Haus mit Fensterkreuzen, ein Eingang mit Säulen, Pappeln und hellgrünem Rasen, im Garten flanieren Menschen, skizzierte Bleistiftschemen. Vielleicht gibt es sie gar nicht. Im Prospekt sind keine Fotos. Meine Schwester träumt von geruhsamen Tagen in diesem Park. Aber das geht nicht für sie, dass sie zur Belohnung auch noch Urlaub bekommt. Sie hält durch.

Im Schulsport machen wir Judo. Die Jungen sind weg, in einer anderen Gruppe, wir sehen sie nicht. Die Anzüge sind weiß, der Stoff ist rau und steif, die Ärmel stehen ab. Meine Jacke hat Flecken. Wir lernen, den Gürtel zu binden.

Der Trainer ist kein Lehrer, er ist angestellt. Er ruft mich und führt etwas vor. Er packt mich am Ärmel und an der Schulter, wie beim Tanzen, aber er greift in den Stoff. Er dreht sich mit mir, er zerrt mich mit. Ich denke, das ist leicht. Dann stellt er mir ein Bein, ich pralle auf den Boden. Er sagt, gut, als Erstes lernen wir das Fallen. So wie du fällst, kannst du dir alles brechen. Ich rappele mich auf. Die Spiegelwand gegenüber hat eine Delle, ich schaue hinüber. Mein Gesicht sieht aus wie im Rund des Suppenlöffels, breit, verzerrt.

Meine Schwester ist zwei Klassen über mir, der Trainer kennt sie. Er steckt sie in die Judo-Mannschaft. Er muss alle Gewichtsklassen besetzen, das erhöht die Gewinnchancen. Wir fahren zu dem Wettkampf auf der Landesebene, ich bin nur Fan. Zwei Jungen aus der Mannschaft nehmen mich im Auto mit, sie sind schon zwanzig. Einer ist der Meister, der Beste im Club. Er sieht gut aus. Ich lache ganz laut, er schaut stur nach vorn. Die Tachonadel schlägt fast an die hundertachtzig, wir sind auf der Autobahn. Es ist heiß, die Sonne gleißt auf der Kühlerhaube. Aber es ist nicht das Wetter draußen, das uns erhitzt. Der Meister hat die Heizung aufgedreht bis zum Anschlag. Er trägt einen Jogginganzug, einen schwarz glänzenden, fest geschnürt überall, damit sich die Hitze staut. Er schwitzt, sein Freund auch. Er fragt, wie weit noch, hundert Kilometer? Ob das reicht? Der Meister sagt, klar. Wenn nicht, drehen wir einfach noch ein paar Runden in der Halle. Wir joggen, dann rennen wir aufs Klo, pinkeln, und wieder auf die Waage. Wenn ich mein Gewicht schaffe, esse ich zwei Bratwürstchen, eine Tafel Schokolade und drei Portionen Kraftflocken mit Vollfettmilch. Der Freund jault auf. Bitte, nicht vom Essen reden, das tut weh. Er hat auch Durst, er darf nicht trinken, dann wäre alles umsonst. Sie nennen das Schwitzen »Gewicht machen«. Ich lege meine Hände auf den Fahrersitz vor mir und sage, ihr seid pervers. Die Jungs lachen. Der Meister sagt, Dankeschön. Sie fühlen sich geschmeichelt.

Im Wiegeraum herrscht Hochbetrieb. Ich sitze auf der Holzbank und schaue zu. Viele Mädchen schaffen ihre Gewichtsklasse nicht auf Anhieb. Den Jungen geht es ähnlich, aber ich darf nicht in ihre Umkleide. Bei den Kleinen kommt der Trainer mit zum Wiegen. Bei einer Sechsjährigen greift er hinten in die Hose und hebt sie leicht, die Frau an der Waage tut, als merke sie es nicht. Die Mädchen über zehn Jahre strippen. Sie ziehen den weißen Anzug aus, dann das T-Shirt, die Socken, den BH, die Unterhose, ihre Uhr, zuletzt Ohrringe, Brille, die Zahnspange. Gestern haben sie heiß gebadet, Brennnesseltee getrunken, zur Entwässerung, dann rannten sie aufs Klo, um Wasser auszuscheiden. Danach haben sie nichts mehr getrunken, kaum gegessen. Wenn das alles nichts half, versuchen sie, vor dem Wiegen zu joggen. In der Halle rennen sie im Kreis wie Strafgefangene, rund um die bereits aufgebauten Matten. Es bleibt noch eine Stunde bis zum Wiegeschluss. Manche Judoka schaffen da noch ein ganzes Kilo. Selbst nachdem sie durch das Laufen genug abgenommen haben, hören ihre Oberschenkel nicht auf zu zittern. Auch später im Kampf sind sie wackelig auf den Beinen. Die Gegnerinnen werfen sie auf den Boden. Die Joggerinnen landen im Haltegriff, der Arm der Gegnerin legt sich um ihren Hals und drückt zu. Sie kippen um. Sie schaffen es nicht einmal mehr, formal aufzugeben. Dazu müssten sie mit der flachen Hand auf den Boden schlagen. Die Schiedsrichter wundern sich. So viele Ohnmachten … Das ist wohl die Pubertät, sagen sie. Die wachsen zu schnell, das macht der

Körper nicht mehr mit. Meine Schwester muss nicht kämpfen. Sie steht auf dem Siegertreppchen, allein. Niemand ist so leicht wie sie. Es gab nur eine einzige Gegnerin in ihrer Gewichtsklasse und die ist bereits abgereist. Meine Schwester schmeißt die Medaille in die Toilette, ich höre es von draußen.

Nach dem Wettkampf mache ich mir Bratkartoffeln. Meine Schwester sagt, bitte, lass mich. Sie schaufelt Fett nach, immer wieder. Es dauert doppelt so lang bei ihr, bis die Kartoffeln fertig sind. Sie schmecken ölig. Meine Schwester schaut zu, während ich esse. Ich habe keinen Appetit mehr. Ich drehe die Musik im Radio auf. Meiner Schwester verzieht das Gesicht, das Radio ist ihr zu laut. Bitte, flüstert sie. Alles ist ihr zu viel. Das Licht zu grell, die Musik zu laut, Menschen gibt es keine mehr hier. Unser Haus ist tot. Ich fliehe zu Paul. Wir hören The Cure, er trägt Schwarz. Wir sitzen in der Einliegerwohnung bei seinen Eltern, wir hocken dicht nebeneinander, bis die Schatten aus den Ecken kriechen. Meine Schwester will nicht sterben. Sie will nur, dass alles aufhört, einfach einschlafen. Wenn sie stirbt, kriege ich ihre Tagebücher. Ich soll sie verbrennen, sagt sie. Das hat sie sich bei Kafka abgeschaut. Sie will nicht, dass später alle erfahren, wie jämmerlich sie war. Sie sagt, es steht nur Mist in den Heften. In ihren Tagebüchern sind auch Gewichtstabellen. Der Therapeut meinte, das würde helfen. Die Kurve geht nach unten, erst steil, jetzt Grammweise. Ich habe heimlich nachgeschaut. Jeden Tag warten wir ab, ob meine Schwester noch aufstehen kann. Kommt sie endlich zum Frühstück, atmen wir auf.

Der Therapeut sagt, wir sollen unsere Familienlegende erzählen. Wir wissen nicht, was das ist. Meine Schwester erklärt mir, dass er uns knacken will. Jeder Frage weicht sie aus, sie hinterfragt alles, sie klingt gequält, müde. Der Therapeut ist wie der Fernsehprediger. Er redet sanft, besserwisserisch. Wir treffen nie jemanden in seiner Praxis. Wir sind wohl die einzigen. Es ist immer dunkel, wenn wir kommen. Im Auto klappe ich die Armlehne zwischen meine Schwester und mich. Sie massiert den Hungerdruckpunkt auf ihrer Handinnenfläche. Sie will wieder Hunger spüren, sagt sie. Ihre Eingeweide schweigen seit Langem. Sie ist über den Hunger hinaus. Ihre Haare sind wie Feenseide, durchsichtig, ihre Haut spannt sich fahl über den Knochen. Ihre Augen liegen in bläulichen Höhlen, ihre Lidränder sind rot. Ich frage meine Schwester, findest du dich schön, so? Sie sagt, nein. Findest du dich zu dick, frage ich. Nein, schon lange nicht mehr, sagt sie. Warum dann das Ganze? Ich verstehe sie nicht. Gehirnwäsche. Die lässt dich nicht los, sagt meine Schwester. Ich frage, was willst du beweisen? Meine Schwester schüttelt den Kopf. Meine Mutter schaut in den Rückspiegel, mein Vater schaltet in den fünften Gang.

Nach jeder Sitzung beim Therapeuten gehen wir essen. Ich finde ein Stück Plastikfolie in der Sauce Hollandaise zu meinem Spargel. Es ist so groß wie eine Zigarettenschachtel. Ich ekele mich. Meine Schwester stochert in ihrem Salat. Ich sage, in meinem Essen ist eine Folie. Meine Mutter will den Kellner alarmieren, mein Vater ist dagegen. Meine Mutter ruft den Kellner, mein Vater schweigt. Wir bekommen einen Schokoladenpudding als Entschuldigung für die Plastikfolie, niemand will ihn. Der Pudding bleibt zurück auf dem weißen Tischtuch. Tischleindeckdich. Die Schwingtür am Kücheneingang quietscht.

Meine Schwester spürt das Hungern auch bei anderen. Sie schaut fremde Mädchen und Jungen an und weiß Bescheid. Manchmal ahnt sie das Hungern sogar, bevor es ausbricht, als gäbe es unterirdische Gänge, die sie miteinander verbinden, oder Radar. Tiere fühlen Erdbeben kommen, meine Schwester das Hungern. Sie liest die Gedanken, seismografisch, sie misst die Erschütterungen. Meist ist es dann schon zu spät. Sie tut ohnehin nichts, um den anderen zu helfen. Manchmal sind es Erwachsene, die mir meine Schwester auf der Straße zeigt, manche sehen normal aus. Meine Schwester beobachtet in der Pause ein Mädchen aus der siebten Klasse, ein Knochengerüst mit Dauerwelle. Der Geschichtslehrer folgt ihr auf die Toilette. Was will er bei der grabschen? Meine Schwester vermeidet selbst Blickkontakt, sie will mit den anderen nichts zu tun haben. Die Streberin aus der zehnten ist auch im Club, meine Schwester kann sie nicht leiden. Ich finde sie traurig mit ihren rot geschminkten Wangen, den Lagerfeld-Jeans ohne Hintern darin. In den Pausen klammert sich meine Schwester an den Heizkörper, die anderen Schüler prügeln sich am Kiosk um die Kekse. Die Hände meiner Schwester sind weiß wie Wachs, selbst jetzt im Frühling.

Die Mädchen aus der Klasse meiner Schwester gehen zur Tanzstunde. Sie haben Tanzpartner, große, blonde, braune. Anzug, Jeans, Lederjacke, alles dabei. Sie knutschen nach der Tanzstunden-Disco am Samstagabend. Die Väter hupen ungeduldig, sie warten im Wagen. Meine Schwester wird nie aufgefordert. Beim Abschlussball muss sie mit einem Hospitanten tanzen, er wird dafür bezahlt. Der Hospitant ist riesig und dick. Sie hüpft wie ein zerrupfter Rabe in ihrem schwarzen Tüllrock, um mit ihm Schritt zu halten. Der Hospitant hasst sie. Es ist sein Job, mit ihr zu tanzen, aber gern tut er es nicht. Meine Schwester ist verkrampft. Der Hospitant streckt seine Arme fast durch, er hält eine Elle Abstand zu ihr. Ich schlürfe am Tisch meiner Eltern eine Cola. Ein Junge fragt, ob ich tanze. Ich sage, nein. Ich kann nicht tanzen. Dem nächsten sage ich, dass mein Fuß verstaucht sei. Er fragt meine Eltern, ob er sich dazusetzen dürfe. Meine Mutter sagt, gerne. Auf der Tanzfläche sehe ich den Hospitanten mit meiner Schwester, sie wirkt blass, abgekämpft. Sie schaut nicht hoch. Er zählt, eins, zwei, Cha-Cha-Cha. Sie fächern sich auf wie vorgeschrieben, in der Mitte halten sie sich an den Händen, ihre freien Arme sind einladend nach außen gewölbt. Der Hospitant dreht seine Hüfte seitlich ein, wie ein Torero beim Ausweichen, die Hüften meiner Schwester sind vom Tüll verdeckt.

Ich verriegele die Badezimmertür hinter mir. Um drei Uhr bin ich mit Nelly verabredet. Wir wollen schwimmen gehen, ich habe es Nelly versprochen. Das oberste Fach im Badezimmerschrank gehört meiner Schwester, dort stehen ihre Tampons und die Slipeinlagen, sie kann nichts mehr damit anfangen. Ich hole die Schachtel mit den Tampons aus dem Schrank. Ich lese die Anleitung, dann fingere ich die Folie ab und ziehe einmal fest an der hellblauen Schnur. Der Tampon sitzt wie ein Fingerhut aus gepresster Watte auf meinem Zeigefinger. Er hat die kleinste Größe. Er sieht trotzdem groß aus. Ich kann mir nicht vorstellen, wo er in meinem Körper liegen soll. In Anatomie kenne ich mich aus, aber das sind Zeichnungen. Ich hole tief Luft und stecke den Finger mit dem Tampon zwischen meine Beine. Es tut weh. Ich stelle ein Bein auf den Toilettenrand. Der Schmerz treibt mir die Tränen in die Augen. Der Tampon verschwindet nicht in mir. Ich frage mich, was nicht stimmt, ich mache doch alles nach Vorschrift. Meine Mutter will ins Bad, sie klopft. Der Tampon tut weh, ich schmeiße ihn weg. Mit meiner Bindenwindel stakse ich aus dem Bad, sie beult hinten und zwischen meinen Beinen. Die Binde ist so riesig, dass sie jeder sieht, das Plastik scheuert an der Haut.

Auch meine Schwester verschwindet im Bad. Sie hat meinen Vater gefragt, wie der Rasierer auf Langhaar reagiert, wo der Aufsatz ist. Er hat es ihr gesagt. Erst als sie weg ist, ahnt er, was sie vorhat. Er alarmiert meine Mutter, sie klopft wieder an die Badezimmertür, dahinter hört sie den Rasierer summen. Meine Schwester antwortet nicht. Sie hat nicht abgeschlossen, meine Mutter tritt ein. Meine Schwester führt den Rasierer gerade zum Kopf, meine Mutter nimmt ihn ihr weg. Meine Schwester hat Tränen in den Augen, sie kämpft dagegen an. Sie wollte sich den Kopf rasieren, um aufzufallen, aber sie hat es nicht geschafft. Drei Tage hatte sie vorher geschwiegen in der Schule, keinen Ton hat sie von sich gegeben, nicht einmal im Unterricht. Sie wollte testen, ob jemand sie bemerkt. Doch niemandem fiel ihr Schweigen auf. Nicht den Lehrern, den Schülern, ihren Freunden von früher. Ihre Stimme zittert. Sie sagt, sie habe nichts zu bieten, keiner wolle eine, die nichts zu bieten habe. Sie sei für alle nur die Kranke, für immer und ewig. Meine Mutter wird laut, sie will meine Schwester beruhigen. Ich halte mir die Ohren zu, ich kann es nicht hören, das Geschrei.

Die Turnhalle ist groß und grau, von außen wirkt sie wie die Arche Noah. Vor dem Eingang stehen Fahnenstangen. Ich erkenne die Flaggen nicht, keine ist Schwarzrotgold. Das gehört sich nicht. In der Turnhalle springe ich Trampolin. Endlich bin ich an der Reihe. Die anderen Mädchen stehen am Rand des Sprungtuchs, sie haben ihre Arme daraufgelegt. Wenn ich falle, fangen sie mich auf. Ich springe, jedes Mal höher. Ich bin so leicht; die Zehenspitzen sind mein Raketenantrieb, meine Feder. Ich ziehe die Beine an in der Luft. Hocke. Ich falle nach unten, federe hoch, reiße die Beine zur Grätsche auseinander, danach eine Drehung, beim nächsten Sprung ein Salto. Das Sprungtuch nimmt mich auf, wölbt sich tief nach unten, schleudert mich hoch. Ich muss in der Mitte bleiben, der Rand ist gefährlich, dahin darf ich erst im nächsten Jahr. Die Spannung ist das Wichtigste beim Trampolinspringen. Ich darf nicht lockerlassen. Sonst fliege ich auf den Boden. Wer loslässt, bricht sich die Knochen. Mein Trainer, Perry, hat sich den Fuß zerschmettert, als er nicht aufgepasst hat. Nur eine Sekunde lang hat er an etwas anderes gedacht, vielleicht an seinen Rentenbescheid, vielleicht an den frisch gestrichenen Zaun, da hat er die Spannung verloren, ist falsch aufgekommen, das Sprungtuch hat ihn vom Trampolin katapultiert. Er lag am Boden, der Fuß verdreht, drei Bänder waren gerissen, er hatte eine Knochenabsplitterung am Knöchel. Er kam unters Messer, ein halbes Jahr lang durfte er keinen Sport treiben, nicht aufs Trampolin. Sein Bein ist klein und weiß, als der Gips abgenommen wird. Ich fasse seine Wade an. Das Bein sieht nicht aus wie Perrys, es ist dünn wie bei einem Kind. Die Haut fühlt sich rau an, haarig. Ich frage, Mensch, Perry, wie willst du mit diesem Stecken springen? Er sagt, ich springe auf dem Po. Ich lächle. Er ist so alt – er kann sich alles vorstellen.

Das Springen sieht leicht aus, es fühlt sich leicht an,

ich fliege. Keiner der Umstehenden hört das Keuchen, die Sprungfedern des Trampolins übertönen es. Von unten betrachtet erscheint das Springen mühelos, aber als ich vom Trampolin herunterklettere, bin ich außer Atem. Meine Knie geben nach, der Boden scheint näher als sonst, mein Gewicht drückt, als wäre ich plötzlich vom Mond auf die Erde gefallen, von der Schwerkraft geschockt. So war es auch nach dem Rollschuhlaufen früher. Das Rollen über den Asphalt kitzelte an den Füßen, wie eine Massage lud es meine Füße auf. Ich wedelte mit großen, weiten Schritten über die Straße vor unserem Haus. Doch nach dem Rollschuhlaufen fühlte sich das Gehen an wie Kriechen, beim Trampolin ist es ähnlich, nur schlimmer.

Es regnet auf unser Haus, die Fensterläden klappern durch den Wind, der sich dazwischendrängt. Meine Eltern holen das Spielbrett. Meine Schwester ordnet die Figuren nach Farbe und Größe, stellt sie vor sich auf. Wir müssen würfeln, wer anfängt. Jeder wirft einmal. Doch wir haben vergessen auszumachen, was gilt. Wir fangen von vorne an. Meine Mutter sagt, wer die höchste Zahl wirft, darf beginnen. Sie würfelt eine Fünf, niemand von uns schafft mehr. Meine Schwester sagt, bravo. Ihre Stimme klingt wie sie aussieht, dünn und klagend. Sie ätzt sich in mein Ohr. Früher haben sie uns am Telefon verwechselt, jetzt nicht mehr. Meine Schwester piepst.

Später höre ich meine Schwester im Stockwerk über mir hüpfen. Sie hat ein kleines Trampolin gekauft, sie äfft mich nach. Während sie hüpft, wiederholt sie Vokabeln für den Französischunterricht. Sie sieht aus wie ein Gespenst in ihrem weißen Nachthemd. Sie wechselt es nie, das wäre Verschwendung. Meine Schwester bewegt sich ständig, sie kann nicht stillstehen, obwohl ihr jeder Schritt schwerfällt.

Es ist Winter. Meine Schwester isst nicht. Der Kassettentherapeut hat gesagt, spätestens nach drei Monaten bei ihm höre der Spuk auf. Das ist ein ganzes Jahr her. Mein Vater schüttelt den Kopf und sagt, solcher Aberglaube helfe nicht, der Glaube an den Therapeuten sei falsch. Es ist nicht vorbei. Mein Vater sagt dem Therapeuten, das Kind könne an gar nichts mehr glauben, geschweige denn denken. Seine Tochter sei benebelt vom Hunger, sie lebe in ihrer eigenen Welt. Alles drehe sich nur ums Hungern, wir seien Schatten für sie. Er warte darauf, dass sie umfalle, dann fange er sie auf. Bis dahin sei er machtlos. Der Therapeut schickt uns nach Hause, die Behandlung ist beendet. Ja, aber, sagen meine Eltern. Und jetzt? Der Therapeut sagt, er schickt den Bericht an die Krankenkasse. Meine Schwester torkelt über den Bürgersteig vor der Praxis, ich fahre zum Training.

Die Eisblumen wachsen auf den Autofenstern. Mein Vater muss morgens mit dem Schaber seinen Wagen von dem Eis befreien, bevor er zur Arbeit fährt. Manchmal nimmt er mich mit zur Schule. Ich ziehe mein Spaghettitop unter den Strickpullover. Wenn ich im Klassenzimmer nahe bei der Heizung sitze, kann ich den Rollkragen über den Kopf ziehen und meine Schultern zeigen. Bei Paul ist es immer warm. Ich fahre nach der Schule mit zu ihm nach Hause, meine Schultern gefallen ihm. Meine Schwester sehe ich kaum. Wenn ich nach Hause komme, fixiere ich das Telefon und warte auf sein Klingeln. Ich sehe den Fernseher, die Krümel auf dem Boden, ich spiele mit der Gardine, ich denke an

Paul. Schatten bemerke ich nicht. Manchmal huscht meine Schwester durchs Zimmer. Sie ist nicht verrückt, denke ich. Dafür schreibt sie zu gute Noten. Aber sie ist nicht meine Schwester. Meine Schwester ist weggegangen, sie wird auch nicht mehr wiederkommen, glaube ich. Ich versuche, leise zu sein, bis ich ausziehe, ich will nicht auffallen, meine Eltern sind zu erschöpft, um es zu bemerken.

Ich schleiche mich nachts mit Paul in die Turnhalle. Ich habe den Schlüssel von Perry bekommen, zum Aufbauen vor der Stunde. Wir klappen das Trampolin aus, es ist riesig. Wir stellen es an die großen Fenster, sie reichen vom Boden bis zur Decke, die Halle ist im ersten Stock. Wir legen uns auf das Trampolin und schauen in den Himmel. Draußen stehen Straßenlaternen, das Licht stört. Paul erzählt von seinem Hund, es ist ein Mischling, sein Vater hat ihn mitgenommen, er wohnt jetzt nicht mehr hier. Einmal im Monat sehen sie sich, meistens spielen sie mit dem Hund. Ich schaue Paul an, während er spricht. Er hat eine große Nase, sie wölbt sich weit aus seinem Spitzgesicht. Ich kann mir nicht vorstellen, dass ich Paul nicht mehr mag, irgendwann. Ich lege meine Hand auf seine. Willst du es hören, frage ich. Aber ich weiß, er ist eingeschlafen. Ich habe die Sätze in mein Matheheft geschrieben. Ich kann sie auswendig.

So langsam ist alles, dass nichts mehr vergeht. Schon lange schien alles zu Ende, aber es hört nicht auf, wie der Nautilus im Ozean, die uralte Schnecke, sinken wir. Ein Bündel, aneinandergeklammert.

Wir schließen die Augen und tasten ganz sacht nach unserem Herzschlag. Ich schweige und schaue Paul an. Er ist durchscheinend blass, wenn er schläft. Er presst sich die

Fäuste auf die Augen. Ich biege ihm die Hände zur Seite, er wacht auf.

Aus der Küche verschwinden Lebensmittel. Es dauert lange, bis es mir auffällt. Ich bemerke nicht, dass der zweite Vanillepudding aus dem Kühlschrank verschwindet. Meine Mutter hat ihn nicht gegessen, mein Vater mag keinen Süßkram. Meine Eltern sagen nichts zu mir, nichts zu meiner Schwester. Dann fehlt eine Eispackung, ein ganzer Liter, drei Tage später die nächste. Meine Mutter kauft vier neue nach. Meine Eltern halten die Luft an. Meine Mutter stopft die Eistruhe mit Liter-Packungen Vanilleeis voll. Sie kauft die beste, die teuerste Marke. Magermilch, Butterreinfett, Glukosesirup, Zucker, Farbstoff Betacarotin, Bourbon-Vanille, Geschmacksverstärker. Das Eis ist eine Fettschleuder, eine Zuckerbombe. So etwas rührt meine Schwester nicht an. Das Eis verschwindet trotzdem. Im Mülleimer stapeln sich die Packungen. Niemand sagt etwas. Meine Mutter checkt die Toiletten nach Spuren von Erbrochenem, auch unter dem Rand. Meine Eltern lauschen, wenn meine Schwester zur Toilette geht, aber es klingt normal.

Nach vielen Tagen merke auch ich etwas, obwohl ich nie zu Hause bin. Meine Mutter hat schon siebzehn Treuepunkte von der Eisfirma gesammelt. Sie hat Angst und ist erleichtert, mein Vater ist erleichtert und hat Angst. Meine Schwester isst. Sie schlingt das Eis in sich hinein. Der Bauch meiner Schwester schmerzt, aber sie isst weiter, auch wenn es schmerzt. Ihr Magen ist klein geworden. Ich schaue meine Schwester an. Vor Kurzem wog sie halb so viel wie ich, aber jeden Tag nimmt sie zu. Sie wird teigig. Sie isst ein Kilo Eis am Tag und dazu noch Frühstück, Mittag, Abendessen. Bei den Mahlzeiten schafft sie nur Diätportionen. Ein dünnes Stück Brot mit magerem Kräuterquark darauf – mehr kann sie nicht essen. Aber das Eis geht gut, das Eis schmilzt und rutscht und tröstet. Die Brotscheiben werden nur ganz langsam dicker. Als sie einmal morgens zwei Scheiben isst, bringt sie abends nur eine halbe herunter. Meine Schwester isst kein Eis vor uns. Sie versteckt sich zum Fressen. Mit jedem Kilo mehr auf den Rippen kullern die Tränen. Meine Schwester weint. Sie hat seit fünf Jahren nicht mehr geweint. Jetzt heult sie pausenlos. Ich sehe die verquollenen, roten Augen. Es tut weh, sie anzusehen. Meine Schwester sagt, sie hat nichts, woran sie glauben kann. Sie weiß nicht mehr, wo oben ist und unten. Sie sagt, sie war schon tot. Sie sagt, sie sei schwach, sie hasst sich. Aber das ist nicht neu, das war schon so. Ich warte ab. Meine Schwester isst, das ist alles, was sie macht. Wir wissen nicht, warum.

Gras und Rüben

Als ich siebzehn wurde, träumte ich von Flips Bruder, dem Metzger. Ich kannte ihn kaum, trotzdem kam er im Traum zu mir. Er sagte, die Wattebäusche seien ausgegangen, ich solle mir die Tränen trocknen. Ich nahm die angebotene Wurstpelle, kroch unter dem Bett hervor und gähnte. Ich wollte Bäume umarmen, sie sollten mir Trost spenden. Doch die Eichen an der Allee waren längst gefällt. Ich lag am Bahndamm und horchte auf die Züge. Es dauerte lange, bis einer kam. Unsere Strecke führte zu Fuchs und Hase. Die Wiese unter mir war feucht, sattgrün. Das Gras kitzelte meine Nase. Schleim zog sich weit in meinen Rachen hinein. Meine Stimme klang belegt.

Es war nicht lange her, da hatte der Berater des Arbeitsamtes mir vorgeschlagen, es noch einmal mit der Schule zu versuchen. Er sagte mir, ich hätte sonst wenige Chancen. Chancen kannte ich von der Lottofee und ihren wirbelnden Bällen. Zahlen wurden verlesen, und meine Großeltern versuchten, deren Gesetzmäßigkeiten zu deuten. Vor Jahren hatten sie gewonnen, die Summe aber mit vielen Freunden teilen müssen, weil sie den Schein gemeinsam ausgefüllt hatten, nach einer langen Nacht in der Gartenlaube. Der Rock meiner Großmutter hatte bereits geknittert und mein Großvater, der stumme Drechsler, hatte seine Freunde genötigt, die

Zahlen auf dem Lottoschein zu tippen. Der Gewinn, geteilt durch zehn, hatte nur für ein Besäufnis gereicht. Ich bewunderte meinen Großvater. Sein eingezogener Mund im zerfurchten Gesicht schien jeden anzuknurren, ein Gebiss brauche ich nicht, zerbeißen könnte ich euch auch so. Passt auf!

Ich sagte dem Mann vom Arbeitsamt, Chancen kämen für mich nicht in Frage, das sei alles Humbug. Er wühlte in seinen Papieren, bat mich um Geduld und zog nach langem Suchen einen Umschlag hervor. Er druckte einen Formbrief aus und beleckte die Lasche des Umschlags mit seiner fleischigen Zunge, so sorgfältig, als seien Drogen im Klebstoff. Ich zerriss in der Zwischenzeit den Prospekt zur »Neuorientierung« in genau dreißig kleine Schnipsel, dazu zählte ich »Liebe, Freundschaft, Hass. Liebe, Freundschaft, Hass.« Ich blieb bei »Hass« hängen. Für deine Eltern. Der Beamte hielt es nicht für nötig, mich zu siezen, obwohl ich schon sechzehn war. Ich nahm den Brandsatz aus seiner Hand und steckte ihn in die vordere Tasche meines Adidas-Rucksacks. Der Berater drückte auf den Knopf an der Kante seines Schreibtisches. Draußen auf dem Flur klappte eine Zahl an der Anzeigetafel um, meine Nummer verschwand und ein anderer wissbegieriger junger Mensch schlurfte den Weg vom Wartesaal in dieses Büro, um seine Bestimmung zu erfahren. Ich brauche keinen Schulabschluss. Mein Freund arbeitet auf einer Farm in Australien. Ich werde Nonne. Ich fülle Automaten nach. Das wollte ich schon immer machen! Nur kurz zuckten solche Reden durch mein Hirn. Ich sah nicht ein, warum ich ein Wort von mir geben sollte, wenn hier sowieso nur in Prozenten gedacht wurde. Ich ging, ohne mich zu verabschieden. Der Berater ließ den Frosch auf seinem Bildschirm schon wieder Fliegen fressen. Jeden Mückentreffer honorierte der Computer mit einem Triller.

Vor dem Kaiser's stand der Hähnchen-Mann mit seiner fahrbaren Bude. Es war also Donnerstag. Nur noch Freitag für mich, dann fing wieder das unbarmherzige Wochenende an. Meine Eltern nölten zu Hause allen Frust aus ihrer klimagekühlten Staublunge, Spaziergänger überfluteten meine Plätze im Dorf. Am Wochenende verkroch ich mich unter die Kopfhörer meines Walkmans. Doch heute war Donnerstag, und es gab Zeit und Orte genug, um zu flüchten. Ich holte mir eines der fettigen orangen Hähnchen vom Spieß. Ich wollte das oberste, das mit dem unnatürlich geraden Bein. Es stand ab, als habe das Huhn Schlittschuh laufen wollen. Es rührte mich.

Mit einer Flasche Ketchup aus dem Supermarkt und der fetttriefenden Alutüte auf meinen Knien hockte ich mich auf die leeren Ränge des Fußballplatzes. Kein Mensch war zu sehen. In meinem Rücken bellten die Schäferhunde des Sportwarts in ihrem Zwinger. Mit Händen und Zähnen zerrupfte ich das Hähnchen, ich tunkte meine Zunge in den Haufen Ketchup am Tütenrand und schlang alles herunter. Ich ließ nur die Knochen übrig. Dann las ich den Brief. Ich riss das Kuvert auf und entfaltete das Blatt mit fettigen Hähnchenfingern. Fehlender Schulabschluss … unzugänglich … weitere Adressen … Mehr brauchte ich nicht zu wissen. Ich zerriss den Brief in kleine Fetzen. Ich schaute hoch, über die Ränge hinaus. Ich dachte an Flip, den Bruder des Metzgers. Dort hinten, bei den Tennisplätzen, hatte er oft in der Sonne gelegen. Ich war jeden Dienstag mit meinem Tennisschläger an ihm vorbei geschlendert. Flip war ein wandelnder Rippenkäfig mit Oberlippenflaum und orange-blond gebleichten Haaren mit dunklen Ansätzen. Seit er vierzehn geworden war, vor vier Jahren, trug er Armeehemden, zwei im Wechsel, so hoffte ich. Er war fast zwei Köpfe größer als ich. Ich war auf Augenhöhe mit dem braunen Gekräusel, das im Sommer aus seinen abgeschnittenen Ärmeln kroch. Morgens fuhr er ins Schlachthaus, den Rest des Tages zählte er Würste. Abends kümmerte er sich um den Partyservice. Wir waren zusammen im Tennisclub gewesen. Flip hatte aufgehört. Er rauchte. Getrocknete Bananenschalen, Mehl, zerbröselte Bleistiftminen, Kaktusblätter, Haare. Er hatte schon alles probiert. Er suchte den billigen Kick, leider vergebens. Seit Kurzem hatte er einen Dealer, jeder wusste das. Er bekam jetzt Schwarzen Afghanen geliefert. Der Afghane wurde für ihn in den Motor von Autos geklemmt, die bei Gibraltar übersetzten. Flip tat, als dächte selbst der Pflücker in Marokko voll Bewunderung an ihn, den mutigen Kiffer. Von den spanischen Schmugglern sprach Flip wie von Duzfreunden. Er hatte sie noch nie getroffen. In seiner Fantasie war Flip ständig mit dem Schwarzen Afghanen auf Reisen. In Wirklichkeit besaß er nicht mal einen Pass. Er hatte ihn noch nie benötigt. Doch das erfuhr ich erst, als ich ihn schon näher kannte. Im Tennisclub hatte ich nie viel mit ihm zu tun gehabt. Ein paar Mal zog er vor meiner Trainingsstunde den Platz ab, ich sah ihm dabei zu und ärgerte mich über seine Langsamkeit. Das war alles. Flip verließ den Verein, er trug nie wieder Sportklamotten. Von einem Tag auf den anderen roch er nach Abenteuer.

Mit Glasaugen saß er vor dem Kaiser's und grinste mich an. Ich war nicht sicher, wie ich reagieren sollte. Ich hatte den Scherbenblick. Mein Spiegel sagte es mir schon früh. Ich konnte Mütter erstarren lassen, wenn ich ihre Kinder ansah, als wäre den Babys die Nase abgefallen. Flip schreckte das nicht, er war wohl zu bekifft. Aber er sah das Krokodil auf meiner linken Brust und die weißen Tennissocken an den Milchwaden. Ich legte den Arm vor das Krokodil und richtete beiläufig den Kragen des Polohemdes auf. Flip deutete auf die Tüte in meiner Hand. Ich zeigte ihm den Schokoladen-Osterhasen und die Paradiescreme für das Mittagessen. Ausverkauf, was? Ostern ist doch längst vorbei. Flip rollte das R wie nach tausend Jahren Sibirien. Ich fragte ihn, ob er Aussiedler sei, er klinge so. Es sollte ein Scherz sein. Ich hatte nicht damit gerechnet, in Familiengeheimnisse eingeweiht zu werden.

Mein richtiger Vater ist Russe. Mein Bruder, der Metzger, stammt von dem Alten, bei dem wir wohnen, ich nicht. Nur aus Rücksicht sage ich Papa zu ihm. Meine Mutter hat den Russen, der mein Vater wurde, auf einer Fachmesse kennengelernt. Mit ihr und dem Alten läuft schon lange nichts mehr. Sie hat mich auf der Fleischermesse gezeugt.

Für die Geschichte sprach, dass die Brüder, der Metzger und Flip, sich ähnelten wie ein Kuckuck und ein Esel. Ich wusste nicht, was ich dazu sagen sollte. Meine Eltern waren beim Kinderschutzbund und kannten sich von der Uni. Ich ging weiter. Die Einkaufstüte pendelte gegen meine Schenkel.

Niemand war zu Hause. Ich schlug die gerade gekaufte Paradiescreme mit dem Handrührgerät und dachte an Flip. Auf der Couch stopfte ich die schaumige Puddingmasse in mich hinein. Die Rollläden im Wohnzimmer hatte ich geschlossen, damit der Fernsehbildschirm nicht reflektierte.

Ich schaute zu, wie der junge Aborigine in der Steppe jagte, ohne Deckung. Er lief barfuß, flink und leise wie der Wind mit großen Schritten bis ganz nah an das kleine Känguru heran. Es schien ihn nicht zu bemerken. Doch plötzlich wendete es den Kopf und blickte direkt zu dem Jäger. Der erstarrte sofort, sein rechter Fuß stand in der Luft, der Speer schien an die erhobene Hand gemeißelt zu sein. Die Starre war so vollkommen, er hätte ein Geist sein können. Das Wallaby äste weiter. Eine Sekunde später war es tot. Der Speer hatte sauber die Halsschlagader getroffen. Der Aborigine nahm das Tier aus und trug die einzelnen Körperteile am Gürtel durch die Hitze. Blut und Körperflüssigkeiten vermischten sich auf seiner Haut. Jeden Nachmittag sah ich mir die Lehrprogramme über fremde Völker und Ticre an. Ich kratzte mir die Pickel auf und träumte von Malaria, Schnurrbärten unter Tropenhüten und der Schutzlosigkeit von Hängematten.

Abends ging ich ins Jugendzentrum. Der Kicker war belegt. Zwei Jungen spielten schon seit Stunden. Sie ließen sich von niemanden ablösen. Ich klopfte auf den Rand und forderte. Die Reaktion kam prompt: Wo ist dein Partner? Allein spielen geht nicht. Da kann ja keiner verteidigen. Zieh ab. Ich trollte mich. Ein Glatzkopf warf den Dartpfeil direkt vor meiner Nase. Es fehlte nicht viel bis zu einem Unglück. Ich holte tief Luft, da rempelte der Typ mich schon zur Seite. Ich rieb mir den Musikantenknochen und presste die Lippen zusammen. Das hintere Drittel des Saals lag fast im Dunkeln. Dort standen ein paar Sofas vom Sperrmüll und eine altdeutsche Tischgruppe mit ausgeschnitzten Herzen in den Stuhllehnen und einer Eckbank. Zwei Kniescheiben in Militärhosen ragten neben der Tischplatte auf. Hoffnungsvoll trat ich näher heran. Ich hatte richtig getippt, Flip hatte sich auf der Eckbank langgestreckt und meditierte. Ein bisschen Kräuselbauch blitzte zwischen Hemd und Hose. Sein Bauchnabel war ein halbrunder Knubbel. Ich hätte ihn gerne reingedrückt, aber stattdessen trat und boxte ich gegen den Cola-Automaten neben der Sitzgruppe und klaute eine Flasche, mit der ich mich zu Flip setzte. Ich tat unbeteiligt.

Da geht bestimmt bald der Deckel hoch. Die hocken alle immer noch in den deutschen Botschaften in Prag und Budapest. Haste gehört? Dein Vater ist doch Russe.

Mein Vater zahlt ja nicht mal Unterhalt.

Aber der Mann von deiner Mutter zahlt doch für dich. Und du wohnst da.

Flip schnaufte. Er fragte, ob ich von der Fürsorge käme. So fing es an.

Wir fuhren im Auto des Metzgers an den Rhein. Flip hatte seinen Führerschein verloren, ich war erst sechzehn. Sein Bruder wusste nicht, dass er den Wagen hatte. Flip hielt das Lenkrad mit einer Hand. Die freie Hand lag auf seinem Oberschenkel. Am Ufer stieg er aus, pinkelte in den Fluss. Durch die Windschutzscheibe betrachtete ich seinen Rundrücken in der glänzenden Baseballjacke. Das Flutlicht des Sportplatzes auf der anderen Rheinseite spiegelte sich in den Wellen, die schmatzend ans Ufer schlugen. Plötzlich ging auf dem Platz das Licht aus. Ich hörte die Ratten unter den Steinen am Damm. Flip schlenderte zurück zum Wagen, seine Schnürsenkel waren offen. Er kroch über mich ins Auto, denn die Fahrertür ging nicht auf. Er trat mir in die Leiste. Wir hockten stumm, starrten auf das Wasser, er machte das

Radio an, »tanzen, auch auf Gräbern ... F-R-E-I-H-E-I-T, F-R-E-I-H-E-I-T ...« Marius Müller-Westernhagen – die Hymne dieses Herbstes. Ich dachte, die Batterie wird leer, der Wagen springt nicht an, wir bleiben liegen, meine Eltern schlagen Krach, der Rhein tritt über die Ufer. Ich blieb stumm.

Das alles fiel mir ein, als ich die Knochen des Hähnchens wegwarf. Die Alutüte passte nicht mehr in den grünen Mülleimer am Sportplatz. Sie drohte herunterzufallen. Ich ging schnell weiter. Ich dachte an Flips Zähne, die aussahen wie von Mäusen angefressen, und an sein schiefes Lächeln. Es fehlte mir. Du sprichst mit den Betrunkenen, du isst schlechtes Essen wegen des Kellners. Du bist zu nett, hatte Flip einmal zu mir gesagt. Ich hatte ihm unter die Achseln gegriffen, doch mein Kitzeln war in Kratzen ausgeartet, er ließ die Anklage fallen. Wir standen hinter dem Festzelt des Fußballvereins, neben dem Sportplatz. Drinnen prusteten Stürmer und Verteidiger in die Bierlachen auf den Tischen. Die Band spielte Klaus & Klaus. »An der Nordseeküste am plattdeutschen Strand sind die Fische im Wasser und selten an Land.« Alles grölte mit. Wir standen im Eingang. Wir warfen große Schatten auf die Zeltwand hinter der Bühne. Wir fühlten uns herrlich, wir waren draußen, wir gehörten nicht dazu. Die Fußballer merkten gar nicht, wie wir sie zerstarrten. Die Krokodile auf meiner Brust waren längst den Bach runtergeschwommen. Ich trug eines meiner neuen Batik-Shirts. Die Stofffarbe hatte die weißen Laken meiner Mutter ruiniert, die sie nach meinem Färbegang wusch. Alles war rot geworden. Hinter dem Festzelt schob Flip mir das T-Shirt hoch und hob mich auf eine Motorhaube. Ich schlang meine Beine um ihn. Ich roch eine Prise Bonnie & Clyde in seinen Haaren. Die Schäferhunde des Platzwarts schlugen an. Als Flip und ich im Kanon schnauften, bog Flips Kusine, die magere Karla, um die Ecke. Sie hatte Bierflaschen gesammelt, um das Pfand einzustreichen, genug für Kippen. Flip ließ mich auf die Erde plumpsen. Ich zog mir das T-Shirt glatt. Karla tat, als hätten wir nur Eis gegessen, und fing gleich an zu plappern.

Dieses Kaff ist schlimmer als die Wüste ... Fußballerfeste ... Pah! Dass ich nicht lache. Kennt ihr den schon? Wie viele Sozialpädagogen braucht man, um eine Glühbirne zu wechseln?

Karla schien die Witze aus der Bäckerblume zu speichern.

Gehen wir zu mir, schlug Flip vor.

Fünf.

Das kam von Karla. Aber keiner wollte mehr wissen. Sie schwieg beleidigt. Es gab nie etwas zu essen bei Flip, außer Nudeln und Müsliriegel. Er hatte die alte schwarze Ledergarnitur seiner Eltern im Kellerverlies stehen. Auf der fläzten sich Karla und ich. Flip versuchte, Kaffee zu kochen. Es war zehn Uhr abends. Der Kaffee schmeckte nach Essig. Flips Mutter hatte eine Entkalkung versucht, ein Essigrest hing noch in der Maschine. Wir tranken den Cognac aus dem Wohnzimmerschrank und füllten mit Apfelsaft nach. Der alte Metzger und seine Frau waren im Festzelt, Flips Bruder machte Inventur, wir waren ungestört. Karla hatte Leberflecken, so viele wie ein Dalmatiner Punkte. Ich zog sie damit auf. Sie war drei Jahre älter als ich und arbeitete in der Verwaltung der Zuckerfabrik. Jetzt, im Spätsommer, fuhren die Traktoren mit den Anhängern voller Zuckerrüben wieder täglich durch das Dorf. Karla behauptete, ab und zu fiele eine Rübe auf die Straße und Menschen würden bei den so verursachten Verkehrsunfällen sterben. »Wir danken Südzucker für die großzügige Ausstattung der Trauerfeier« stehe unter den Todesanzeigen. Karla erzählte, sie setze ihre Unterschrift unter die Aufträge für die Kränze. »Herzliches Beileid«, schreibe sie auf die Trauerkarten. »Wir werden dafür Sorge tragen, dass sich in Zukunft keine unserer Zuckerrüben mehr löst und den Straßenverkehr gefährdet.« Natürlich kümmere sich niemand darum. In Wirklichkeit werde in der Firma sogar einkalkuliert, dass in jedem hunderttausendsten Stück Kandiszucker Arsen enthalten sein könnte. In die Versicherungssumme der Firma fließe dieses Risiko ein. Karla trank bereits das dritte Glas Cognac. Meine Lippen brannten, der Alkohol machte meinen Bauch zu einem Feuerball. Ich hatte sonst nur an Weihnachten Sekt getrunken. Flip legte Tabak auf das Zigarettenpapier. Das war sein heiliges Ritual. Trotzdem schlang ich meine Arme um seinen Hals und klebte mich an seinen Rücken. Das Leder machte Furzgeräusche, als Karla von uns abrückte. Flip und ich, wir waren jetzt das Paar für den Münzeinwurf, den gierigen Blick auf die Pornobühne. Tausend Augen hinter Schießscharten wären mir nicht genug gewesen, um uns zu bewundern. Ich war sicher, wir waren die Besten. Wer uns sah, musste das zugeben. Für Karla leckte ich Flips Hals hinauf. Siehst du, sagte jede meiner Bewegungen, siehst du, wie gut wir es haben, was wir alles können? Flip rauchte mit halb geschlossenen Augen. Er schien mich nicht zu bemerken, Karla schon. Ich fingerte an seiner Hose herum, während ich Karla im Auge behielt. Sie griff zur Fernbedienung. Schwarzweiß flimmerte Tatort aus dem Eichenfurnierrahmen. Schimanski briet sich ein Spiegelei. Es misslang. Er schmiss es weg und trank stattdessen ein rohes Ei aus dem Glas. Karla schaute zu, als ginge es um Kochrezepte und sie wäre am Verhungern.

Es war lange her, dass ich nach der Schule zu Flip in den Keller gestiegen war. Ich wurde so müde, wenn ich daran dachte. Ich musste mich setzen. Ich plumpste auf die Steinkugeln des Springbrunnens, der jetzt im Winter ausgeschaltet war. Ich zählte die Klinkersteine in der Fassade der Kreissparkasse. Die digitale Uhr an der südlichen Gebäudeseite zeigte dreizehn Uhr sechsundvzierzig. Die Schüler mussten bald kommen. Die ersten würden mit spitzen Gesichtern auf ihren Rennrädern am Marktplatz vorbeirasen, die nächsten aus dem Bus strömen in einer träge pulsierenden Masse, aus der Nickitücher und Schweißbänder in Neonfarben herausstachen. Ich hatte Hunger, obwohl sich ein ganzer Vogel durch meine Gedärme drückte. Ich dachte an Flips Lippenstriche, die blutig rasierten Ränder seines Mundes. Ganz plötzlich hatte sein Gesicht sich nach dem Abend mit dem Fußballerfest verwandelt. Er wollte nicht mehr Peepshow spielen. Er war böse auf mich, und ich wusste nicht, warum.

Er sagte, nichts! Nichts is los. Was soll schon sein? Ich muss nachdenken. Ich hab Probleme. Die Welt erkennt mich nicht. Soll ich Würste zählen, bis ich alt und flach bin? Ich hätte Fußball spielen sollen in der Bundesliga, aber meine Eltern haben mich in den Tennisclub geschickt.

Ich wollte ihm Spikes schenken damals, ich wollte die Welt zwingen, ihn zu sehen, ich hätte eine Parade benannt nach ihm. Das hätte ich alles gemacht. Aber es war nicht angesagt, er wollte es nicht. Ich fing an, mir auszumalen, wieso. In meinem Kopf rieselten immer wieder dieselben Bilder. Flip und Karla, mit Zungenwürsten zwischen ihnen, wie frisch aus dem Fleischwolf gedrückt, ihre Kiefer bedächtig mahlend, die Münder sich verschlingend, schmatzend. Ich hatte es nie gesehen. Ich hatte es nur geträumt. Während ich Locken drehte, mir stündlich neue Münder malte, Münder, die »Flip« beteten, sah ich im Badezimmerspiegel hinter mir Flip und Karla, ein in sich geflochtener Zopf, die beiden. Ihr Flechtwerk entrollte sich müde, zeigte mir Brüste, braun gefleckt, und Flips Fingerspitzen, die bohrten und drückten, anspitzten, Beine im Schritt des andern, Wellen im Becken. Drehte ich mich um, waren sie weg, verschwunden im Grund des Spiegels.

Ich sagte zu Flip, ihr habt was, ihr beiden. Gib es doch zu. Wenn du es zugibst, kann ich dir verzeihen.

Ich hab nichts zu gestehen.

Sei doch einmal ehrlich. Einmal. Probier's aus, es ist ganz einfach.

Okay, ich fang an, dann du. Eine Geschichte, eine kurze Geschichte.

Etwas, was wir uns nicht gesagt haben. Eine dreckige Wahrheit.

Willst du Streit?

Nein, sagte ich. Vertrauen will ich. Du warst nicht im Kindergottesdienst, woher sollst du wissen, was das ist? Vielleicht ahnst du es doch: Vertrauen ist das, was die Sprüche in der Werbung schenken. Vertrauen ist das, was den Weißen Riesen groß gemacht hat.

Den Quatsch kannst du dir sparen. Ich weiß, wie du schaust, wenn du kommst. Das reicht mir.

Ich holte tief Luft:

Ich habe deinen Federhalter genommen. Den goldenen, den du gesucht hast wie verrückt vor zwei Wochen. Er ist nicht im Kino runtergefallen. Ich hab ihn. Jetzt bist du dran. Sag die Wahrheit!

Er wollte nicht. Er bekam eine Falte an der Nasenwurzel vor Wut über den Füller und seine Augen wurden dunkel. Aber ich ließ nicht locker. Ich presste den Wahrheitspunkt auf seinem Schlüsselbein und er begann: Es ist ganz einfach. Du reißt deine Augen auf, wenn wir uns küssen. Du stierst mich an, als wäre ich der Zahnarzt. Ich kann dir aber auch nicht helfen. Nach der Schule isst du meine Nudeln, die Müsliriegel. Nie kaufst du ein. Du stinkst. Du riechst nach altem Fisch. Ich hasse das Meer. Weiter?

Du warst einfach nur da. Du hättest ein anderer sein können. Es wäre mir egal gewesen. Aber dann hast du dich mit meinen Träumen aufgeblasen, hast all meine Wünsche in dich hineingestopft, du solltest sie alle erfüllen, ich hab mich einfach nur drangehängt. Du kannst mich jetzt nicht einfach so ... Du kannst nicht sagen, ich hab das nicht gewollt.

Und tatsächlich, er nahm es zurück. Wie eine abgelaufene Flasche Milch beim Händler nahm er alles Gesagte zurück, er tauschte die Worte gegen sein schiefes Lächeln. Ich musste kein Pfand mehr zahlen. Das hatte er ja schon kassiert.

Karla sah ich bei den Taubenzüchtern, Flip hatte ich nach unserem Gespräch stehen gelassen. Der Sandboden vor den Käfigen war frisch gerecht. Saubere, regelmäßige Linien strichelten die Wege vor den Käfigen. Alles war ordentlich, es war Ausstellungstag. Karla ging zwischen den Käfigen auf und ab. Das halbe Dorf bestaunte die Tauben. Tauben, die nicht mehr gehen konnten, weil ihre Fußfedern zu lang waren. Tauben, die nicht mehr allein essen konnten, weil ihr Schnabel eine Hornblase trug, die nur einen Schlauch mit Flüssignahrung einließ. Tauben, die Geschwüre hatten von Geburt an, aber dafür eine besonders schöne Augenfarbe. Die Tauben gurrten, als wollten sie etwas beschwören. Karla steckte einen Strohhalm zu einer Taube hinein, die mal eine Brieftaube werden sollte. Die Taube pickte nach allem, was in ihre Nähe kam. Ich bemerkte, dass Karla beim Gehen die Füße nach innen verdrehte. Sie latschte. Ständig drohte sie über ihre eigenen Zehen zu fallen. Das freute mich. Ich sprach sie an. Sie schien nicht überrascht. Es war, als hätte sie mich erwartet.

Ich begann mit den Vögeln: Na, willst du einsteigen ins Taubengeschäft? Ist die Post dir zu teuer? Wie weit finden die wohl den Weg?

Karla antwortete ernsthaft auf meine dahingeworfenen Fragen: Es gab mal eine in Amerika, die flog fast viertausend Kilometer weit heim. Das ist schon verrückt.

Das finde ich gar nicht. Tauben sehen mehr als wir. Die sehen das Magnetfeld der Erde, polarisiertes Sonnenlicht, ultraviolette Lichtmuster am Himmel. Schon mal gehört davon? Und sie riechen. Sie folgen Gerüchen. Und du?

Ich lass mich mitnehmen, im Auto chauffieren. Karten kann ich sowieso nicht lesen.

Irgendetwas daran war lustig. Aber wahrscheinlich lachte Karla nur, weil Lachen das war, was Karla am besten formulieren konnte. Sie lachte immer, wenn ihr sonst nichts einfiel. Ich hoffte, unter irgendeinem ihrer verdammt vielen Leberflecken würden böse Zellen darauf lauern, schwarz zu wuchern, und sie würden zum Schluss auch Karlas Lachen killen. Ich bereute pflichtschuldig sofort.

Ich zwang Flip, es im Stehen zu machen, weil ich sicher sein wollte, dass ich nicht im Schweiß einer anderen lag. Er fand es anstrengend. Ich merkte, wie er sich auf etwas weit hinter mir konzentrierte, um zu kommen. Er zwang sich zu einem Lächeln, ich parierte mit einem Plappern, das sinnlos durch die Ohren rann, ohne Anfang und Ende, klebrig. Flip schob Jamiroquai in den Ghettoblaster, Emergency on Planet Earth. Das war das Letzte, was ich von ihm hörte. Er rief nicht mehr an. Seine Mutter wusste nicht, wo er war. Ich zog einen langen roten Strich mit dem Nagel meines Zeigefingers über meinen Unterarm. Es sah aus wie eine Blutvergiftung.

Einmal rief ich in der Metzgerei an. Ich verlangte den Partyservice. Als ich Flips Stimme hörte, legte ich auf. Er klang aufgeräumt, wach. So kannte ich ihn nicht. Karlas Leberflecken hatten ihn wohl angesprungen wie Flöhe, sein Fell gejuckt, ihn aufgeweckt. Schluss, Schluss, Schluss, schrie ich in das tutende Telefon. Ich habe mich schon gestern von dir getrennt, du Idiot. Du hast es nur nicht gewusst. Aber ich trennte mich nicht. Wir verliefen uns. Es ging vorbei wie ein Schnupfen, unmerklich, zögernd. Ich habe sie nie zusammen gesehen, ich habe sie nur geträumt, Flip und Karla. Aber das war schwerer auszuhalten. Wenn man träumt, kann man die Augen nicht mehr schließen.

Du hast Lacknasen gemalt. Dafür zahle ich keinen Cent, sagte Frau Meinhart, an die mich das Arbeitsamt vermittelt hatte. Zeitarbeiter nannten sie Tagelöhner wie mich. Frau Meinhart ließ mich abtreten. Meine Pinselstriche hatten traurige Tränen an der Tür geworfen. Ich verstand, dass keiner das mochte. Ich kauerte am Bahndamm und wartete auf den Güterzug mit den Waggons voll Schrott und Eisenwaren. Die Zeit verflog schneller, wenn ein Zug an mir vorbei rauschte. Ich dachte an Flip und spielte mit der Wurstpelle in meiner Hand. Wenn ich sie bis zum Zerreißen spannte und ganz nah vor die Hornhaut hielt, konnte ich etwas erkennen, das wohl einmal ein Leberfleck gewesen war. Ich spuckte aus.

Das Hotel

Immer, wenn ich müde bin und doch nicht schlafen kann, denke ich an das Hotel. Ich denke an das faulige Wasser in seinen Leitungen, wie es durch die Rohre in den Wänden strömt, wie es das Hotel, seine Angestellten, seine Gäste und jeden, der mit ihnen in Berührung kommt, mit seinem Schwefelgeruch überzieht. Es ist brackiges, trübes Wasser, das aus den Hähnen des Hotels fließt. Die Ursache sitzt tief im Boden verborgen, in der Kanalisation. Sie aufzuspüren und zu vernichten, dafür hat in dem Hotel niemand die Kraft.

Die Angestellten scheinen das Hotel nie verlassen zu haben. Wahrscheinlich wurden sie auf seinen Fluren geboren; einer vielleicht auf den Fliesen in der Küche. Sie kennen nichts anderes als die unendlichen Gänge des Hotels, die Risse im Beton, den vergilbten Plüsch auf den Bänken in der Lobby. Manche sehen ganz anständig aus. Es gibt junge Frauen und Männer unter ihnen, doch ihre Augen sind alt. Sie wollen nicht wahrhaben, dass die Mine, die die Stadt ernährte, inzwischen geschlossen ist, dass auch das Hotel deswegen kaum noch Gäste hat. Die Stadt blutet aus. Wer kann, verlässt sie, geht über die Grenze, Richtung Norden. Das Hotel ist das höchste Gebäude in der Stadt. Die Dächer der anderen Häuser ducken sich in seinen Schatten. Sie sind baufällig, die Ziegel fallen auf die Straße. Das Hotel war modern, als es gebaut wurde. Heute ist es nur ein grauer Betonklotz, seine obersten Stockwerke liegen im Nebel. Tauben hocken auf den Fenstersimsen. Ihr Kot überzieht das Gebäude, zerfrisst den Beton. Vielleicht sind die Vögel verantwortlich für die Risse in den Wänden, vielleicht ist es das schmutzige Wasser. Wahrscheinlich lecken die Leitungen. Wahrscheinlich sinkt das Hotel nach und nach in den morastigen Untergrund. Irgendwann stürzt es in einen der stillgelegten Stollen hinab.

Die Angestellten des Hotels kümmern sich um das Inventar. Sie zupfen an den Tischdecken, den Gardinen. Sie wechseln sogar die Glühbirnen, obwohl sie dauernd zerspringen. Sie kehren das Laub von den Stufen am Eingang. Weiter aber entfernen sie sich nicht. Es ist, als könnten sie nur in dem grauen Betonkasten existieren. Die drei Mädchen an der Rezeption stehen schon immer dort. Eine lackiert sich die Fingernägel rosa. Kaum ist sie fertig, verschwindet der Lack, und sie fängt von neuem an. Sie pinselt und tupft, drei Jahrhunderte lang. Das zweite Mädchen trägt golden glänzende Sandalen, ihre Wimpern sind schwer vor Tusche. Die dritte im Bunde renkt sich gerade ihren Hals ein. Ihre Knochen knacken. Die Schlüssel zu den Zimmern des Hotels liegen neben ihr auf einem Haufen. Jeder, der hier vorbeikommt, kann sich bedienen, nach Belieben einen Schlüssel ziehen. Die drei schläfrigen Frauen hinter ihrem steinernen Tresen werden einen nicht daran hindern. Ich nehme die Nummer 514. Der Anhänger aus Metall liegt schwer in meiner Hand. Ein Schlagbohrer hämmert in der Ecke hinter der Rezeption. Die Bauarbeiten im Hotel scheinen niemals beendet zu sein. Ist ein Loch gestopft, platzt die nächste Wunde auf. Die Angestellten pressen die Stromkabel in die

Wände zurück, versuchen, sie am Herabfallen zu hindern. Während sie damit beschäftigt sind, wächst ein dunkler Fleck an der Wand des Speisesaals. Ein Rohr muss geplatzt sein. Bald wird der Schimmel auf dem Putz sprießen, die Gäste die Sporen einatmen. Sie werden husten, keuchen, siechen. Die Feuchtigkeit wird vom zweiten Stock nach unten sickern, alle Wände durchtränken, von den Decken wird sie auf die Computer im Büro tropfen. Knipst der Verwaltungschef die Maschinen an, sprühen die Funken. Sie verenden mit einem Kurzschluss. Sämtliche Daten werden gelöscht.

Manches ist gut in dem Hotel. Die Kellner sind höflich, zurückhaltend. Dass sie nicht auf den ersten Wink reagieren, ist nicht ihre Schuld. Sie sind blind. Ein früherer Präsident des Landes suchte sie aus. Er wollte ungestört von ihren Blicken dinieren. Sie sollten nicht sehen, was auf und unter dem Tisch geschah. Dass sie es hörten, störte ihn nicht. Der Präsident glaubte, seine Bemühungen um die Bildung des Staates, in dem das Hotel heute liegt, berechtigten ihn zu außerordentlichem Vergnügen. Er verlangte nach einem Ausgleich für die vielen langwierigen Verhandlungsrunden, die persönlichen Beleidigungen und Intrigen, deren Opfer und Täter er abwechselnd war. Der Blick des ehemaligen Präsidenten war bis zuletzt ein kindlicher, staunender. Sein Mund war weich, sein Bärenkopf rund und strubbelig. Bestenfalls Bauernschläue war ihm zuzutrauen, niemals Völkermord, Massaker, Folter, das Schlachten von Kriegsgefangenen und Vertreibungen. Das muss ein anderer Mensch gewesen sein, der, zusammen mit vielen weiteren Menschen, diese Verbrechen beging. Der Präsident hat einen Bruder. Lange war der der einzige Mensch in seiner Nähe. Sein Vater erschoss sich, als der bärenköpfige, spätere Präsident noch ein junger Mann war. Seine Mutter erhängte sich zwölf Jahre später. Sein Bruder ging ins Ausland und wurde dort ebenfalls Politiker. An die Stelle seiner Eltern setzte der Präsident dann seine Frau; eine feste, strenge Frau mit Kleopatra-Frisur, die ihn niemals verlassen, niemals verraten würde. Auch jetzt nicht, da er tot ist. Verschieden in seiner Zelle, angeblich an einem Herzinfarkt. Doch wahrscheinlich hat er ihn selbst durch Medikamente provoziert. Die Welt wollte ihn verurteilen. Er machte sich aus dem Staub.

Der verfilzte Teppich liegt auf allen Gängen in dem Hotel, auch auf dem Korridor vor dem Speisesaal. Dieser Vorraum besitzt keine Fenster. Das Zimmer ist in der Mitte des Gebäudes gefangen. Seine Wände sind mit rotbraunem Holzfurnier vertäfelt. Hier steht der Sessel. Der Bezug sieht aus wie schwarzes Leder. Wahrscheinlich ist es Kunststoff. Wenn es aber echtes Leder ist, dann stammt es sicher von wildgewordenen Kühen. Ein bellender Hund hat sie in Panik versetzt. In einer Stampede haben sie ihre Kälber zu Tode getrampelt. Die Häute solcher Rinder würden zu diesem Sessel passen. An der rechten Armstütze des Sessels ist ein elektronisches Bedienungsfeld angebracht. Ich lasse mich nieder und drücke den roten Knopf. Was soll schon passieren? Im Hotel steht die Zeit still. Der Sessel schließt sich wie die Blätter eines Sonnentaus um mich, er umklammert meinen Körper. Meine Arme und Beine werden in enge Manschetten eingeklemmt. Ich kann nicht fliehen. Plötzlich vibriert der ganze Stuhl. Kantige Stäbe setzen an meinen Fußsohlen an, sie rollen an meinen Waden empor, die Beine hoch, unter mein Becken. Der Sessel rüttelt mich. Die Rollen geben vor, mich zu massieren. Tatsächlich aber stoßen sie meinen Körper. Hart wie Kugellager. Ich stöhne auf vor Schmerz. Doch der Sessel hört nicht auf. Ein blinder Kellner eilt aus der Küche in Richtung Speisesaal, an mir vorbei. Ich könnte ihn um Hilfe bitten, sollte schreien. Doch ich tue es nicht. Stolz und Schreck hindern mich daran. Ich lasse mich weiter foltern, glaube sogar, es verdient zu haben. Der Sessel verfügt über mich. Er bäumt meinen Körper auf, als sei ich im Begriff, ein Monster zu gebären. Er umgreift meinen Kopf, kratzt alle Gedanken aus meiner Schädeldecke heraus. Ich weiß, ich werde in diesem Sessel untergehen, er wird mich zu Tode walken, zuerst meine Waden zerquetschen, dann meine Arme. Was von mir übrig bleibt, wird schreien und flehen, heulen und toben, jammern und fliehen. Ein zischendes Ungeheuer in den Gängen unter der Stadt.

Das Schwimmbad des Hotels ist ein grüner Tümpel. Die Wasseroberfläche sieht romantisch aus, märchenhaft. Gleich wird ein Frosch aus den Fluten springen. Ich werde ihn küssen, und am nächsten Morgen wird Laich an mir kleben. Ich werde die Froscheier abstreifen, doch die Kaulquappen werden schlüpfen, während ich schlafe. Mein Laken wird glitschig sein von ihren zappelnden Leibern, wenn ich erwache. Das Becken liegt nicht im Freien, sondern neben dem Speisesaal im zweiten Stock. Den offiziellen Eingang finde ich nicht. Einer der blinden Kellner zeigt mir den Zugang durch die Schwimmbad-Bar, die sich hinter der Holzvertäfelung des gefangenen Vorzimmers verbirgt. Angeblich stammt das Wasser im Becken nicht aus den Leitungen, doch auch dem Regenwasser hier traue ich nicht. Dennoch bestehe ich darauf zu schwimmen. Der Bademeister kassiert den Eintritt von mir. Er hat helle Augen, Wasseraugen. Seine Beine in den weißen Shorts sind kurz und kräftig, der helle Flaum auf seinem Schädel fast durchsichtig. Wenn niemand sonst schwimmt, springt der Bademeister ins Wasser und krault die paar Meter zur anderen Seite. Er schüttelt seinen Kopf. Die Tropfen fliegen in alle Richtungen. Es ist eine Darbietung, ein Spektakel. Das größte Erlebnis im ganzen Hotel. Ich breite mein Handtuch auf einer der Plastikliegen aus. Zum Schwimmbad gehört eine Terrasse. Von ihr blicke ich auf den Hauptplatz der Stadt. Einige Bäume verstellen die Sicht. Durch die Blätter hindurch sehe ich Passanten, Bettler, Kinder mit Rollern und Dreirädern, ältere Frauen, mit den Einkäufen vom Markt bepackt. Sie sind ganz nah, doch ich weiß, dass ich nicht zu ihnen herabsteigen kann. Sie sehen mich nicht, sie können mich nicht hören. Das Hotel liegt in einer Blase, die jeden Menschen verschluckt. Im Treppenhaus fasse ich das Geländer an. Der Staub haftet an meinen Fingerkuppen. Eine Woche später ist mein Abdruck immer noch erkennbar.

Im Speisesaal ist ein Heuwagen gestrandet. Er ist bis zur Hälfte seiner Räder in den Fliesenboden eingesunken. Der Wagen stellt eine Bühne dar. Musikanten spielen jetzt auf der Ladefläche. Hinter ihnen hängt ein Teppich an der Wand. Heute ist der wöchentliche Folkloreabend. Die kleinen Gläser sind schon mehrmals gefüllt worden, die Luft ist stickig vom Rauch. Ich betrachte eine Frau auf der Tanzfläche. Sie hebt ihre Nase, rafft ihren Rock. Sie glaubt, sie habe nichts zu verlieren. Ich sehe es genau. Die Kinder sind aus dem Haus. Ihr Mann lebt in einem Kokon aus stiller Wut. Wütend auf sie, weil sie stichelt und zischt, weil sie wie ein pfeifender Teekessel ist, dessen Wasser langsam verdampft. Sie hat ihm nie übelgenommen, dass er ein Feigling ist. Vorsichtig, würde er sagen. Seine Angst macht sie groß und stark, lässt sie vorpreschen, neue Wege erkunden, neue Waren. Ihm täglich

Unbekanntes auf die Zunge schieben. Kaktusfrüchte, Salamanderkompott, Ziegenföten. Sein Ekel amüsiert sie. Inkonsequent sei er, schwach. Wer Tiere verspeise, könne nicht einzelne Teile von ihnen verschmähen, sagt sie. Strenggenommen zählten außerdem selbst Pflanzen zu den Lebewesen. Sein Ekel sei purer Dünkel, sträflicher Hochmut. Dennoch: Die gekochte Zunge wurde kalt. Keinen Bissen rührte er an. Sie verschlang sie allein. Einsam saugte sie die Hühnerkrallen aus. Die Gänseleberpastete aber, die nahm er an. Dick schmierte sie ihm die Pampe aufs Brot. Ihre Augen funkelten, während sie zusah, wie der Matsch in ihm verschwand, wie ihr Mann sich die zerkleinerte Gänseleber einverleibte. Sie sah seinen Genuss, er stachelte sie an. Sie sehe keinen Unterschied zwischen Hühnereiern und Föten, erklärte sie. Ob er ihn ihr erläutern könne? Ihr Mann kaute schweigend. Vielleicht mahlten seine Zähne etwas grimmiger als vorher, doch wahrscheinlich täuschte sie sich. Nichts erreichte ihn, nichts konnte ihn tangieren. Jedes Leben töte, zwangsläufig, erklärte sie ihm. Jeder Atemzug, den er nehme, fehle einem anderen. Selbst Kartoffeln seien lebendig. Ernährung bedeute immer das Ende einer anderen Existenz. Warum sollte die Kartoffelpflanze weniger wert sein als ein Schwein? Warum das weiße Fleisch der Hühnerbrust reiner als Blutwurst? Warum Steckrübenpüree unschuldiger als Innereien? Er verharre in kindischem Aberglauben, schimpfte sie. Mythen von Gut und Böse, Richtig und Falsch. Da starrte er ihr ins Gesicht. Was sie ihm stattdessen zu bieten habe? Sie keife und zetere, stampfe auf allem herum. Sie zermalme, verbrenne, zerstöre nur. Doch aus ihrer Asche steige kein Phönix empor, nur Würmer kröchen blind und taub nach allen Seiten. Ihre Kehle brannte vor Wut. Sie schwieg. Er nahm mehr von der Pastete. Diesmal löffelte er sie pur. Sie konnte sehen, wie seine Zunge nach dem Inhalt des Löffels tastete, wie er sich auf den zarten Lebergeschmack freute, auf das Gänsearoma. Der Hund hatte ihrem Gespräch die ganze Zeit gelauscht. Wie ein interessierter Zuschauer bei einem Tennismatch hatte er seinen Kopf immer von einem zum anderen gewendet, aber für niemand Partei ergriffen. Er kam von der Straße, eine treue Töle. Weiß mit rostroten Flecken und eingeknickten Ohren. Sie hingen beide an dem Tier. Doch etwas in ihr war stärker als diese Zuneigung. Ja, sie glaubte in diesem Moment sogar, dass die Zärtlichkeit für das Tier nie mehr als Verzweiflung gewesen war. Ein Notstand, den es abzuschaffen galt. Kurzentschlossen fasste sie den Hund an den Hinterbeinen und hievte ihn über das Balkongeländer hinaus. Dort ließ sie ihn baumeln, mit der Schnauze voran. Er winselte. Ihrem Mann war der Appetit vergangen. Sein Mund stand offen. Seine Augenbrauen waren verkrampft.

Wenn die Frau sich jetzt daran erinnert, dann riecht sie sicher den Hund. Sein feuchtes Fell, den süßlichen Verwesungsgeruch aus seinem Mund. Sie wusste, der Hund hatte diese Behandlung nicht verdient. Selbst als er vor der Brüstung baumelte, hat er sie noch geliebt. Nie hätte er zugebissen. Er hätte sie niemals verraten. Schnell walzt sie weiter. Die vogelgesichtigen Musiker im Speisesaal des Hotels wippen mit den Füßen, ihre Körper schlingern im Takt. Die Deichsel des Heuwagens, auf dem sie spielen, liegt nutzlos auf dem Boden. Alles ist festbetoniert, nichts wird verrückt im Hotel. Ich sehe das Kopfschütteln der Frau und wie sie die Bewegung in den Rhythmus integriert. Offenbar hat sie schon sehr lange nicht mehr getanzt. Sie fühlt sich steif, die Musik scheint ihr Feind. Sie hört die jubelnden Trompeten, doch die Fanfaren kippen jäh ins Fremdländische, Orientalische. Für sie klingt es nach einer ewigen Litanei. Sie weiß nicht, auf welchen Rhythmus sie tanzen soll, wie viel Hüftschwung, welche Schritte sie hier riskieren kann. Die Schuhe behindern sie. Entschlossen schleudert sie sie von sich. Die Sandaletten treffen einen der Kellner am Knie. Er verzieht keine Miene. Sie zuckt entschuldigend mit den Schultern. Zu spät fällt ihr ein, dass der Mann sie nicht sieht. Sie ist froh, dass sie ein paar Sekunden nicht über ihren Tanz nachdenken muss. Die Fliesen sind kalt unter ihren bloßen Füßen. Sie trippelt, sie schließt die Augen, versucht, sich der Musik hinzugeben. Ich weiß, diese Frau wird heute Nacht allein sein, während der Mann vom dritten Tisch links auf ihr keucht, das Fleisch ihrer Hüften quetscht und ich an der Wand lausche. Die Wände im Hotel sind dünn. Es ist fast, als wäre ich die Frau, als fühlte ich den Mann auf mir, röche seinen Atem. Ich denke, es hätte schlimmer kommen können. Er hätte Knoblauch gegessen haben können, oder Zwiebeln. Da ich ahne, dass wir das Hotel nicht mehr verlassen werden, müssen wir uns miteinander beschäftigen. Es ist schon lange her, dass ein Kind über die Teppichböden auf den Gängen gerobbt ist. Das Heer der Angestellten könnte Nachschub gebrauchen. Doch die Frau und der Mann werden kein Kind empfangen. Morgen werden sie versuchen auszuchecken. Sie werden ihre Rechnung erhalten, so wie wir alle. Ungläubig werden sie auf den Betrag starren. Und grimmig lächelnd tragen sie ihre Koffer zurück.

Ich bin immer müde, ich liege meistens wach. Die ganze Zeit denke ich an das Hotel. Es ist um mich wie eine zweite Haut.

Manchmal höre ich es ächzen, fühle, wie es sich krümmt und schwankt im Sturm, der draußen herrschen muss. Ich atme mit ihm, ich lege meine Hände auf seinen Stein. Sein Wasser fließt durch meine Adern. Es ist schmutzig und stinkt. Anfangs kochte ich es ab. Doch nach einiger Zeit trank ich es, direkt aus dem Hahn. Seitdem bin ich ruhiger. Langsam gleite ich in den warmen, grünen Schoß des Schwimmbades hinein. Die Fluten umhüllen mich, schaukeln mich. Fort. Ich tauche auf und sehe den Bademeister auf den Kacheln kauern. Sein Gesicht ist fast auf Höhe des Wassers. Wir sehen uns an. Ich weiß, dass er diesmal mehr Eintritt verlangen wird, dass ich nicht genug Geld bei mir habe. Wir werden Fangen spielen, dann werde ich ihn in eine seiner Kabinen sperren und die Gewichte aus dem Kraftraum auf ihn werfen. Den versprengten Dreck wird einer der blinden Kellner entfernen. Später werde ich den Bademeister aufkratzen, ihn neu zusammensetzen. Er wird sich bald wieder normal bewegen, er wird nicht böse sein. Er besitzt keine Erinnerungen an die Zeit vor dem Hotel. Er ist bestimmt in dessen Gängen geboren worden. Ich aber leide unter meinen Erinnerungen. Das Wasser hilft mir dagegen. Ich frage mich, ob es stimmt, dass ein anderer ehemaliger Präsident in dem Hotel festgenommen wurde?

Nach dem Ende des Krieges versteckte dieser andere Präsident sich viele Jahre im Untergrund. Er ließ sich einen Vollbart stehen. Mit Vorträgen zur Naturheilkunde reiste er herum. Auch in dem Hotel hielt er eine solche Rede. Alle Angestellten hörten zu, es kamen sogar einige Leute aus der Stadt. Sie wollten alle geheilt werden. Die meisten erkannten den Präsidenten, obwohl er einen falschen Namen benutzte. Sie fragten ihn, was sie tun müssten, um gesund zu werden?

Er sprach über Ernährung, Körper und Geist. Innere Einkehr empfahl er und Einläufe. Blutegel waren über ihn zu bestellen. Sie halfen bei Entzündungen. Die Infektionsherde fanden sie anhand der Wärme auf der Haut. An den heißen Stellen saugten sie sich fest. Die Wunden bluteten noch Stunden nach dem Entfernen der Würmer. Nach der Behandlung warfen die Patienten die Tiere fort. Aus Gründen der Hygiene empfahl ihnen der ehemalige Präsident die Tötung, obwohl die Egel eigentlich mehrmals schröpfen konnten. Ich glaube, ich bin diesem ehemaligen Präsidenten begegnet, an der Bar in der Lobby. Wir tranken einen Kaffee zusammen. Er lud mich ein, ich ließ es zu. Dieses Land pfeift auf mich, sagte der ehemalige Präsident. Nach allem, was ich für es getan habe. Aber da war ich schon zusammengesackt. Die Tropfen im Kaffee lähmten mich, meine Pupillen waren offen. Ich musste ihm zuhören. Stunden-, wochen-, monatelang. Er sagte, das Hotel sei der letzte Schutzraum. Seine Schäbigkeit solle mich nicht täuschen. Es sei ein Schatz. Hier gebe es sie tatsächlich, die vollkommene Freiheit, für die er gekämpft, für die er so viel geopfert habe. Wenn er es je wagen würde, sich zur Ruhe zu setzen, dann werde es hier sein. Sein Grab solle hier geschaufelt werden. Er habe den Umbau für das Mausoleum bereits geplant. Die große Diskothek neben der Lobby werde kaum noch genutzt. Hier könnte der Sarkophag aus weißem Marmor stehen. In ihm würde sein einbalsamierter Leichnam ruhen. Die Menschen könnten ihm dort bis in alle Ewigkeit kondolieren. Die niedergelegten Blumen könnten am Ende eines jeden Tages für die Tischdekoration genutzt werden. Ich staunte über seine Großzügigkeit. Ein Schnipsen seiner Finger brachte mich zurück. Ich konnte mich wieder bewegen. Der Kaffee in meiner Tasse schien unberührt.

Vom Gast zum Angestellten zu werden, ist leicht. Ich müsste nur ein Küchentuch in die Hand nehmen, schon gehörte ich zum Personal. Umgekehrt geschieht das nie. Deswegen bleiben wir Gäste unter uns, wir meiden die Angestellten. Es ist nicht die Arbeit, die wir scheuen, sondern wir glauben, dass wir früher oder später gehen werden, die Angestellten aber niemals. Wo die Angestellten sich aufhalten, wenn sie nicht arbeiten, weiß ich nicht. Vielleicht gibt es Gänge im Untergrund oder versteckte Türen. Ich möchte glauben, dass sie heimlich dort unten Feste feiern und sich den Bauch vollschlagen, dass sie über unsere Geldsorgen erhaben sind, weil sie gar nichts besitzen. Früher lebte ich einmal in einer mittelgroßen Stadt an einem Fluss, auf dem lang vor meiner Zeit die Sklavenboote anlegten. Zusammen mit den Afrikanern brachten die Schiffe Vanille und andere Gewürze. Weil in der Umgebung der Stadt viel Wein angebaut wurde und die Winzer diesen mithilfe von Eiweiß filtrierten, blieb viel Eigelb übrig. Aus dem Eigelb, etwas Zucker, ein wenig Mehl und der afrikanischen Vanille backten die Stadtbewohner kleine, süße Kuchen. Sie steckten sie sich gegenseitig in den Mund. Sie machten Ah und Oh. Die Sklaven verdrehten die Augen. Wenn ich diese Kuchen aß, verschwanden alle Sorgen, alle Pein. Natürlich war das nicht wichtig. Die Freunde, die mich besuchten, die vielen Gänge im Park, der Geruch des Flusses, das Treibholz, wenn die Gezeiten sich änderten, die Austern, die ich dort schlürfte, der milde, salzige Wind. Ich erinnere mich an all dies, um nicht zu vergessen, dass ich ein Leben hatte, dass es Dinge gab, die glücklich machen, Menschen.

Auch im Hotel sollte es mir gelingen, etwas zu lieben. Ich gebe mir Mühe. Ich suche jeden Tag ein anderes Zimmer auf.

Beim Mittagessen picke ich mir die besten Bissen heraus, lasse sie mir auf der Zunge zergehen, doch es bleibt immer das gleiche. Die Speisekarte wechselt zwischen Fleisch mit Krautsalat und Krautsalat mit Fleisch. Es gelingt mir nicht, daran etwas Neues zu entdecken. Ich muss mich mehr anstrengen. Als ich sehe, dass die anderen Gäste nichts dergleichen tun, gebe ich auf. Ich will nur noch meine Ruhe haben, mich nicht wund liegen und nicht allzu sehr verkrampfen. Die barfuß tanzende Frau aus dem Speisesaal fällt mir ein. Ihr Hass glüht stark. Vielleicht kann ich mich erwärmen daran? Ich suche sie im ganzen Hotel, frage sogar die Mädchen an der Rezeption nach ihr. Sie zucken mit den Achseln. Die Frau versteckt sich vor mir. In der Wäscherei finde ich sie. Zwischen den Heißmangeln und den Bottichen steht sie und birgt ihren Kopf in den ungewaschenen Laken. Ich trete zu ihr, ich will sie berühren, doch ich wage es nicht. Ich frage sie nach ihren Kindern, dem Mann. Sie faucht, sie geifert, sie rennt davon. Ich bleibe ihr dicht auf den Fersen, bohre nach. Wie heißt ihr Mann? Wie hat sie ihn kennengelernt? Was ist sein Beruf? Wo lebten sie? Was hat sie getan, den lieben langen Tag? Sie wirft mir giftige Blicke zu. Eifersüchtig bewahrt sie ihre Erinnerungen, will mich nicht teilhaben lassen daran. Was geschah mit dem Hund? Das wenigstens muss ich wissen. Ist er tot? Ist er hier bei uns? Versteckt er sich in der leer stehenden Diskothek und kommt nachts unter den Bänken hervorgekrochen? Schleicht er heulend über die Tanzfläche unter der Glitzerkugel? Frisst er Mäuse und von den Abfällen, weil ihn niemand füttert? Seine feuchten Augen haben es mir angetan. Ich kann nicht vergessen, wie er die Frau und ihren Mann bei ihrem Streit ansah, verwirrt, aber voller Hingabe. Wie er den Kopf schief legte, die Ohren einknickte.

Wie er von ihr zu ihm schaute, er bevorzugte keinen. Er wartete nur darauf, dass einer von ihnen mit ihm spazieren ging. Doch als er dann endlich an die frische Luft kam, hat sie ihm wohl nicht gefallen. Ich stelle mir vor, wie der Hund vom Balkon im fünften Stock zum Erdboden stürzte, wie er jaulte, auf den Asphalt prallte, seine Knochen brachen. Wie er nicht sofort tot war. Die Frau auf dem Balkon hörte sein schmerzgepeinigtes Winseln. Sie ging wieder hinein. Die Tür zum Balkon verschloss sie sorgfältig. Die Wohnungstür stand offen. Ihr Mann war hinausgelaufen, unterwegs zu dem verendenden Hund. Sie aber setzte sich ganz ruhig vor den Fernseher, schaltete die Dauerwerbesendung an, lauschte all den Versprechen, summte die Melodien mit und griff zum Hörer, als eine prominente Person erkannt werden sollte. Es handelte sich um den ehemaligen Präsidenten. Sie gewann ein Wochenende in diesem Hotel. Die Anreise bezahlte sie selbst. Seitdem ist sie hier. Ich schwor mir, nicht zu werden wie sie. Gleichzeitig fürchte ich, dass es auch für mich zu spät ist, dass ich überhaupt nichts mehr werden kann, dass ich bleiben muss. Die Frau wendet sich wieder den schmutzigen Laken zu. Sie wühlt ihre Nase hinein, sie schluchzt. Erst da empfinde ich Verachtung für sie. Ich hätte sie in einen der Bottiche stoßen können, den Deckel über sie schieben, ihn fest verschließen und sie von ihrem Unglück erlösen. Nur glaube ich nicht an Erlösung. Woher soll sie kommen, wenn es kein Ende gibt?

Ich gehe zurück auf mein Zimmer. Ich staube die Kommode ab, knipse die kleine Lampe mit dem roten Schirm an. Ihr Licht ist tröstlich, schummerig. Wieder bin ich müde, wieder kann ich nicht schlafen. Ich trinke von dem braunen Wasser. Ich liege auf dem Bett und ich warte. Ich warte darauf, dass das Fenster sich öffnet und der Hund zu mir fliegt. Er lässt sich auf dem zweiten Bett nieder und schaut mich an. Ich kraule ihm das kurze Fell, auch hinter den Ohren. Er streckt sich vor Wonne, wälzt sich am Boden. Das alles will ich noch erleben, deshalb schließe ich die Augen nicht.

Lou

Wenn der Abend durch den Himmel fällt, denkt Lou, sie habe sich mit Blausäure tätowiert. Sie sitzt am Fenster und fährt über ihre blau gesprenkelten Arme, als ob sie eine Violinsaite striche. Lou ist die Schönste von uns. Wir lassen ihr das Bett am Fenster und die silbernen Schläppchen, die sie nie tragen darf. Wenn der Pfleger die Tür hinter sich zugezogen hat, holt Lou die Schuhe unter dem Bett hervor. Hat sie das verschnürte Paar mit ihrem Stock ertastet, spielt ein kleines Grinsen auf ihrer Oberlippe, das zu einem Lächeln wird, wenn das Silber im Dunkel leuchtet. Alle wissen Bescheid. Die Pfleger und Schwestern haben die Schläppchen längst entdeckt, aber sie lassen sie ihr. Das kleine Geheimnis schadet nicht. Lou liebt Schuhe. Sie lässt sie auf ihrer Bettdecke tanzen. Sie tanzen für uns. Lou steppt mit den Schläppchen an den Händen über die Decke, sie springt und grätscht, sie reiht unendliche Schrittfolgen, sie tanzt zu einer Musik, die in ihren Augenbrauen fließt und aus ihren Schläfen strömt wie ein warmer Windstoß. Wenn Lou tanzt, redet niemand von uns. Manchmal entfährt ihr ein Stöhnen, weil sie zu atmen vergisst.

Ich möchte Lous Gesicht malen, aber sie haben mir vor langer Zeit die linke Hand auf den Rücken gebunden, damit ich sie nicht benutze. Dort, hinter meinem Rücken, habe ich das Malen verloren. Doch wenn ich müde bin, kurz bevor mich der Schlaf ans andere Ufer der Nacht trägt, zieht ein unsichtbarer Marionettenfaden meinen linken Arm hoch. Er schwebt zum Himmel, als wolle er sagen, da gehöre ich hin, da komme ich her. Wenn Lous Hände mit den Schläppchen über die Bettdecke fliegen, werden ihre Augen so rund und voll wie die eines Hasen, der zu lange unter Menschen gelebt hat, um noch zu wissen, dass er wegrennen sollte. Wenn Lou diesen Blick hat, der ihr Gesicht so schön macht, so gefährlich nackt, dann lieben wir sie. Wir alle wollen dann unter ihre Decke kriechen, wir wollen die Perlmuttknöpfe ihres Nachthemdes lösen, wollen ihren Körper sehen, wollen uns erinnern an all die Körper, die wir unter den Nägeln hatten. Wir wollen es und können doch nicht durch den Schleier sehen, den Lou um sich gebreitet hat. Sie malt Kreise auf die Decke, und hinter ihr treibt der Wind die Wolken auf einem fahlblauen Tuch voran. Der Fensterrahmen entreißt sie unseren Blicken.

Es sind viele von uns hier, es ist einfacher so. In einem großen Saal stehen unsere Betten nebeneinander. Wir können nicht einmal mehr weinen, weil unseren Körpern das Wasser dort fehlt, wo wir es brauchen. Dafür staut es sich in unseren Beinen oder Lungen, und dann und wann verendet einer röchelnd. Sofort kommt ein neuer nach. Die meisten können nicht mehr reden, sie ächzen, faseln vor sich hin, und wenn sie ganz verstummen, brummen an ihren Betten nur die Maschinen weiter, die ihre Körper halten. Aber ich bin ganz wach. Was, wenn der Strom ausfiele? Dann gehörten wir zusammen. Die Zeitungen würden aus uns eine Bande machen, eine Familie. Nur Lou würde weiter tanzen. Lou ist umnachtet. Wenn die Blausäure der Nacht ihre Arme tätowiert, wird es mir klar. Aber ich weiß, dass Blausäure farblos ist.

Lou liegt den ganzen Tag teilnahmslos im Bett und bekommt genauso selten Besuch wie wir. Niemand von uns hätte so lange überlebt, wenn sie nicht wäre. Auch ich nicht. Die Pfleger haben meine rechte Hand an das Bett gebunden und die Infusionsnadel hineingestochen, weil die Venen dort kräftiger sind. Ich kann selbst meinen Namen nicht mehr schreiben. Die Pfleger sagen ihn jeden Morgen auf, ich habe ihn längst abgelegt. Alles, was mit meinem Namen verbunden war, ist vorbei. Manchmal kann ich nicht unterscheiden, ob es Tag oder Nacht ist, wenn die Schwester wieder zur falschen Zeit das Licht anknipst und uns aus dem Dämmerschlaf reißt.

Lou stört selten. Vielleicht haben sie sie deshalb hierher gelegt. Weil sie so unauffällig ist. Wir haben sofort gemerkt, dass in Lou mehr als ein letzter Funken steckt. Als das Mondlicht auf ihre dicken weißen Haarsträhnen fiel und sie die erste Nacht in unserem Rudel schlafen musste, umgeben von achtzehn weiß bezogenen Särgen mit Bügelfalten in den Laken, da schrie uns die Angst aus ihren Pupillen heraus an. Unsere Blicke brachen sich im Spiegel ihrer Augen. Wir schreckten zurück wie Kinder. Ihre Augen warfen uns das Leben zurück, so, wie es nicht hätte sein sollen. Hier ist die Zeit eine Streckbank, wir haben die letzte Station erreicht, und trotzdem ist kein Ende abzusehen. Lou lag an diesem ersten Abend auf dem Bett in unserer Mitte. Das Kopfteil hatte sie weit hochgefahren, sodass sie fast saß. Sie hatte ihre Pantoffeln noch an den Füßen. Wir sahen es, und wer es nicht sehen konnte, spürte die Angst, die sie ausdünstete. Sie merkte nichts von unserer Unruhe. Nach Stunden hatte die Müdigkeit sie übermannt. Wir lauschten ihrem pfeifenden Atem mit der Andacht einer Festgemeinde. In uns war

Furcht und Erregung zugleich. In dieser Nacht entschieden wir über den Rest unseres Lebens, das so plötzlich zu uns zurückgekommen war.

Ich schloss meine Augen, aber ich schlief nicht. Ich sprach mit Walter, der neben mir aufgebahrt ist. Sein Kopf wirkt in der Dunkelheit wie eine bandagierte Karnevalsmaske. Er hat keine Wunden und keine Verbände, doch sein Gesicht mit den angrenzenden Haarfeldern ist wie aus Hautballen zusammengekleistert. Er zwinkert dauernd. Am Tag kann ich ihn nie anschauen, aber seine Stimme brauche ich dringender als Klopapier. Da ich nicht mehr aufstehen kann und die Bettpfanne das Einzige ist, was sie mir zum Brüten unter den Körper schieben können, ist Walters Stimme für mich der Gang zum Park, der Ersatz für meine zwanzig Paar Schuhe, die das Krankenhaus nach und nach zur Altkleidersammlung gegeben hat. Walters Stimme klingt wie die eines jungen Mannes. Er wäre der Richtige, um mit Lou zu sprechen. Nur die Worte müsste ein anderer formen. Vielleicht sollte sie mich dabei ansehen. Ich müsste der Richtige sein, um sie nicht zu erschrecken. Ich war das Zwiebackkind, ein runder, properer Junge. Ich weiß nicht, wie viel davon übrig geblieben ist. Bei der Zwangsrasur jede Woche kneife ich die Augen fest zusammen, wenn sie mir einen Spiegel hinhalten. Lou nimmt keinen von uns wahr. Sie sitzt auf ihrem Bett, und die langen Haare machen eine Trauerweide aus ihr. Sie ist ein Schatten in der Nacht. Wir malen Gespenster auf das Laken.

Wenn es Essen gibt, langt sie nach ihrem Teller und isst allein, sie bleibt von der täglichen Hackordnung des Fütterns verschont. Die Schwestern spielen mit uns. Sie wechseln jeden Tag die Reihenfolge, in der sie an unsere Betten herantreten und die Löffel in den Mund stecken, sie jonglieren mit unserem Hunger. Doch der ist uns schon lange vergangen, unser Magen knurrt nicht mehr, ein Braten kann uns nicht mehr locken. Essen ist beruhigende Routine, wir werden gefüttert, wie Schweine, wie Könige. Währenddessen heften wir unsere Augen auf Lou. Lou isst mit der Präzision einer Maschine. Sie kleckert nicht und schaut nie auf. Sie führt das Besteck genau bis vor ihren Mund, stoppt dort, ihre Lippen schnappen nach vorn, stülpen sich über das Silber, sie saugt, schluckt, verschwendet keine Zeit darauf zu kauen, schluckt alles hinunter und zieht den Löffel nur widerwillig heraus. Wir alle sind verliebt in sie. So wie sie dasitzt und nichts mit uns teilt.

Lou ist unsere Zimmerpflanze, die ins Blaue hineinwächst, tastend und mit Sprossen, aber stetig. Ich frage mich, ob die Schwestern und Pfleger spüren, was los ist. Wahrscheinlich nicht, denn sonst würden sie vielleicht die Schläppchen unter Lous Bett entfernen. Ich lege den Kopf zur Seite und döse weg. Lou spricht selten. Ich merke mir alle ihre Worte. Eines hat sich mir besonders eingeprägt: »Blausäure«. Sie sagte es, als draußen die Bäume kahler wurden und am Abend das erste Mal das blaue Licht auf ihre Decke fiel. Vorher hatte sie das Bett in unserer Mitte gehabt, doch wir spürten, wie unwohl sie sich inmitten von uns stummen Verehrern fühlte. Friede war es, die Platz für sie machte. Friede besaß die Aura einer Schmuckschatulle, über und über mit Seesternen beklebt und innen mit rotem Samt ausgekleidet. Sie hatte Augen, die sich wie Muscheln schon zu Lebzeiten über ihr schlossen. Sie war blind, und als ihre Ohren langsam nach innen wuchsen, hörte sie auch das Schluchzen aus ihrer Kehle nicht mehr. Zuletzt spürte sie nur noch die feinen

Lichtfäden, die durch das Fenster auf ihr Bett glitten. Ihre grauen Hände waren nicht größer als die eines Kindes, ihre Streichholzfinger genauso kurz. Sie legte sie über die Stirn, als sie starb. Lou bekam ihr Bett. Sie krabbelte auf die Matratze mit dem glücklichen Ausdruck einer Schiffbrüchigen, die ein Floß gefunden hat, setzte sich in den Sonnenstrahlen auf und hielt ihr Gesicht zum Fenster gewandt. So blieb sie sitzen, während der Tag verging. Dann, als der Abend kam, sagte sie es: »Blausäure.« Sie sagte es nur einmal, so schnell, dass ich selbst einen Moment danach nicht mehr sicher war, ob sie es gesagt hatte. »Blausäure.« Beim Einschlafen versuchte ich, mich an die chemische Formel zu erinnern.

In dieser Nacht träumte ich von Lorenz. Er zeigte mir Fotos von seinen Eltern und erklärte mir, was sie am liebsten aßen. Sein Hund leckte mir dabei den Rücken rauf und runter, er hob eine nasse Straße aus, die meine Wirbel freilegte. Mein Gaumen zuckte. Ich fasste Lorenz an den Hals, und wir waren in einem Schloss. Hinter den Gardinen drehte sich ein kleines Mädchen um sich selbst. Ich sah es, als ich den Vorhang kurz lüftete. Ich war eine Frau mit langem Rock, der mich stolpern ließ, als Lorenz rief: Komm. Es sollte ein Fest geben. Seine Schwester Maria war da und schnappte nach Brezeln, die an einer Schnur hingen. Ich biss ihr in den Hals. Einzig Lou zwingt mich aus meinen Träumen zurück. Wenn das Wiegenlied, dem Lous Name entspringt, wenn ihre Hasenaugen, ihr Schleierhaar, die Knotenfinger in mein Gedächtnis kommen, schlage ich die Augen auf und vergewissere mich, dass sie noch da ist. Sie dreht dann versonnen eine Haarsträhne um ihre Finger oder starrt bewegungslos aus dem Fenster. Ich schaue ihr dabei zu, bis sie den letzten Zipfel Traum aus mir vertrieben hat. Ich träume häufig von

Lorenz, obwohl er nicht wichtig war in meinem Leben. Zu mehr als einem Kaffee am Mittag hatte es nie gereicht, und mit dem Abendessen war er schon wieder aus meinem Kopf gesegelt. Trotzdem begleitet er mich in meinen Träumen, zerrt an mir. Ich habe ihn schon tausendmal erschlagen, geliebt, gekauft, bin mit ihm geflogen, aber immer war er am Morgen weg.

Ich schaue auf Lou, während ich an Lorenz denke. Dazu muss ich den Kopf nach links drehen, und meine Augen rollen in den äußersten Winkel, über den Brillenrand hinaus. Lou ist für mich eine Nebelgestalt, eine Elfe ohne Falten und Unebenheiten. Lou, in diesem Namen liegt unsere Kindheit, all die vergessenen Schlaflieder, bevor die Gespenster auf der Tapete des Kinderzimmers wuchsen und ihre Arme nach uns ausstreckten. Was wir ihr geben können, ist wenig. Aber wir müssen sie füttern wie eine Larve, sonst stirbt sie. Heute, nach dem Mittagessen, habe ich gesehen, wie ihr Glanz plötzlich verschwand, nur für einen Moment wie ein Wackelkontakt an der Nachttischlampe, aber es war deutlich. Sie ist schon zu lange hier. Walter neben mir hat den Ausdruck einer greisen Kassandra im Gesicht, doch er sagt nichts. Lou lässt ihr Bein aus dem Bett hängen. Es schaukelt ein wenig hin und her, es könnte auch ein Zittern sein. Es ist so weiß und mager, ihr Bein, dass ich schreien möchte. Zum ersten Mal kann ich sie nicht mehr anschauen. Ich schaue auf die Wand gegenüber, und als ich das nicht mehr ertrage, schiele ich an meiner Brille vorbei. Die Welt wird wieder glatt und schwimmend, weit weg. Ich sehne mich nach Musik, nach etwas, das meinen Körper durchdringt. Es gibt hier keine Musik, nur die Schulkinder, die sie zu Weihnachten in den Saal scheuchen. Ich schiebe meine Brille hoch,

Lou ist immer noch da. Ihre Augen sind unter einem Vorhang aus Haaren verborgen, sie hat die Schläppchen an den Fingern. Es ist Tag, und sie stehen still auf den Spitzen. Sie schlingern nach vorn, drohen umzuknicken, fangen sich dann und verharren weiter wie Königinnen. Ich gleite unter meine Decke und linse aus Augenschlitzen zu der Gestalt am Fenster hinüber. Lou hebt die Schläppchen. Hoch. Bis über ihren Kopf. Sie fallen wie zwei Einbäume den Wasserfall hinunter und schwingen sich wieder auf, zu einer Musik, die keiner von uns hört. Und in der warmen Oktoberluft, die durch einen Fensterspalt mit den letzten Blättern des Jahres hereinströmt, rieche ich plötzlich einen fremden Geruch im Saal. Erst weiß ich nicht, was es ist. Dann spaziert meine Mutter kopfschüttelnd über meine Stirn, und ich erinnere mich. Ich soll kein Marzipan essen. Es riecht nach bitteren Mandeln. Und Lou tanzt, gefüllt mit unseren Träumen, als wäre es das letzte Mal.

Zeugen

Zuletzt passierte etwas Komisches. Der Sommer fiel aus, der Herbst auch. Es wurde sofort Winter. Die Bäume, die gerade noch geblüht hatten, warfen ihre Blätter ab und in den Geschäften gab es nur Treibhausgemüse. Die Leute behaupteten zwar, sie hätten ihren Sommer gehabt, aber ich hatte nichts davon bemerkt. Es war wohl eine Art Massenhypnose. Ich allein war verschont geblieben. Doch ich fühlte keine Erleichterung. Ich ging umher, ruderte mit den Armen, wies auf die kahlen Äste. Niemand nahm Notiz davon. Die Leute glitten Meter vor mir zur Seite wie die Türen eines Supermarktes. Ich unternahm keinen Versuch mit jemanden zu sprechen. Ich dachte ständig an die Leiche.

In der Dunkelheit im Wald stolperte ich fast über den im Laub liegenden Körper, meine Schuhsohle trat plötzlich auf etwas Weiches. Erst die Flamme von Marcels Feuerzeug erhellte den Boden etwas. Ein Junge lag vor uns im Laub. Sein Gesicht war aschfahl und verzerrt. Seine weit aufgerissenen Augen schienen blicklos, die braune Iris schwamm in milchigem Weiß. Obwohl er flach am Boden lag, schien der dunkle Haarschopf zu Berge zu stehen. Den Jungen anzufassen oder Erste Hilfe anzuwenden traute ich mich nicht. Auch Marcel rührte ihn nicht an. Er behauptete, er sei sicher tot. Es war kaum vorstellbar, dass dieser Körper eine Minute zuvor noch gelebt hatte. Aber so war es gewesen. Eine Minute vorher hatte er am Steuer des schwarzen Corsas gesessen und war über die Landstraße gebraust. Das Auto war jetzt ein zusammengedrückter Haufen Blech. Es hatte Ziehharmonikafalten, alle Fenster waren zersplittert. Vom Beifahrersitz hörten wir ein Stöhnen. Ein Mädchen mit rotgefärbten Haaren hing zusammengekrümmt in ihrem Haltegurt. Das Auto war zu verbeult, wir konnten ihr nicht helfen. Die Tür klemmte. Auf dem Rücksitz saß ein Pärchen. Sie lehnten aneinander. Ihre Gesichter waren friedlich, blass und jung. Es sah aus als schliefen sie. Später hörte ich, dass sie tot waren, sofort.

Marcel rief die Polizei an. Im nächsten Dorf war eine Telefonzelle. Den Unfall hatten wir nur gehört, Marcels Auto parkte auf einem Waldweg. Wir standen daneben an einem Baum, etwas abseits der Straße, als hinter uns der Corsa der vier Jugendlichen auf die Buche prallte. Er drehte sich einmal um sich selbst und kam mit der Kühlerhaube nach vorne im rechten Winkel zur Straße zum Stehen. Der Fahrer wurde hinausgeschleudert. Er war neunzehn Jahre alt. Ich las das alles in der Zeitung. Sie suchten nach möglichen Tatzeugen und vermuteten ein weiteres Auto auf der Gegenfahrbahn. Wir waren abgehauen. Marcel hatte dem Notruf einen falschen Namen genannt. Niemand würde uns je mit dem schwarzen Corsa in Verbindung bringen.

Auch später meldeten wir uns nicht mehr bei der Polizei, um auszusagen. Obwohl wir wussten, dass uns keine Schuld traf. Wir waren nicht auf der Straße gewesen. Kein Mensch war auf der Gegenfahrbahn. Es hatte kein zweites Auto gegeben. Niemand hatte die Jugendlichen auf dem Gewissen.

Es war unlogisch, dass wir abgehauen waren. Marcel sagte, er hätte nicht nachgedacht, als die Frau am anderen Ende der Notruf-Leitung nach seinem Namen fragte. Jens Vierwald war mein Spitzname für ihn. Er war ihm ganz selbstverständlich über die Lippen gekommen. Nach unserer Flucht waren wir doppelt verdächtig. Eine nachträgliche Aussage wäre unangenehm geworden. Wir wollten ohnehin gar nichts preisgeben, nicht unsere Namen, unsere Familien, unsere Freunde. Niemand wusste, dass wir uns trafen. So sollte es bleiben.

Viele Jahre später erzählte ich Laurenz davon. Er fragte, hast du ihn geliebt, den Typ, diesen Marcel, mit dem du da warst. Ich sagte, nein. Das stimmte nicht, aber ich konnte nicht sagen, ich weiß nicht, was es war, das Gefühl zwischen Marcel und mir. Es war oft schal und falsch, aber es war da. Laurenz hätte nicht verstanden, dass das ein Glück war. Deshalb sagte ich ihm, früher habe ich ihn geliebt, ein bisschen. Als wir den Unfall sahen, schon nicht mehr. Laurenz machte ein Gesicht, als wäre das ein Verbrechen. Ich sagte, es war alles ganz harmlos.

Wir lehnten an einem Baumstamm. Marcel hatte mich dorthin gejagt, wir spielten oft Fangen. Ich spürte die Rinde an meinen Schulterblättern. Unsere Gesichter waren nahe beieinander, berührten sich aber noch nicht. Ich zerrte sein T-Shirt hoch und entdeckte Kratzer an seiner Brust. Sie stammten nicht von meinen Nägeln. Ich konnte mir ausmalen, womit er die letzte Nacht verbracht hatte. Er war bei seiner Freundin gewesen. Spielerisch drohte ich ihm mit Prügel, wenn er wieder so ankäme, zerschunden von einer anderen. Er grinste und fragte, ob ich mein Versprechen wirklich halten würde. Er ließ es klingen, als sei er scharf auf Schläge. Er griff nach mir, doch ich wich aus und nannte ihn neckend Betrüger. Er bekam meine Handgelenke zu fassen und drückte sie mit seiner Rechten an den Baum. Ich hörte auf, es ihm allzu schwer zu machen. Als er sich über meinen Bauch beugte, sah ich die Lichter des Wagens näher kommen. Sie waren noch weit entfernt. Aber über der dunklen Ebene konnte ich sie gut erkennen. Ich sah die Scheinwerfer durch die Bäume hindurch. Ich achtete nicht darauf. Nur ein Auto. Marcels Hände nestelten an meinem Gürtel herum, ich schloss die Augen. Der Aufprall des Wagens erzeugte einen Knall. Gar nicht so laut, eher dumpf als scharf. Es war sofort wieder still. Die Scheinwerfer waren verschwunden.

Wir hatten keine Ahnung, was passiert war, sagte ich. Laurenz schwieg. Du lügst doch, behauptete er schließlich. Meine Unaufrichtigkeit schien ihn nicht weiter zu erstaunen. Er öffnete den Kühlschrank, und das Licht der Glühbirne beim Eisfach strahlte ihn von unten an. Sein Blick wanderte die Regale entlang. Er wusste genau, was dort lag. Schinken, Tomatenmark, Porreestangen. Er hätte den Kühlschrank nicht zu öffnen brauchen. Er wollte mich nur nicht ansehen. Ich sagte, gut, ich erzähle dir die ganze Geschichte.

Der Junge mit dem schwarzen Corsa hieß Arslan. Er wohnte im nächsten Dorf. Ich hatte ihn schon bei Festen in der Turnhalle beobachtet, aus der Nähe sah ich ihn erst bei einer Party im Brückenkopf am Rhein. Arslan war breit, aber fest wie ein Ringer. Ich bemerkte es, als ich im Gedränge an ihn stieß. Er trug ein rotes T-Shirt mit James Bond-Aufdruck. Am

Kragen schauten Rückenhaare hervor. Seine Augen waren rund und dunkel, ich sah kein Weiß. Sie blickten neugierig, erstaunt. Seine Nase war ein kurzer, gerader Block, ohne jede Verjüngung. Sein Gesicht wirkte offen, neugierig, dazu sein Bärenkörper. Als ich an ihn stieß, fühlte ich, dass er schwitzte, wahrscheinlich schon seit Stunden. Er roch ranzig. Ich hatte ihn beim Tanzen angerempelt. Das passierte hier dauernd, der Raum im Brückenkopf war nicht groß. Ich wollte einfach weiter tanzen, aber Arslan fasste mich am Ellenbogen und entschuldigte sich für meinen Rempler. Wir wussten beide, dass es meine Schuld gewesen war, doch er spielte den Zerknirschten. Er kaufte mir einen Daiquiri. Ich lächelte ihn an, drehte ihm dann aber den Rücken zu. Er stand dicht hinter mir. Mit vorgestülpten Lippen sog ich die rote, halbgefrorene Erdbeermasse durch den Strohhalm. Mein Hintern streifte dabei scheinbar zufällig den Reißverschluss von Arslans Hose. Mit wippenden Kopf beobachtete ich, Begeisterung demonstrierend, die Tanzenden vor mir, so als hätte ich Arslan vergessen. Ich lächelte. Der Abend gefiel mir. Arslan strich mir mit dem Zeigefinger über die nackte Schulter. Ich ignorierte auch das. Ich wiegte mich in den Hüften zur Musik und tanzte bald weg von ihm.

Um sechs Uhr früh war die Party zu Ende. Die Veranstalter packten die Scheinwerfer ein. Katja kannte den DJ und wir fuhren zusammen zu einem Bungalow in einen Vorort. Arslan kam einfach mit. Er hatte dem Rosenverkäufer aus Bangladesch die übrig gebliebenen Blumen für einen Spottpreis abgekauft und sie Katja und mir geschenkt. Meine lagen auf der Hutablage. Ich fuhr. Im Rückspiegel sah ich Katja vorsichtig die Stacheln einer Rose befühlen. Arslan saß auf dem

Beifahrersitz. Wir hatten das Radio an. Der DJ und Katja konnten uns nicht hören. Arslan sagte, du bist schön, schön wie eine Million Dollar. Ich fragte, wieso Dollar? Ich nahm ihn nicht ernst. Arslan sagte, Euro klingt bescheuert. Ich nickte. Arslan gab zu, der Spruch sei nicht von ihm. Er habe ihn gelesen. Ich sagte, ich habe schon bessere gehört. Er schloss den bereits geöffneten Mund. Die Straße gabelte sich. Der DJ rief, ich solle nach rechts abbiegen. Er hatte seine Hand auf Katjas Oberschenkel.

Im Garten des Bungalows häuften sich dreckige Rotweinbecher und Zigarettenkippen. In den immergrünen Blättern eines Ilex-Strauchs hing ein Wollstrumpf. Ich sah niemanden, dem er hätte gehören können. Die Haustür stand offen. Der Bungalow schien aus einem einzigen riesigen Wohnraum zu bestehen. Die übrig gebliebenen Mauerstürze deuteten an, dass es früher mehrere Zimmer gegeben hatte. Neben den absichtlich freigelegten Klinkersteinen war die Wand sorgfältig mit Raufasertapete beschichtet. Ein Junge mit Kopfhörern stand vor drei Plattentellern, die sich alle drehten. Er war höchstens sechzehn Jahre alt. Ohne uns zu beachten, mischte er die Musik, die durch das leer geräumte Wohnzimmer schallte. Es war stampfende Clubmusik, ohrenbetäubend laut. An den Wänden hingen gerahmte Poster von Chagall-Gemälden. Katja, der DJ und ich setzten uns auf das Sofa vor dem Jungen. Die Musik schmerzte in den Ohren, die Luft stank sauer nach Alkohol und altem Rauch. Die Stirn von Katjas DJ lag in Furchen. Er versuchte angestrengt, sich die Mischung der Beats zu merken. Arslan schwieg seit unserem Gespräch im Auto. Er hatte sich auf einen Lederwürfel gesetzt und machte Notizen. Es wirkte übereifrig, aufgesetzt. Ich hatte kurz das Gefühl, als sei er der Forscher und wir die Tiere. Ich grinste über mich selbst. Irgendwann stand Arslan auf und ging auf die Terrasse. Wir sahen ihn durch die Panoramafenster. Er stand einfach da und glotzte ins Rheintal. Es war ein nebliger Morgen. Wir schienen abgeschnitten von der Welt. Der Fluss war nicht zu erkennen. Wie immer warteten wir darauf, dass etwas geschah. Wir waren die letzten im Brückenkopf gewesen, wir waren die letzten hier. Etwas musste sich erfüllen.

Katja meinte, ich solle raus zu Arslan gehen. Der DJ streichelte gedankenverloren ihre Beine in den goldenen Glanzstrumpfhosen. Ich schüttelte den Kopf. Ich sagte, was soll ich da. Ich hatte keine Lust, neben einem neunmalklugen Ringer zu stehen und in den Nebeltopf zu starren. Ich war fast sicher, dass Arslan reinkommen würde. Ich drückte mich in das cremefarbene Sofa und schaute zu, was der Plattendreher machte. Der DJ sagte, der Junge habe schon sechs Alben produziert, die sich sogar in England verkauften. Für mich klangen die Platten nach Autowerkstatt, hämmernd und klopfend, fast ohne Harmonien. Ich schwieg und nickte anerkennend. Irgendwann kam die Polizei und wir gingen. Die Nachbarn hatten sich über die Musik beschwert. Arslan hatte nichts mehr gesagt. Er hatte die ganze Zeit allein auf der Terrasse gestanden. Sein Gesicht war feucht vom Nebel.

Ich nahm den Weg über die Dörfer. Im Umkreis von hundert Metern verschwand alles im Grau. Zuerst stiegen der DJ und Katja aus. Der DJ hatte zusammen mit vier anderen Jungen ein Nachkriegshaus neben der Plexiglasfabrik gemietet. Katja kannte ihn schon länger, aber sie war noch nie über Nacht bei ihm geblieben. Sie zwinkerte mir zu, als sie ausstieg. Arslan wohnte mit seiner Familie in einem dreigeschossigen Mietshaus im Neubaugebiet. Zum Abschied trat er mir hinten gegen den Kotflügel. Ich hatte gerade den Motor angelassen, als ich ihn zutreten sah. Ich legte den Rückwärtsgang ein und stieß in seine Richtung zurück. Arslan fluchte und sprang zur Seite. Ich schaute noch einmal in den Rückspiegel und fuhr davon.

In dieser Nacht hatte ich einen Traum. Ich gewann in einem Preisausschreiben, bei dem ich gar nicht mitgemacht hatte. Der Gewinn war ein Ritt auf einem Elefanten. Der Elefant roch aus dem Mund und hatte Arslans Augen. Ich wollte nicht auf seinen Rücken. Aber ich landete trotzdem auf der Strohmatte, die als Sattel diente. Es war genau dieselbe Matte wie die, die ich immer mit ins Freibad nahm. Auf dem Rücken des Elefanten rutschte sie haltlos umher. Ich wusste, dass ich jeden Augenblick hinunterfallen würde. Ich fürchtete mich vor dem Aufprall. Der Elefant stampfte voran, und ich versuchte, die Schenkel zusammenzupressen. Auf die Idee, mich festzuhalten, kam ich nicht.

Hast du Arslan erkannt, fragte Laurenz. Nein. Er war nicht mehr zu erkennen, nachdem er durch die Scheibe des Corsas geflogen war, erwiderte ich. Wir hatten nur wenig Licht, er sah so anders aus. Ich wusste nicht, dass der Tod einen so verändert. Laurenz runzelte seine Nase, um seine herabgerutschte Brille hochzuschieben. Du weißt vieles nicht, sagte er. Was war mit dem anderen Typen, deinem Begleiter? Marcel, sagte ich. Er hieß Marcel. Laurenz glaubte mir auch das nicht. Er hatte den Namen noch nie von mir gehört. Er sagte, du kannst den Typen nennen wie du willst, wenn du sonst bei der Wahrheit bleibst. Ich entgegnete, ich kann dir nur sagen, was ich denke, was ich gehört habe. Er sagte, ich will keine Philosophien. Ich will nur wissen, was passiert ist. Sein Kinn war vorgeschoben, und ich wusste, er wollte eine Antwort. Aber nicht auf die Fragen, die er stellte.

Nach dem Abend im Brückenkopf verbrachte ich ein Vierteljahr in Amerika. Der Schüleraustausch war seit Langem geplant gewesen. Ich war weit weg vom Rhein, von den verrauchten Bungalows und den Landstraßen. Arslan gehörte nicht zu der deutschen Schülergruppe in den Vereinigten Staaten. Als ich Ostern nach Hause kam, las ich seinen Namen im Zusammenhang mit Leichtathletik-Meisterschaften. Er hatte im Hürdenlauf gesiegt. Ich dachte an seinen Tritt gegen den Kotflügel und erzählte meinen Freunden, die mit mir an dem Cafétisch saßen, der Hürdenläufer mit der Medaille um den Hals, der auf dem Foto, habe mir mal das Blinklicht zertrümmert, ich wisse auch nicht, warum. Einfach so, als ich ihn aus reiner Freundlichkeit nach Hause brachte. Nazi-Sau habe er mich genannt. Alle schüttelten den Kopf, sagten »typisch«, und mit der Zeit glaubte ich selbst an die Geschichte. Ich erzählte sie auch Marcel und seiner Freundin. Ich kannte die beiden schon lange damals. Marcels Freundin war schön, dunkelhäutig, schlau. Sie sprach mit einer hellen, weichen Stimme. Es klang auf eine falsche Art nachgiebig. Falsch deshalb, weil sie es nicht war. Sie war hart gegen sich selbst. Sie tat mir leid. Ich wusste, sie hätte mich gehasst dafür, für mein Mitleid und für unseren Betrug. Doch von beidem wusste sie nichts. Wenn du weiter so tiefe Ausschnitte trägst, kann ich mich bald nicht mehr beherrschen, sagte Marcel hinter ihrem Rücken zu mir. Wir schliefen seit einem Jahr miteinander. Vorher hatten wir uns nur verstohlen abgetastet. Manchmal gingen wir zu dritt ins

Kino. Marcel, seine Freundin und ich. Marcel saß in der Mitte.

Auch Arslan hatte nach meiner Rückkehr aus Amerika eine Freundin, Miriam. Sie begegneten sich nur zwei Wochen nachdem ich Arslan in den frühen Morgenstunden vor seinem Haus abgesetzt und er mir gegen den Kotflügel getreten hatte. Miriam war auf derselben Schule wie ich. Nach meinem US-Aufenthalt sah ich sie und Arslan oft zusammen auf dem Pausenhof. Miriam trug einen verwuschelten Pagenkopf, jeden Morgen gegen den Strich geföntt. Sie war nicht groß, sie reichte Arslan bis zum Kinn. Ihr Oberkörper war schmal, sie hatte kaum Busen, aber ihre Hüften waren ausladend. Dieses Missverhältnis sah auf eine eigentümliche Weise gut aus, obszön. Meine Freundinnen und ich starrten Arslan und Miriam nach, wenn sie sich in der Pause absonderten. Ausdauernder als andere wanderten sie händchenhaltend, unendliches Glück behauptend, am Rand des Schulgeländes entlang. Es wurde viel geredet über sie. Seit fünf Monaten fuhr Arslan Miriam zur Orchesterprobe, seit fünf Monaten hatte Miriam keinen anderen Jungen mehr angeschaut. Einmal stand ich rauchend an einem Busch, hinter dem die beiden plötzlich stehen blieben. Durch die Äste hindurch sah ich einzelne Bewegungen. Ich hörte alles. Sie flüsterten zusammenhangslose Zärtlichkeiten. Er schrie leise auf, als sie ihn unter den Kleidern berührte. Ihre Hände waren ihm zu kalt. Zwischen seinen Fingern rieb er ihre warm. Danach hörte ich nur noch Kleiderrascheln, Seufzen und Schmatzen. Ich schlich mich davon. Miriam war nicht bei Arslans Beerdigung. Sie lag im Krankenhaus. Sie hat den Unfall als Einzige überlebt. Es waren ihre rotgefärbten Haare, die Marcel und ich auf dem Beifahrersitz gesehen hatten. Es war ein künstliches Dunkelrot. Die Tönung hieß Aubergine.

Es stimmte, ich hatte Arslan nicht erkannt, nachdem er durch die Windschutzscheibe geflogen war. Doch ich erkannte sein Auto. Er hatte es dem Freund meiner Schwester abgekauft. Die Sitzbezüge hatten ein Zebramuster und an der Heckscheibe klebte ein Greenpeace-Sticker. Ich wusste, wer der Fahrer war. Ich starrte Arslan an, sein aschfahles, verzerrtes Gesicht. Ich versuchte zu verstehen, was passiert war. Dieser Moment schien wahr zu sein, die Dunkelheit, der Wald, das Laub, auf dem der verrenkte Körper Arslans lag. Mein Magen krampfte sich zusammen. Marcel zog mich fort. Ich wehrte ihn ab, dann übergab ich mich. In dem Erbrochenen entdeckte ich winzige Limettenstücke von meinem Caipirinha. Wir stiegen in Marcels Wagen und fuhren mit heruntergekurbelten Fenster davon. Magensäure brannte in meiner Kehle. Draußen zischten die schwarzweißen Wegbegrenzungen mit ihren Katzenaugen vorbei. Marcel schaute geradeaus, er fuhr wie in Trance. Es war eine klare Nacht.

Ich dachte an den Morgennebel, damals, als Arslan neben mir im Auto saß. Ich erinnerte mich daran, was auf dem Rückweg von dem Bungalow wirklich passiert war. Weder Marcel, noch den Freunden im Café hatte ich erzählt, dass ich nicht direkt zu Arslans Haus gefahren war, nachdem Katja und der DJ zusammen aus meinem Kadett gestiegen waren. Katjas Mutter hatte geglaubt, ihre Tochter schliefe bei mir. Doch schon am Montag danach erfuhr sie die Wahrheit. Unsere Mütter besuchten dieselbe Gymnastikgruppe. Katja bekam Ärger. Aber das war später. Arslan saß damals, am

Ende dieser Nacht, neben mir auf dem Beifahrersitz, seine Füße lagen auf der Ablage vor der Windschutzscheibe. Er schwieg. Kaum waren Katja und der DJ verschwunden, drehte ich mich zu ihm und sagte mit einer süßen Stimme, es ist zu spät zum Schlafen. Einen Moment lang wirkte er überrascht, dann ärgerlich, schließlich gab er sein grummelndes Einverständnis. Wir fuhren zu dem Diner an der Bundesstraße. Uns trennte die silberne Tischplatte, und ich hatte keine Ahnung, wie ich jemals wieder zur Ruhe kommen sollte. Ich redete ununterbrochen. Ich erzählte Arslan, was mir gerade in den Sinn kam. Von meiner Tante, die Alkoholikerin gewesen war, ihrem behinderten Sohn, an dem ihr alle die Schuld gaben, obwohl keiner mehr wusste, ob sie damals schon getrunken hatte. Mein Cousin war jetzt fünfunddreißig. Er konnte nicht sprechen und interessierte sich abwechselnd fürs Essen oder seinen Kassettenrekorder. Ich erzählte Arslan, dass ich verliebt war in einen Typen, der damit nichts anfangen konnte und wie sehr mich das schmerzte. Ich war mir nicht sicher, wen ich damit meinte, Marcel oder einen anderen, den ich kurz zuvor kennengelernt hatte. Mir gefiel Arslans mitfühlendes Gesicht. Als ich von der Toilette kam, rutschte ich neben ihn auf die rote Kunstlederbank. Ich lehnte meinen Kopf an seine Schulter, und irgendwann forderte der Kellner uns auf zu gehen. Ich hatte bereits die Hälfte von Arslans Tattoos gesehen, sein T-Shirt hing über dem Bauchnabel, mein Rock war verdreht.

Im Auto, beim Fahren, fummelten wir weiter, bis vor Arslans Haus. Ich hielt an, und er sagte, komm mit. Ich zierte mich. Nee, lieber nicht. Arslan drängte, sein Zimmer sei direkt neben der Haustür, kein Mensch würde mich sehen. Ich sagte, versprichst du mir was? Er sagte, ja, und ich bat ihn, mir nicht wehzutun. Ich sagte, man hätte mir schon so viele Male das Herz gebrochen, beim nächsten Mal wäre es aus. Er schaute mich an und sagte, wie meinst du das? Ich antwortete bedeutungsvoll: Genau so. Aus. Vorbei. Alles. Bei jedem Abschied ginge ein Stück von mir. Ich könne das nicht noch einmal ertragen, ich würde zerbrechen. Beim nächsten Mal. Arslan verzog den Mund. Einen Moment fürchtete ich, er würde sagen, ich solle keinen solchen Unsinn reden. Aber er nahm mich in die Arme, mein Kopf war an seiner Brust, er streichelte mir den Rücken, und da fing es an. Ich zitterte und keuchte und konnte nicht mehr aufhören. Nach einer Weile merkte auch Arslan, dass ich nicht weinte. Er stieß mich von sich und ich wischte mir die Lachtränen vom Gesicht. Im nächsten Moment stürmte er aus dem Wagen. Ich ließ den Motor an und er trat mir gegen den Kotflügel. Ich stieß zurück, er sprang fluchend zur Seite. Ich grinste und fuhr davon. Nach zwanzig Metern hielt ich noch einmal und schmiss sein Portemonnaie hinaus. Die Münzen kullerten in den Rinnstein. Im Rückspiegel winkte ich ihm zu. Nach diesem Morgen in dem Diner beobachtete ich Arslan nur noch aus der Ferne, ich sah ihn immer zusammen mit Miriam. Er blickte durch mich hindurch. Ich grüßte ihn nie. Dass wir uns geküsst hatten, erschien mir unwirklich. Ich konnte es selbst nicht mehr glauben. Bis zu dem Moment im Wald, als er vor meinen Füßen lag, tot. Ich war fast auf ihn getreten in der Dunkelheit. Ich hatte Angst in diesem Moment, obwohl mich nichts bedrohte. Mein Magen krampfte sich zusammen.

Ich massierte mir die Schläfen, während ich Laurenz davon berichtete. Ich wusste genau, warum ich nicht mit Arslan in das Haus gegangen war, wieso ich nicht wie Miriam mit ihm hatte über den Schulhof laufen wollen, wieso ich gelacht hatte, als es ernst werden sollte. Ich hatte es getan, weil ich es konnte, weil es in meiner Macht stand. Doch angesichts des rauchenden Autowracks und wie Arslan auf dem Boden davor lag, fühlte ich mich hilflos und schlecht. Laurenz sagte, du hattest nichts mit Arslans Tod zu tun. Das war Straßenglätte, Trunkenheit, Unfug oder einfach Pech. Nein, sagte ich. Es war nichts davon. Seine Stimme klang gereizt. Was war es dann? Öl? Wildwechsel? Bremsversagen? Plötzliche Ohnmacht? Ich versuchte, mich zu erinnern, was mir Arslans Freunde gesagt hatten. Ich hatte nicht zu viel gefragt, das wäre aufgefallen.

Sie hatten einen Club besucht. Arslan, Miriam und das Pärchen auf dem Rücksitz. Arslan sah Miriam beim Tanzen zu, wahrscheinlich genauso, wie er mir im Brückenkopf zugesehen hatte, im Jahr zuvor. Der künstliche Nebel brannte in den Augen. Arslan trank ein Bier nach dem anderen. Zum Schluss nahm er fremde Flaschen. Er wurde einfach nicht betrunken. Eine Woche vorher hatte Miriam mit ihm Schluss gemacht. Es war das erste Mal, dass sie sich wiedersahen, Arslan und sie. In der vergangenen Woche hatte Arslan nichts mehr gegessen außer Knäckebrot und Schokolade, dazu hatte er Leitungswasser getrunken. Er hatte geweint, besinnungslos, stundenlang. Er hatte ein Dutzend Mal überlegt, Miriam anzurufen, bevor er es dann wirklich tat. Sie verabredeten sich zum Tanzen. Arslan mimte den ganzen Abend den Gleichgültigen. Sie mied seinen Blick. Ich weiß nicht genau, was danach im Auto passiert ist. Manche denken, Miriam hat etwas gesagt, Arslan wurde wütend, er ließ das Lenkrad los, aus Angeberei oder Wut, sie rangen miteinander. Ich glaube das nicht. Der Corsa fuhr schnurgerade auf die Buche zu. Ich sah die Scheinwerfer, über Marcels Rücken hinweg. Es gab keine Bremsspuren. Ich denke, Arslans Gedanke kam plötzlich. Er wollte verhindern, dass Miriam ausstieg. Er wollte, dass der Schmerz aufhört. Vielleicht war der Gedanke nur einen Moment lang stark genug. Der Moment, in dem er das Lenkrad fester in die Hand nahm und das Gaspedal durchtrat. Die Einzige, die wohl mit ihm sterben sollte, überlebte. Miriam wurde schwer verletzt. Arslan starb und auch die zwei auf der Rückbank, Felix und Illeana. Es war Zufall, dass die beiden dort saßen. Sie hatten nur eine Mitfahrgelegenheit gesucht. Wahrscheinlich hatte Arslan in diesem Moment sogar vergessen, dass sie auch im Wagen waren.

Mich kostete der Anblick der verunglückten Jugendlichen einen ganzen Sommer und den Herbst dazu. So lange dachte ich an nichts anderes und bemerkte es nicht einmal. Die Sonnenblumen blühten, das Riesenrad kam zu Erntedank in die Stadt, mein Vater brach sich den Arm. Schon in dem Moment, als diese Dinge passierten, erschienen sie mir wie Erinnerungen. Ich taumelte durch Schwärme von Schnaken, Berge von Laub, doch ich sah nichts von alledem. Auch Marcel war verschwunden. Es war eine komische, luftlose Zeit. Ich bin froh, dass sie vorüberging. Erst im darauffolgenden Winter vertrieb ich die Toten aus meinem Kopf. Viele Jahre später erzählte ich Laurenz diese Geschichte.

Ich griff nach seiner Hand und zwang ihn so, mich anzusehen. Ich sagte: Du bist der Erste, dem ich das erzähle, niemand sonst weiß davon. Tatsächlich hatte ich die Geschichte schon einmal geflüstert. Miriam lag noch im künstlichen Koma, als ich sie besucht hatte. Sie konnte mein leises Sprechen nicht gehört haben. Die Maschinen auf der Intensivstation hatten mich übertönt. Ich sagte Laurenz nichts davon. Er schloss die Augen und mein Rock knisterte, als ich vom Hocker rutschte.

Arme Ritter

Manchmal sprechen wir noch von ihr. Wir fragen, wie mag es ihr gehen? Wir sagen es abwesend zwischen Gedanken an Einkauf und Theaterkarten. Wir wollen nicht wirklich wissen, wie es ihr geht. Wir denken an die Armen Ritter, die sie kochte; von Ei durchweichter Zwieback, in der Pfanne gebacken, glänzend vor Fett, mit Zucker und Zimt bestreut. Der Zimt fraß sich mit kühlem Brennen in die Zunge. Arme Ritter. Wir mochten sie wegen des Namens. Ihren Namen mochten wir nicht. Gudrun, so heißen Heldenfrauen. Doch sie war eher ängstlich.

Wenn wir von ihr sprechen, blicken wir auf unsere Hände. Wir bewegen die Finger, nur um zu sehen, wie die Knochen unter dem Geflecht der Adern spielen. Unsere Hände verschränken sich, und wir hören die Musik aus dem Wohnzimmer. Die Melodie ist einfach. Nur einige wenige Gitarrentöne und ein gleichmäßiges Schlagzeug dazu. Beruhigend. Wir hören nichts anderes. Die Tassen auf dem niedrigen Rattantisch vor uns haben braune Ränder vom Tee. Wir machen uns nicht die Mühe, sie zu spülen.

Es ist alles verschwunden, Gudruns Hundeplakate, die indischen Kissen, bestickt mit Spiegelamuletten, der Kleiderständer, behängt mit den Flohmarktkleidern. Diese Wohnung schien ohne sie im Lehnstuhl, am Küchentisch, in der Fensternische, auf dem Samtsofa nicht vorstellbar, doch es ist unsere geworden. Gudrun ist fort. Am besten erinnern wir uns an ihr Parfüm. Wenn sie aus dem Bad trat, hing es um sie wie ein alter Umhang. Ein Umhang, der auf dem feuchten Dachboden gelagert hatte. Es roch abscheulich, trotzdem wollten wir unter ihre Haare greifen, wir wollten wissen, woher der Geruch kam. Wahrscheinlich war es gar kein Parfum, sondern der Geruch von Seidentüchern, vermischt mit Kakao-Shampoo und Zigarettenrauch. Wir sahen nie einen Flakon mit einem Designernamen darauf, auch keinen Zerstäuber, den sie jeden Morgen auf ihren Hals gerichtet hätte. Ihr Geruch war wohl die Summe der Dinge, die sie täglich umgaben. Die Dinge waren alt, modrig.

Als wir das erste Mal Gudruns Wohnung betraten, waren unsere Wangen rot vom Novemberwind, unsere Finger gefühllos in den Handschuhen. Wir hatten ihr geschrieben, dass wir kommen wollten, dass uns die Stadt gefiele, dass wir uns eine Wohnung suchen würden. Wir erinnerten uns kaum noch an sie. Gudrun war eine körperlose Telefonstimme gewesen, die sich zwischen den Jahren und zu unserem Geburtstag meldete, unterbrochen vom Klicken der Geldstücke im Fernmünzapparat. Sie hatte kein Telefon. Man sagte uns, sie sei bei unserer Taufe zum letzten Mal im Dorf gewesen. Wir verstanden sie gut. Erst nach acht Wochen hatten wir Antwort auf unseren Brief erhalten. Ihre Zeilen waren eng geschrieben, die Buchstaben klammerten sich aneinander, hochaufgerichtet. Ihre Schrift marschierte. Sie schrieb: »Biegt ihr um das Eckhaus mit der rauchigen Kneipe darin, seht ihr in diesem Monat erst um zwölf, sonst früher, eine Straße aus Gold. Die Sonne scheint euch entgegen, als hinge sie knapp über dem Teer, ein zu stark eingestellter Scheinwerfer.« Wir fanden, es klang wie ein kitschiger Katalog, wie eine plumpe Wirtin, die versucht, poetisch zu sein. Zur angegebenen Zeit machten wir uns auf den Weg.

Das Haus protzte mit Löwentatze an der Eingangstür und einem Glasdach über dem Treppenhaus, doch das Metall an der Tür war grün oxidiert, der Putz blätterte von den Wänden. Mit den Augen maßen wir die Deckenhöhe, als wir die Treppe hinaufstiegen. Die Wohnungen waren niedriger als erwartet, dafür schienen sie uns warm, leicht zu heizen. Wir lasen die Namen an den Klingelknöpfen. Keines der Schilder war bedruckt, die Mieter hatten alle Tintenfüller oder Bleistift benutzt. Auf jedem Stockwerk umfing uns ein anderer Essensgeruch. Rotkohl im Erdgeschoss, im ersten Schweinegulasch mit Banane, im zweiten gab es schon Kaffee und Nusskuchen. Vor Gudruns Tür im dritten Stock schnüffelten wir vergeblich. Sie kochte nie. Das wussten wir damals nicht. Nur für uns warf sie ihren Herd an, später. Ihr Joghurt wuchs in einem Glas in der Küche, die Milch dazu war Rohmilch, deren Kuhgeruch allein reichte, uns den Magen umzudrehen. Doch das wussten wir noch nicht. Wir suchten einen Platz, kein Essen. Unschlüssig scharrten wir vor der geruchlosen Tür mit den Füßen. Wir schauten aus der Etagenluke, um einen Blick auf die Fenster der Wohnung zu werfen. Bei Halbgardinen mit Lochstickerei wären wir wieder gegangen. Die hatten wir gerade erst verlassen. Eine Linde, kahl zwar, aber mit dickem Stamm und Ästen direkt in unserer Sichtlinie, versperrte den Blick auf die Fenster.

Wer da, schrie Gudrun auf unser Klopfen hin, wir riefen unseren Namen und hörten Rascheln hinter der Tür. Papier wurde zur Seite geräumt. Dazu erklang die gesummte Melodie von »Ein Schiff wird kommen«. Wir kannten den Text.

Unser Vater hatte die Platte aufgehoben. Jedes Mal, wenn wir die Hülle herumliegen ließen, nahm er sie in die Hand, schaute auf das schwarzweiße Gesicht mit den Schleierwimpern. Wenn er unseren Blick spürte, legte er sie weg, als habe er die Hülle mit etwas verwechselt, und verschwand im Nebenraum. Stumm. Es gab nichts, das er mehr fürchtete als Spott. Gudrun war seine Schwester. An diesem Novembertag vor fünf Jahren öffnete sie uns die Tür. Wir linsten neugierig im Flur umher, auch in die angrenzenden Zimmer hinein. Zeitungen häuften sich überall, sauber gestapelt, mitten im Raum oder entlang den Bodenleisten, sie quollen aus den Schränken und Regalen. Später entdeckten wir auch den Rest von Gudruns Sammlungen. Es gab eine Schublade, prall gefüllt mit Einmachgummis, eine mit Bindfäden in allen möglichen Längen, manche davon waren nur fünf Zentimeter lang. In einer Kiste bewahrte Gudrun geglättete Folien auf, in viele weitere Schachteln stopfte sie Kartons und andere Großverpackungen. Sie hortete so viel Müll, dass es unmöglich war, jemals alle Materialien wiederzuverwerten. Reiseandenken füllten die restlichen Plätze in der Wohnung. Eine türkise Gebetskette aus dem Iran, ein Geldschein aus Odessa mit einem aufgedruckten Tataren, ein knackender Metallvogel aus Indien, eine hölzerne Giraffe aus Afrika. Unser Vater hatte uns erzählt, dass Gudrun mit einem Komponisten verheiratet gewesen war. Er war schon lange tot. In ihrer Wohnung gab es keine Musik. Manchmal fing sie an zu summen, sprachen wir sie darauf an, leugnete sie, je einen Ton von sich gegeben zu haben. Sie war sich des Summens nicht bewusst.

Wir standen noch immer im Flur. Gudrun sah uns zum ersten Mal. Sie blinzelte, verblüfft. Wir kannten das bereits von anderen. Es würde eine Weile dauern, bis sie uns unterscheiden konnte. Früher hatten wir das ausgenutzt. Im Sportunterricht war immer nur eine von uns über den Bock gesprungen, die Physikexperimente hatte nur eine beherrscht. Wir konnten es uns aussuchen. Gudrun fragte nach unseren Namen. Wir glaubten nicht, dass die Namen ihr etwas nützen würden. Sie konnte unmöglich wissen, wen von uns beiden sie jeweils anredete. Wahrscheinlich scheute sie aus falschem Stolz vor der Frage nach dem Merkmal zur Unterscheidung zurück. Sie wandte sich ab. Langsam, als könne sie sich schwer von dem lösen, was hinter ihr lag. Sobald sie uns den Rücken zuwandte, wurden ihre Bewegungen hektisch. Sie eilte durch die Wohnung, ließ uns im Flur stehen, bot uns Nüsse an, fand dann aber die Dose nicht. Wir zogen unsere Koffer in ein Zimmer. Es war gefüllt mit Regalen bis unter die Decke, eine Matratze lag am Boden. Gudrun folgte uns. Ohne über unsere Wahl zu debattieren, schritt sie das Zimmer ab. Sie murmelte Unverständliches. Schließlich schob sie die Matratze mit den Füßen in die Mitte des Zimmers. Wasseradern, sagte sie zur Begründung. Wir erzählten ihr, dass wir sogar direkt neben einer Großbaustelle gut geschlafen hätten. »Der Lärm ist ein innerer. Die Unruhe, ausgelöst vom Fluss des unterirdischen Wassers, ist nicht vergleichbar mit der von Maschinen.« Das war ihre Antwort. Kaum hatte sie den Raum verlassen, schoben wir die Matratze an die Wand. Heute kommt es uns vor, als sei schon damit alles klar gewesen. Dieser Platz war unser Platz.

Die Regeln waren einfach. Sei still und iss. Unser Vater hatte uns das mit auf den Weg gegeben. Er hielt diese Regel für die Pflicht des Gastes. Am Anfang beließen wir es dabei. Wir lagen im Bett, wir waren still, wir aßen. Gudrun heizte erst bei Frost. Sie fand, es war noch nicht so weit. Wenn wir die Fenster öffneten, trieben die staubigen Flusen mit dem Wind auf unsere Matratze zu. Wir pusteten unter der Decke hervor, um sie fernzuhalten. Neben unserem schwarzen Laken, auf den braunen, schmutzverkrusteten Dielen, lagen die Zeitungen mit den Wohnungsanzeigen. Wir hatten einzelne Angebote dick umkringelt, rot unterstrichen, Rahmen gezeichnet. Unsere Symbole waren so hastig gekritzelt, dass selbst wir sie nicht mehr entziffern konnten. Wir errieten ihre Bedeutung. Nachricht hinterlassen, zurückgerufen, zu teuer, zu weit entfernt, zu klein, kein Bad, kein Licht, zu viel Verkehr. Die Telefonate führten wir von einem Münzfernsprecher im Bahnhof aus. Der Lärm um uns herum schien ständig anzuschwellen. Zeitungsverkäufer riefen ihre Ware aus, Reisende zogen ihre Koffer an uns vorbei, laute Durchsagen erklangen, Züge fuhren ab, kamen an. Kein Vermieter bat uns zur Besichtigung, wir klingelten trotzdem. Unserem Vater schrieben wir: »Alles gut. Du weißt schon. Wir suchen, wir finden. Die Bahnsteige im Untergrund sind so geleckt, dass es uns ängstigt. Die Fahrgäste stehen im Patrouillenabstand. Das Mustern von Kopf bis Fuß, von Hutmarke bis zur Schuhsohle, ersetzt hier den Händedruck. Wir laufen viel, verlaufen uns. Lass uns nicht von Wohnraum sprechen. Es gibt ihn nicht. Stattdessen gehen wir in die Kaufhäuser. Unser Zimmer hier ist schön. Luftig, hell. Wir hätten nie gedacht, dass Gudrun Deine Schwester ist. Pass auf Dich auf.« Wir unterschrieben wie immer mit übereinander gelegten Buchstaben. Unser Vater kannte dieses Knäuel schon. Er konnte als Einziger erkennen, wer von uns den Brief geschrieben hatte. Wir hatten uns alles ausgedacht. Von unserem Plan brauchte er nichts zu wissen.

Wir gingen in die Küche. Gudrun saß dort. Es war dunkel. Ein Bus fuhr unten auf der Straße vorbei. Das Dach des Wagens reflektierte das Licht der Straßenlaternen bis in die Küche hinein. Wie ein Kugelblitz wanderte der helle Fleck über die Zimmerdecke. Wir setzten uns. Gudrun hatte ein Lehrbuch vor sich liegen, Slowenisch. Sie bekam die Pakete mit den Lektionen in großen gelben Umschlägen zugesandt. Auf einer Zeitschriftenseite hatte ein Setzkasten für zweiunddreißig verschiedene Kurse geworben. Von Modellschneidern bis Physik könne man per Paket alles lernen. Es war viel zu dunkel im Zimmer, um zu lesen. Gudrun starrte vor sich hin. Wir griffen nach den Laugenstangen aus dem Brotkorb, wir bissen krachend auf das Gebäck. Die Salzkristalle zogen uns die Lippen zusammen. Gudrun raunte. Ich weiß nicht mal, wie die slowenische Sprache sich anhört, sagte sie. Wir wussten es auch nicht. Stattdessen fragten wir sie nach den Quadratmetern der Wohnung. Sie schätzte siebzig. Im Kopf rechneten wir die Nebenkosten aus. Gudrun sprach weiter von ihrem Sprachkurs. Das Land ist so klein, die Bevölkerungsdichte gering, aber die Sprache kennt fünfzig verschiedene Dialekte und zwei offiziell mögliche Aussprachen. Das ist, als gäbe es Hochdeutsch Eins und Zwei. Eine dieser zwei Aussprachen unterscheidet zwischen langen und kurzen, betonten und unbetonten, hohen und tiefen Vokalen. Bei der anderen ist es egal, sie unterscheidet nicht, betont gar nicht. Das ist die Wahl, die man hat. Wie soll das klingen? Wir antworteten nicht. Neben dem Plakat des Nürnberger Eisenbahnmuseums war der Putz aufgeplatzt. Die halbrunden Löcher, zwischen denen sich feine Haarrisse an der Wand entlang zogen, sahen aus wie eine Kette von weißen Mäusen, die sich gegenseitig in den Schwanz bissen.

Es wurden immer mehr. Wir vermuteten, dass Gudrun dem halb zerstörten Putz nicht widerstehen konnte und heimlich die Risse erweiterte. Vielleicht war das ihre Art, sich die Zeit zu vertreiben. Ich habe keinen Kassettenrekorder, sagte sie. Ich mag sie nicht, diese Plappergeräte. Sie schicken immer Kassetten mit, für den Kurs. Ich zahle dafür, obwohl ich sie nicht hören kann. Plötzlich wechselte sie das Thema. Habt ihr eurem Vater geschrieben? Sie hatte den an ihn adressierten Brief in der Diele liegen gesehen. Ihre Frage war nur die Einleitung zu einer Anekdote, die wir schon kannten. Er hat Kohle gegessen als Kind, euer Vater. Mutter ging mit ihm zum Arzt. Sie solle ihn nur machen lassen, sagte der. Kinder wüssten, was sie brauchen. Euer Vater hat weiter Kohle gefressen. Ganz schwarz um den Mund wurde er davon. Die Milchzähne sind ihm ja zum Glück später ausgefallen. Sie lachte. Wie geistesabwesend hatten wir angefangen, die Lebensmittel aus den Schränken zu räumen. Gudrun horchte auf. Sucht ihr etwas Bestimmtes? Ich habe nichts da. Wollt ihr was zu essen haben? Sie zog eine Zwiebackpackung aus dem Spülschrank. Wir nickten, räumten aber weiter die Regale aus, während sie begann, Eier zu verquirlen, um die Zwiebackscheiben in der quabbeligen Masse zu baden. Während Gudrun das Ei mit der Gabel schlug, umstellten wir sie mit ihren vor Jahren angebrochenen Kartoffelmehlpackungen, halben Bouillonwürfeln, Tüten mit klumpigem Zucker darin. Wir verteilten all ihre Reste in der Küche. Die verdorbenen Lebensmittel schmissen wir in eine schwarze Tüte, die übrigen räumten wir wieder ein. Sie landeten in anderen Schränken. Es war praktischer so. Gudrun hatte sich in die Zubereitung der Armen Ritter vertieft. Sie schien uns nicht zu bemerken. Als sie die Zwiebackscheiben in die

Pfanne mit brutzelndem Fett schmiss, schlossen wir gerade die Küchentür hinter uns. Wir warfen den schwarzen Sack in den Container im Hof. Als wir zurückkehrten, war die Küche leer. Nur zwei Teller mit dampfenden Armen Rittern standen auf dem Tisch.

Sei still und iss. Das war der Rat unseres Vaters gewesen. Wir hielten uns daran. Wir machten ihn uns zunutze. Wir aßen, wir schwiegen. Gudruns Vorräte waren fast aufgebraucht. Es war Winter geworden. Wir blieben öfter in der Wohnung. Wir hatten gelernt, die blau züngelnden Flammen der Gasöfen anzuwerfen. Faul und müde von der Heizungswärme lagen wir auf unserer Matratze und lauschten auf Gudrun, ihre Geräusche. Hatte sie sich in einem Zimmer verkrochen, standen wir auf. Wir entfernten eine Reißzwecke am Blumenposter in der Toilette. Eine Ecke rollte sich ein. Wir waren vorsichtig. Erst ein paar Tage später zogen wir die zweite Reißzwecke aus der Wand, ließen das Poster schief hängen. Als es auf den Boden fiel, nahmen wir es weg. Die Murmeln auf dem Fensterbrett, die bereits dichte Staubkrausen trugen, verschwanden Stück für Stück. Schließlich schleppten wir die Zeitungen körbeweise hinaus. Wir gaben unsere Zurückhaltung auf. Gudrun fragte nach dem Stapel der Allgemeinen hinter der Tür, wir sagten, wir hätten ihn nicht gesehen. Sie ließ es auf sich beruhen. Wir räumten weiter auf. Immer häufiger murmelte Gudrun slowenische Bruchstücke in unserer Gegenwart. Wir verstanden kein Wort. Sie kochte nie mehr für uns. Wir schauten uns nicht in die Augen, wir glitten schattengleich aneinander vorbei. An dem Tag, als wir das Bettgestell, stabil wie ein Gefängnisgitter, in unser Zimmer trugen, stand sie plötzlich in der Tür. Sie sagte: Ich möchte, dass ihr geht. Sie sah uns an, wir zeigten keine Reaktion. Sie verließ das Haus. Als sie zurückkam, hatten wir das Schloss ausgewechselt.

Wir ließen Gudrun in die Wohnung, natürlich. Sie stand vor der Tür wie einst wir, mit hektischen roten Flecken auf den Wangen. Sie sagte nichts. Sie ging in die Küche, wühlte in den Schränken. Die gesuchten Werkzeuge, vermutlich einen Schraubenzieher oder eine Zange, fand sie nicht. Ihre Bewegungen waren fahrig. Sie schaute uns nicht an. Wir hatten mit allem gerechnet. Sie hätte uns anschreien können, bedrohen, anzeigen. Doch es geschah nichts. Sie versuchte uns mit stillem Widerstand zu begegnen. Ohne Haustürschlüssel traute sie sich nicht mehr vor die Tür. Wahrscheinlich fürchtete sie, obdachlos zu enden, ausgesperrt für immer. Sie konnte uns nicht mehr vertrauen. Was ihr blieb, waren die Zimmerschlüssel. Damit hatten wir nicht gerechnet. Sie versperrte alle Türen in der Wohnung. Nur unser Zimmer blieb offen. Wir hatten einen Keil zwischen die Türangeln geklemmt. Die Wohnungstür ließen wir offen. Der Ausgang war frei. Die Vorräte hatten wir gehortet. Es konnte nicht lange dauern. Mit Lesen vertrieben wir uns die Zeit. »Die Teufelsengel an den Dachzipfeln der Pariser Kathedrale Notre Dame haben ihre nachdenklichen Affengesichter in die Hände gestützt, schauen mit heraushängender Zunge über die Stadt, haben Hörner und Flügel und die nackten Oberkörper schöner Männer.« Wir legten das Buch zur Seite, sahen die Seine um die Kircheninsel fließen, rochen den Tang, der an den Ufern lag, hörten die Möwen. An den Ständen auf der Promenade würden wir ein Buch aus den Kisten ziehen und überrascht den deutschen Titel bemerken.

Wir würden den in grünen Stoff eingebundenen Band aufschlagen und lesen: »Die Teufelsengel an den Dachzipfeln der Pariser Kathedrale Notre Dame haben ihre nachdenklichen Affengesichter in die Hände gestützt, schauen mit heraushängender Zunge über die Stadt, haben Hörner und Flügel und die nackten Oberkörper schöner Männer.« Wir waren eingeschlafen.

Als wir aufwachten, hatten wir weiße Ränder um den Mund, Schlaf in den Augen. Im Bad schaufelten wir uns Wasser ins Gesicht. Das Wasser war kalt, es kam in ärgerlichen Schüben aus dem Hahn. Nass spritzte es auf unsere Hosen. Noch schlaftrunken klappten wir die Seitentüren des Hängeschranks nach innen, so dass wir unsere Gesichter bis ins Unendliche gespiegelt sahen. Unsere Zwillingsgesichter, die so gleich waren, dass wir Fremde täuschen konnten. Vor dem durch das Umklappen der Schranktüren entstandenen Spiegelkabinett zogen wir Grimassen, drehten das Kinn, ließen Nasen, Ohren, Münder zucken. Tausend Gesichter tanzten in der Tiefe der Spiegel. Wir lachten, wir nickten uns zu. Die blinden Stellen auf dem Spiegel störten uns. Wir würden sie entfernen. Erst jetzt fiel uns die Stille auf. Kein Geräusch, kein Heizungsächzen, kein Wasserrauschen, kein Knarren ihres Rattansessels. Wir gingen durch die Wohnung. Diele, Küche, Schlafzimmer, Kammer. Die Türen waren verschlossen. Gudrun war nicht da.

Wir warteten. Wen konnte sie holen? Die Polizei, die Nachbarn? Wir gehörten zur Familie. Eine kleine wischende Handbewegung vor dem Gesicht, hinter Gudruns Rücken, ein bedeutsamer Blick, das würde genügen. Wir wären wieder allein. Doch die Verstärkung blieb aus. Niemand klopfte.

Die Tage verstrichen. Gudrun kam nicht zurück. Wir rüttelten an den Türknäufen, überlegten, die verschlossenen Türen aufzubrechen. Wir warteten ab. Das Bad war offen, das Wasser floss. Wir aßen abgepacktes Vollkornbrot mit Marmelade, schlürften japanische Tütensuppen, die wir mit heißem Leitungswasser zubereiteten, und tranken Brausevitamintabletten. Wir schnüffelten im Treppenhaus nach dem Essen der Nachbarn. Eine von uns blieb immer an der Haustür stehen. Mehr als einen Treppenabsatz weit entfernten wir uns nicht. Die Tage wurden kürzer. Wir schliefen viel. Ein kalter Wind zog durch den Flur. Wir hatten das Fenster in unserem Zimmer geöffnet. Wir vermuteten, Gudrun habe sich in einem der Zimmer eingeschlossen. Wir lauschten. Nichts, kein Geräusch. Wir bewachten die Türen. Keine öffnete sich. Gudrun blieb verschwunden. Wir beschlossen, uns Nachschlüssel zu besorgen, einen Dietrich. Wir wollten gerade losgehen, da klopfte es. Durch den Spion sahen wir unseren Vater vor der Tür stehen. Er wirkte klein und gedrungen. Das machte das Fischauge.

Unser Vater trug die Schlüssel für die verschlossenen Türen bei sich. Wir schlossen die Küchentür auf. Er kannte den Schlüssel nicht. Er war noch nie in der Wohnung gewesen. Wir setzten uns an den Küchentisch. Er gab uns Kekse, krümelige, mit Honig verklebte Haferflocken. Es war ein Angebot. Gudrun hat … Er verstummte. Sie sagt, es gebe ein großes Missverständnis zwischen euch und ihr? Die Mäusekette aus Haarrissen an der Wand war noch länger geworden. Wir betrachteten sie nachdenklich, während unser Vater weitersprach. Sie wohnt hier seit dreißig Jahren, die Wohnung gehört ihr. Ihr wolltet euch doch eine eigene Wohnung suchen? Er hatte sich eine Zigarette angezündet. Der Rauch zog in unsere Richtung. Wir deuteten auf den Aschenbecher. Ihr habt das Schloss ausgewechselt? War das nötig? Wir nickten. Habt ihr eure Zungen verschluckt? Vor einigen Jahren hätten wir sie ihm noch entgegengestreckt. Jetzt stießen wir sie nur leicht gegen die Innenseite unserer Vorderzähne. Unser Vater trommelte mit dem Zeigefinger auf den Tisch. Da sagten wir, wir seien ausgezogen, groß geworden, über den Berg. Er habe sich nicht einzumischen. Nicht mehr. Er schaute uns lange an, erst ungläubig, dann entschlossen. Er legte die Zimmerschlüssel auf den Tisch. Küche, Wohnzimmer, Schlafzimmer. Er las die Schilder am Schlüsselbund. Er sagte, bis Donnerstag werft ihr den Haustürschlüssel in den Briefkasten im Erdgeschoss. Gudrun kommt und holt ihn ab. Wenn ihr einen Funken Anstand in euch habt, dann wisst ihr, was zu tun ist. Ich hoffe, ich habe mich nicht in euch getäuscht. Ich kenne euch besser als jeden anderen Menschen. Er ersparte uns die Geschichte mit dem Blut und dem Erbe. Am Ohr hatte er noch einen Rest Rasierschaum. Eine von uns feuchtete ihren Finger an und verrieb das Weiß auf seiner Haut. Er drehte den Kopf zur Seite, weg von uns. Danach sprach niemand mehr ein Wort. Es war das letzte Mal, dass wir uns sahen.

Es war alles so einfach, dass es uns manchmal unglaublich erscheint. Wir warfen den Schlüssel nicht in den Briefkasten, stattdessen kauften wir neue Möbel, polierten die alte Tischplatte auf, stellten Blumen ans Fenster. Den Fragen der Nachbarn wichen wir aus. Ein Laster holte Gudruns Hausrat ab. Die Möbelpacker erzählten uns, Gudrun wohne noch in derselben Stadt, in einem Apartment am Rande des Industriegebietes. Wenn wir aus dem Fenster in Richtung Kraftwerk blicken, denken wir an sie. Sie ist nie vorbeigekommen.

Manchmal sprechen wir noch von ihr. Wir fragen, wie mag es ihr gehen? Wir sagen es abwesend zwischen Gedanken an Einkauf und Theaterkarten. Wir wollen nicht wirklich wissen, wie es ihr geht. Uns geht es gut.

Hochzeiten

Am Sonntag kam ich zu Besuch, und der Geliebte meiner Mutter grüßte mich mit lauten Worten, Rosalie, du, mein Augenschein, willst du nicht ein Stück Braten haben? Natürlich wollte ich, und meine Mutter servierte vorzüglich. Ich war nicht sicher, ob der Schweinebraten sich mit dem Islam vertrug, wie ihn der Geliebte meiner Mutter predigte, doch er kaute und schluckte so gern, dass ich es ihm nicht verderben wollte. Meine Mutter trug die Sonnenbrille, die Wagenrädern gleicht; die Sonne spiegelte sich in den großen Gläsern und wir saßen auf dem Balkon über der Schnellstraße. Die Autos zischten vorbei, und ab und an winkten wir einem Fernfahrer zu. Faisal regte sich auf und sagte, lasst das, ihr Frauen, sonst muss ich euch verhauen. Meine Mutter drückte ihren weichen Hintern auf seinen Schoß, sah ihn von unten an und sagte, Faisal, Faisal, dein Kinn ist noch ganz glatt, was willst du uns sagen, was wir zu tun und lassen haben? Er lachte dann, strich ihr über den blonden Flaum auf der Wange, und es war da was zwischen den beiden, das mich ganz kirre machte.

Faisal hatte einen kleinen Überbiss und eine große Familie, die er verlassen hatte, um hier im Norden Geschäfte zu machen. Meine Mutter hatte nur mich. Sie arbeitete in der Kaufhalle am Imbissstand. Faisal konnte nicht arbeiten. Er war illegal hier. Den lieben langen Tag saß er in der Wohnung, oder seine Freunde besuchten ihn. Sie waren alle wichtige Geschäftsleute, und über kurz oder lang würde er mit seinen geheimen Spekulationen einen großen Coup für sich und meine Mutter landen. Meine Mutter hatte früher mit gebrauchten Autos gehandelt. Sie wusste, was man drehen und was man besser lassen sollte. Ich hab mir da nie Sorgen gemacht. Sie hatte ein einsames Leben gehabt, und Faisal füllte ihre Mitte.

Als ich aufgegessen hatte, lehnte ich mich auf dem Klappstuhl zurück, sog den Staub der letzten Sommertage ein und sagte, Mutter, was wünschst du dir zum Sechzigsten? Sie sagte, ach, Kind, das ist doch noch lange hin, es gibt vieles, das ich vorher zu erledigen hab. Faisal braucht einen neuen Anzug, du siehst, der alte passt nicht mehr. Faisal strich sich über den Bauch. Und wir fahren weg, am Sonntag, kannst du die Blumen gießen. Wo ich doch zwei Stunden entfernt wohne, wenn die Straßen wieder zu sind. Ich wollte protestieren, doch meine Mutter sagte, wir heiraten. Am fünfzehnten. Ich war überrascht, dass Faisals Papiere dafür reichten und meine Mutter vor mir unter die Haube kam. Mein Geliebter war leider schon verheiratet. Er war ein großer Finanzhai und seine Frau ein liebliches Geschöpf. Sie standen täglich in der Zeitung. Aber ich will mich nicht beklagen. Ich bekam, was auf der Packung stand. Meine Mutter wollte ein Hochzeitskleid, ein weißes mit Schleppe. Faisal nickte. Ich solle ihre Liebe bezeugen, da gab's nicht viel mehr zu sagen, als danke, bitte und schön. Wir spülten ab und gossen uns einen Jägermeister ein. Die Dauerwelle meiner Mutter stand um ihr Gesicht wie ein Tortendeckchen.

Am Montag gingen wir zu Natalie-Moden, und die Kleider waren alle schön, doch nicht das, was meine Mutter verlangte.

Sie wollte ein jungfräuliches Kleid, eines, das ihre Formen umspielte wie das Wasser die Venus in der Muschel. Die Verkäuferin musterte die Speckwülste an der Taille meiner Mutter, und es gab nichts, das mich hätte überzeugen können, meine Mutter in dieses Kleid zu nähen. Schließlich kauften wir eines, das nur zwei Nummern zu klein war und eine kleine Schleife über dem Po hatte. Meine Mutter setzte sich auf Diät. Aber bevor sie mit Kalorienzählen begann, schaute sie mich kritisch an und sagte, Rosalie, du hattest nie viele Freunde, im Kindergarten haben sie dich immer als Gefangene genommen, du weintest so schön, aber so wie du jetzt lebst, weiß ich auch nicht, ob du glücklich bist. Ich wusste wirklich nicht, was sie meinte. Die Männer, Rosalie, mögen es nicht, wenn man sie daran erinnert, dass sie nur ein Wegposten sind. Du schaust sie nicht an, Rosalie, das ist ein Fehler, du schaust durch sie hindurch und siehst, dass sie irgendwann abbiegen. Die einen schweigen sich aus, die anderen fliehen unter andere Schürzen. Es kann Schlimmeres geben, weißt du. Sie zupfte an der Klarsichtfolie um das weiße Tüllbündel in ihrem Arm. Die Straßenbahn war voll, und vor uns stand ein Mann, den versuchte ich anzuschauen, aber er drehte sich weg. Ich beschloss, meiner Mutter von Justus, Fabian und Michael zu erzählen, den famosen drei, die mich mal auf eine Bootsfahrt eingeladen hatten, als ich ein weißes Sommerkleid trug und irgendwie so auf dem Steg herumstand. Doch dann fiel mir ein, dass es zu regnen angefangen hatte, als ich in die Ruder griff, und wir hatten wieder anlegen müssen. Das war schade, denn an Land warteten drei Mädchen, und im Auto war kein Platz für mich. Mein Sommerkleid hatte traurig-nass an mir geklebt, und die Penner unter ihren alten Zeitungen hatten mir nachgerufen, ich hätte was verloren.

Meine Mutter kaufte Faisal ein arabisches Buch in dem Gemüseladen an der Ecke. Er langweilte sich oft zu Hause. Der Ladenbesitzer sagte, es sei ein gutes Buch, besonders für einen Ehemann. Alle in der Straße wussten, was bevorstand. Wir schauten Faisal zu, wie er auf dem Sofa von hinten nach vorn blätterte, von rechts nach links las. Ich sagte schnell Tschüs, als ich sah, dass meine Mutter nach den Fotoalben griff.

Zu Hause rief ich meinen Geliebten an. Wir könnten doch nach Israel fahren, sagte ich, wenn er wolle. Ans Tote Meer, ich hätte es mir anders überlegt. Jetzt sofort, über die Feiertage. Bis nach dem fünfzehnten. Er sagte, das sei unmöglich, ich hätte das früher wissen sollen, jetzt sei eins der Kinder krank, und er könne nicht weg, wenn in der Firma alles drunter und drüber gehe, und seine Frau. Er hatte recht, und es war albern von mir, in die Wüste fahren zu wollen. Im Büro gab es einen, den ich besonders mochte und ihm deshalb nie Kaffee machte, er hätte ja zu heiß oder zu stark sein können. Ich schaute ihn an, wie er so durch das Büro schlenderte. Ich fragte Sonja, die mir gegenüber sitzt, wie viele Menschen ein Mensch braucht. Geistesabwesend murmelte sie, horizontal oder vertikal? Das wusste ich auch nicht. Es hatte in unserer Familie verschiedene Stadien des Wahnsinns gegeben, und ich wollte mich versichern, dass ich ein Leben hatte, bevor sie kamen und mich in ein bereits reserviertes Zimmer steckten. Rosalie, was erwartest du von mir, sagte mein Geliebter. Vor drei Jahren, ja, da wäre alles anders gewesen, aber du weißt doch, wie das ist jetzt, und du hast nie von Kindern gesprochen. Also wirklich, sagte ich, das braucht eine Frau doch nicht zu sagen, das versteht sich von selbst. Und es sei ja wohl nicht zu viel verlangt von einem, dem man nun schon fünf Jahre den Rücken decke. Wie bitte, sagte mein Geliebter. Wenn das so sei, könne ich ja gleich zur Samenbank gehen. Aber da war ich schon gewesen.

Ich besuchte Faisal, als meine Mutter arbeitete. Er saß auf dem Klappsofa, eingefahren, auf dem sie nachts schliefen, ausgefahren. Wie das sei, fragte ich ihn, so den ganzen Tag hier zu hocken. Es gab nur einen Raum in der Wohnung, außer dem Klo. Er zuckte mit den Schultern und sagte, er schlafe viel. Ich setzte mich neben ihn.

Meine Mutter und Faisal bestellten das Aufgebot. Mein Geliebter konnte nicht zur Hochzeit kommen, weil er zu bekannt war. Ich musste ständig auf Toilette. Meine Mutter übernachtete bei mir, um eine reine, neue Braut zu sein. Faisal hatte geglüht vor Aufregung und sich gerade frisch rasiert, als wir ihn am Vorabend verließen. Meine Mutter sagte zu mir, du siehst müde aus, so angestrengt. Das stimmte gar nicht, ich musste nur aufs Klo. Bei der Abfahrt zu meinem Viertel, entschloss ich mich, etwas zu sagen. Faisal ist ein netter Junge, sagte ich, und da ist ja nun nichts dran auszusetzen. Ob das Kleid passt, fragte meine Mutter. Machst du dir nie Sorgen, fragte ich und hätte fast die Ampel übersehen. Dass er dir weglaufen könnte, meine ich, jetzt, wo er rausgehen kann. Nein, antwortete meine Mutter knapp, und ich hätte sie auch fragen können, ob sie an den Weihnachtsmann glaube. Wir aßen Frankfurter und Brötchen zu Abend. Meine Mutter betrachtete den Kalender in der Küche und sagte, morgen gehen wir groß essen, ja. Vielleicht kann dein Freund doch kommen. Sie schlief fest.

Das Kleid passt, sagte meine Mutter. Es muss, sagte ich und hielt die Sicherheitsnadeln bereit. Die Schleppe bauschte sich auf meinem Rücksitz. Ich drehte die Tangomusik im Radio auf. Meine Mutter konnte nicht singen, ihre Stimme war ganz piepsig. Ich tätschelte ihr die Knie. Komm doch, komm doch her, sang ich. Du bist der eine, der eine, den ich will. Am Standesamt standen Faisal und Tarak, sein bester Freund der letzten Wochen. Tarak gab mir nicht die Hand. Er sprach kein Deutsch. Faisal starrte meine Mutter an, und ich scheuchte sie in das Amt hinein. Er drückte ihre Hand, sie strahlte, und es war schnell vorbei. Tarak gab meiner Mutter eine Vase, die sie gleich an mich weiterreichte, denn sie hatte alle Hände voll zu tun mit Faisal. Ich musste wegschauen. Sie waren sehr glücklich, die beiden. Gleich darauf fuhren sie nach Marokko in die Flitterwochen und schickten mir eine Postkarte: Liebe Rosi, schrieb meine Mutter, versuch's mit türkischem Honig, aber das ist gar nichts gegen die Leckereien hier! Du kannst mein Kleid haben, ich pass da nie mehr rein! Und von Faisal ein kurzer Gruß und eine Zeichnung. Es war so ein Bausparhaus am Meer und ein kleiner, grinsender Kraftmeier davor. Übernimm dich nicht, schrieb er.

Faisal hatte noch was zu erledigen, die Familie war groß, und es dauerte länger. Meine Mutter kam erst mal allein nach Hause. Bald setzte sie sich zu mir auf den Balkon. Der Wind blies Sand auf den Campingtisch. Die Körner knirschten zwischen den Zähnen. Meinen Bauch trug ich wie eine Kokosnuss unterm Hemd. Meine Mutter tippte auf das Kind darin. Ich sagte ihr, ja, während deiner Flitterwochen. Den Empfängnistag hatte ich im Kalender etwas nach vorn verschoben. Meine Mutter schwieg. Dann nahm sie einen Fünfeuroschein und wettete darauf, dass es ein Junge würde. Ich sagte ihr, das werde sie ja sehen.

Der König

Der König wohnte im Haus neben uns. Er hatte einen Swimmingpool. Im Winter stand das Becken wie eine große Hutschachtel auf dem vereisten Rasen. Mit den ersten Krokussen zog der König die Plane zurück und ließ Wasser einlaufen. Der König hatte eine Tochter, die Gärtnerin. Sie stand im Garten und sprach mit den Blumen. Wir hörten sie flüstern: Er hat sie geschlagen, ganz fest. Die Lippe ist ihr aufgesprungen. Sie konnte nichts essen, drei Tage lang. Die Blumen wippten mit den Blüten.

Der König war U-Bahnführer. Den Tag verbrachte er in den Schächten unter der Stadt, abends tauchte er im Pool unter. Das Wasser schwappte über den Rand, wenn er sich mit seiner roten, engen Badehose ins Becken gleiten ließ. Stundenlang lag er an die Leiter geklammert oder paddelte die zwei Meter fünfzig quer durch das Becken, wenn die Sonne weiterzog. Der König hatte einen Bauch. So einen Bauch hatten wir noch nie gesehen. Wir versuchten oft, ihn zu beschreiben, unsere Nasen dicht am Gitternetz des Zauns. Wie eine Bratgans, sagte meine Schwester. Wie ein Walross, ein Globus, ein Wasserball. Wie zehn fantastisch fette Jahre. Mehr fiel uns nicht ein. Zehn fantastisch fette Jahre. Das hieß: nie auf Coladosen zu treten, nie einen Spiegel zu zerwerfen, nie schwarze Katzen kreuzen zu sehen. Wir schafften das nicht. Mein Vater sagte oft, der Lotto-Otto, so hieß der König bei ihm, verdient in einer Sekunde mehr als ich in einem Monat. Aber verdienen tut er es nicht, setzte er trotzig hinzu. Meine Mutter wollte das nicht hören. Sie fing dann an zu singen: Sabbelschnutt, war dem kleinen Mann zu gut, wollt' er keine Kohle machen, jagen ihn die Siebensachen. Mein Vater knuffte sie in die Seite, und sie lachten. Meine Schwester und ich sangen das Lied beim Zähneputzen, wenn wir allein im Badezimmer waren und mit unseren Zahnbürsten im Mund auf dem Flauschteppich herumtanzten. Ich schubste meine Schwester, sodass sie auf die kalten Fliesen trat. Sie schrie nach meiner Mutter, aber die hörte uns nicht. Vor den Fenstern sahen wir die Abendbeine der Passanten vorbeischlurfen. Souterrain, nannte meine Mutter unsere Wohnung. Kellerloch, sagte mein Vater. Kein Licht, keine Luft.

Der König hatte einen großen Garten. Seine Tochter, die Gärtnerin, war immer allein darin. Sie wässerte die Blumen, dann sahen wir sie hinter dem Rosenbusch hocken. Meine Schwester sagte, iiih, das stinkt. Ich sagte, Quatsch, das ist gut für die Rosen. Stinkt trotzdem, sagte meine Schwester. Die Rosen des Königs, die brauchen die Gärtnerin, nuschelte ich. Du spinnst ja, sagte meine Schwester und ging ins Haus. Ich schaute zu der Gärtnerin auf der anderen Seite des Zauns. Sie hielt ein Ahornblatt in den Händen und strich leicht darüber. Sie rief: Es kräuselt sich. Was ist mit meinen Bäumen? Ich sah ihre Unterlippe zittern. Sie hatte große wasserblaue Augen und schwarze Locken. Sie sah aus, als sollte sie nicht in die Sonne. Aber sie war immer draußen. Ihre Haut sprenkelten braune Flecken. In ihrem Haar konnte man Nester bauen. Sie ging nie in den Pool. Der König griff oft nach seiner Tochter, wenn er nach Hause kam. Sie entwischte ihm.

Der König schaute bekümmert. Wir hörten ihn sagen: Ich wünschte, du wärst anders geworden. Warum gehst du nicht raus? Spiel mit ihnen. Die Gärtnerin hörte ihn nicht. Sie passte auf, dass er ihre Pflanzen nicht zertrat. Wenn er ins Haus ging, um zu Abend zu essen, große Brote mit Schinken und Gurken, richtete sie das Gras auf, das er niedergetreten hatte.

Mein Vater sagte: Die sind alle meschugge da drüben, gewinnen im Lotto und dann so was. Leben wie die letzten Asozialen, genießen's kein Stück. Fumbel, sagte meine Mutter zu meinem Vater, wenn sie ihn beruhigen wollte. Fumbel, du hattest deine Stunde des Ruhms. Jetzt sind andere dran. Nicht jeder hat ein Geschick fürs Glück. Mein Vater und meine Schwester hatten vor fünf Jahren entdeckt, dass kleine Kinder an den Augen von Plüschrobben ersticken können, wenn sie sie essen. Der Spielzeugkonzern, der die Robben aus Übersee bezog, hatte viel Presse bekommen. Die Zeitungen schrieben: Ein zweijähriges Mädchen aus Duisburg wäre an den sich ablösenden Augen eines Plüschtieres fast erstickt. Erst durch Einführen eines Löffelstiels hatte der Vater sein Kind zum Ausspucken bewegen können. Der Konzern verwies auf die mangelhafte Arbeit der thailändischen Hersteller. Mein Vater war in jedem Bericht erwähnt worden. Die Lokalzeitung hatte ihn und meine Schwester mit der Robbe fotografiert. Mein Vater hielt die abgerissenen und wieder ausgespuckten Augen auf der geöffneten Handfläche in die Kamera. Meine Schwester hatte sich gerade die Haare geschnitten. Die blonden Stoppeln standen in Büscheln von ihrem Kopf ab, sie lachte fröhlich mit ihren stummeligen Milchzähnen. Manchmal schauten wir uns die Fernsehreportagen bei den Großeltern an. Wir hatten keinen Videorekorder. Der König war damals Straßenbahnführer. Wir waren zu klein, um über seinen Bauch nachzudenken. Kann schon sein, dass er damals dünner war. Seine Tochter, die Gärtnerin, war älter als wir, doch sie trug länger Windeln. Durch die Cordhosen sah man es. Ihre Mutter war fast nie da. Wenn wir sie zufällig sahen, grüßten wir sie nicht. Einmal, im Edeka, standen wir hinter ihr in der Schlange. Meine Mutter gab vor, eine Zigarettenmarke zu suchen. Sie fragte die Mutter der Gärtnerin, welche die leichtesten seien. Die Frau sagte, sie rauche immer Luckies. Meine Mutter kaufte die Luckies. Dabei rauchte sie gar nicht. Sie tat dann bei den Großeltern so, als hätte sie die Packung versehentlich liegen gelassen, und Opa freute sich. Die Oma wollte nämlich nicht, dass er rauchte. Aber vergessene Zigaretten sind praktisch keine Zigaretten. Meine Mutter sagte zu meinem Vater: Die von drüben, vom Otto, die Mutter von der Kleinen, die hat was an sich, ich weiß nicht was. Vielleicht isses das Parfüm. Vielleicht sind's die fahrigen Augen. Ich weiß nicht. Der geht's nicht gut. Schnurzel, sag', was denkst du? Soll ich ihr mal was rüberbringen? Oder sie einladen? Sie geht nie raus. Du kennst sie doch gar nicht, sagte mein Vater. Eben, sagte meine Mutter. Genau, sagte mein Vater und bastelte weiter an der Badewanne fürs Puppenhaus herum. Sie wollte einfach nicht stehen bleiben.

Ein paar Jahre später verschwand die Mutter der Gärtnerin. Zuerst merkten wir es nicht. Aber als Bo-Frost immer größere Ladungen beim König ablieferte, wurde meine Mutter misstrauisch. Sie schenkte meiner Schwester und mir ein großes Springseil, eines, das man zu zweit schwingen musste, und einer hüpfte. Sie behauptete, an Stühle binden ginge nicht. Wir müssten schon eine Dritte im Bunde haben. Sie wusste, dass weit und breit keine anderen Mädchen wohnten. So fragten wir die Gärtnerin. Sie schaute uns aus ihren Telleraugen an. Meine Schwester sagte, hast du Lust? Die Gärtnerin blieb stumm. Ich gab ihr das Seil in die Hände. Sie stand direkt hinter dem Zaun. Ich drückte ihre Finger um das Seil. Ihre Hände waren rau. Sie ließ sie willenlos von mir führen. Als ich ihre Finger losließ, fiel auch das Seil herunter. Meine Schwester zog es blitzschnell wieder über den Zaun. Lass die, wir nehmen nen Stuhl. Die is sogar zum Schwingen zu dumm. Sie wandte sich ab, das Seil locker über der Schulter. Da schnellte die Gärtnerin vor, warf sich gegen den Zaun und bekam das Ende des Seils zu fassen. Meine Schwester war so überrascht, dass sie es fast verloren hätte. Ich griff zu. Die Gärtnerin zog verbissen an ihrer Seite des Seils. Es scheuerte über den Plastikzaun, drückte ihn nieder. Meine Schwester half mir. Wir zogen keuchend an dem Seil. Meine Schwester rief: Mama! Aber die hörte uns nicht. Ich zischte, die schaffen wir auch so. Doch die Gärtnerin war älter als wir und stärker. Meine Schwester jammerte, das Seil schneidet in die Hände. Halt's Maul, die Dumme da drüben gibt gleich auf, knurrte ich. Aber die Gärtnerin zog weiter und schien nicht zu ermüden. Meine Schwester sagte, das ist ein blödes Spiel. Wir verlieren noch das neue Seil. Hör auf. Aber ich wollte nicht. Das Seil grub sich in meine Handflächen. Die Gärtnerin gewann an Boden. Sie zog uns Stück für Stück näher an den Zaun heran. Ich blickte mich zu meiner Schwester um. Sie hatte schon fast aufgegeben. Ich flüsterte ihr zu: Achtung, Überraschung siegt. Meine Schwester begriff. Auf drei ließen wir das Seil los. Die Gärtnerin fiel hintenüber. Instinktiv schützte sie ihren Po mit den Händen. Wir griffen zu und zogen das Seil ganz zu uns herüber. Da kam meine Mutter aus dem Haus, sie trug den Mülleimer. Er schien verdächtig leer. Was ist denn hier los?, fragte sie. Hast du dir wehgetan? Die Gärtnerin murmelte, ja. Tut weh. Die haben angefangen. Meine Mutter musterte uns tadelnd. Ist deine Mutter nicht da?, fragte sie dann. Du brauchst bestimmt ein Pflaster, oder? Sie zog eins aus der Hosentasche. Meine Schwester und ich kochten vor Wut. Die Gärtnerin schielte uns böse an, während sie meiner Mutter brav die aufgeschürften Hände hinhielt. Wo ist denn deine Mutter?, drängte meine Mutter die Gärtnerin. Ich hab sie schon lange nicht mehr gesehen. Aber die Gärtnerin schwieg. Sie strich zart über das Pflaster und ging wieder zu ihren Rosen. Meine Mutter seufzte und kippte den Müll in die Tonne, obwohl die Tüte halbleer war. Meine Schwester und ich banden das Seil an eine Wäschestange. Es rutschte runter. Wir versuchten es mit einem Stuhl. Der kippte um. Meine Mutter hatte recht gehabt. Beim Abendessen sprachen wir kein Wort mit ihr.

Nach einem Jahr war meine Mutter sich sicher. Die Frau des Königs war weg. Denn es kam eine neue. Mein Vater sprach beim Kehren der Straße mit ihr. Meine Mutter klebte derweil hinter der Gardine. Aber vom Keller aus sah sie nur die Beine der beiden. Die neue Frau trug Kittelhemden, die bis zu den Knöcheln reichten, darunter Hosen und auf dem Kopf kleine Käppis. Es sah orientalisch aus, fand meine Mutter. Ob der Otto jetzt in ner Sekte sei?, fragte sie. Davon wisse er nichts, sagte mein Vater. Die Frau, die sei ganz normal. Sie habe eben einen eigenen Geschmack. Pah, sagte meine Mutter. Du kennst doch bis heute den Unterschied zwischen Geschmack und Geld nicht. Eben, sagte mein Vater. Genau, sagte meine Mutter. Anderen Frauen schöne Augen machen, aber ich koch die Supp' oder was? Du kannst den Tisch heute selbst decken. Ich geh ins Kino. Papa machte Spiegeleier, und wir schauten beim Essen fern.

Dann kam der Lottogewinn. Oder die Erbschaft. Oder wir wissen es nicht so genau. Jedenfalls wurde der König reich. Er kaufte sich das Schwimmbad, er kündigte seinen Job, er fuhr in Urlaub und ließ das Haus streichen. Die Handwerker waren faul, denn sie wussten, der König bezahlte alle Stunden. Sogar die Gärtnerin war mit in Urlaub gefahren. Sie kam zurück mit einem Sombrero. Der König drückte ihn ihr fröhlich auf den Kopf. Steht dir gut, kleine Schattenmaus, sagte der König. Die Gärtnerin schaute ihn nur verächtlich an. Aber sie ließ ihn Samen kaufen. Teuren Samen für Blumen aus Übersee. Und sie pflanzte Wunderbäume, große grüne Gewächse. Der Garten war ein üppiger Garten damals. Dann fing der König an zu saufen. Die neue Frau trug jeden Tag eine andere Sonnenbrille. Meine Mutter sagte, eine Schande ist das, die Familie geht vor die Hunde. Lass sie doch, sagte mein Vater. Typisch, sagte meine Mutter.

Im Winter war's vorbei, auch mit dem Garten. Der Wagen vom Getränkemarkt kam täglich, und die Gärtnerin stand stundenlang draußen in der Kälte. Da ging auch die neue Frau. Sie packte ihre Kittelkleider und Käppis ein und ging ohne Sonnenbrille. Ihre Augen waren geschwollen. Den König sah man nicht mehr. Eines Tages holte ihn ein Taxi ab, die Gärtnerin ein zweites. Nach drei Monaten kamen sie zurück. Um vom Suff wegzukommen, fing der König wieder an zu arbeiten. So erzählt es meine Mutter immer ihren Freundinnen. Zehn fantastisch fette Jahre hatte der König gehabt. Aber das war vor unserer Zeit gewesen. Jetzt weichte er sich im Schwimmbad ein. Seine Tochter verwandelte sich in eine Liane und schwang von rechts nach links. Was ist passiert?, fragten wir unsere Mutter. Ich weiß es nicht, sagte sie. Wir fragten weiter. Warum schweigt die Gärtnerin? Musste sie nie zur Schule? Nein, nie, sagte unsere Mutter. Aber das geht doch nicht, sagten wir. Sie ist immer allein, vielleicht schlägt er sie. Wir haben sie flüstern gehört, den Blumen hat sie's erzählt. Die Lippe ist ihr aufgesprungen. Meine Mutter schüttelte den Kopf. Habt ihr wieder spät ferngesehen? Wir waren enttäuscht.

Meine Schwester und ich schauten aus dem Fenster des Kinderzimmers zu der Gärtnerin hinüber. Wir sahen ihre Gummistiefel im Garten herumwandern. Sie streute Pulver aus, es fiel wie hellblauer Staub auf den Boden. Es war Mai. Wir hatten sie flüstern gehört, das war keine Einbildung gewesen, bestimmt murmelte sie auch jetzt. Wir öffneten das Fenster. Psst, sagte meine Schwester, als mein Magen rumorte. Der Wind schien die Worte zu uns zu tragen. Ich legte meiner Schwester den Arm um die Schultern. Uns war kalt. Das Wasser stand schon im Pool, aber der König zögerte noch. Eines Tages kam er heim und wollte der Gärtnerin über die Haare streichen. Wie immer tauchte sie weg, seine Hand hatte schon damit gerechnet. Er tat, als habe er sich am Schenkel kratzen wollen. Wir standen am Zaun und warfen Papierflieger in den Garten. Hey, ihr Rotznasen, lasst das!, sagte der König. Er hob einen der Flieger auf und warf ihn zurück. Meine Schwester hatte ihren gefährlichen Rosettenmund. Ich stieß sie an. Sie knuffte zurück. Angsthase, wisperte meine Schwester. Schrei bloß nicht rum, warnte ich sie. Der König musterte uns mit einem belustigten Lächeln um die Mundwinkel. Na, war das Sandmännchen schon da?, fragte er. Ab in die Heia. Wir machen keine Heia. Gehen Sie doch selber schlafen, versetzte meine Schwester. Ich starrte stumm den König an. Über seinem Gürtel hing das Schnürbändel seiner Badehose heraus. Sein Gesicht glänzte. Die Gärtnerin stand schräg hinter ihm. Ich sagte, wir wissen Bescheid. Wenn Sie nicht aufpassen, sind Sie dran. Der König lachte. Das Lachen klang wie aus einer großen Regentonne. Kommt mal mit, ihr Kleinen, sagte er. Kommt mal mit, ich zeig' euch was. Meine Schwester flüsterte, wir sollen nicht mit Fremden gehen. Das ist unser Nachbar, sagte ich. Der König hatte sich bereits umgedreht. Ich mach' euch das Tor auf. Wir mussten durch unser Haus auf die Straße gehen, um zum Haus des Königs zu kommen. Es hatte ein großes Eisentor, das automatisch aufschwang, wenn er es anpiepte. Meine Schwester wollte nicht reingehen. Ich zog sie mit. Allein wollte ich da auch nicht rein. Der König öffnete uns die Haustür. Wir sahen die Gärtnerin durch den Flur und eine Treppe hinauf huschen. Es roch komisch. Hier entlang, sagte der König, und er stieg eine Treppe in den Keller hinab. Nein, sagte meine Schwester. Nein. Ich geh da nicht runter. Alle kleinen Mädchen werden im Keller umgebracht. Der König war bereits im Keller verschwunden gewesen, streckte aber seinen Kopf wieder um die Ecke. Er rief nach der Gärtnerin. Sie kam missmutig die Treppe herunter. Als sie an mir vorbeiging, trat sie mir kräftig auf den Fuß. Ich biss die Zähne zusammen. Zögernd folgten wir ihr in den Keller.

Die Wände waren holzgetäfelt, ein Bergbild hing an einem Nagel. Der Keller war groß. Wir mussten durch eine schwere Stahltür, eine Eisenstange sicherte sie. Der König schnaufte vor Aufregung. Die Gärtnerin ging hinter meiner Schwester und mir. Die Stahltür verschloss einen dunklen Raum. Es stank entsetzlich. Die Gärtnerin knipste die Neonröhren an. Es war ein großer kahler Raum, mit einem niedrigen gemauerten Becken in der Mitte. Wasser schwappte innen, am Rande stand ein kleines Haus. Kommt her, sagte der König, die kann nicht raus. Wir drängten uns nah aneinander. Die Gärtnerin grinste böse. Wir kamen näher. Das Tier war einen halben Meter lang, fett und hatte einen langen, dünnen Schwanz. Das braune Fell glänzte vor Nässe. Das ist eine Nutria, sagte der König, hübsch, nicht? Sie werden auch Sumpfbiber genannt oder Biberratten, sogenannte Trugratten. Hab ich aus Südamerika mitgebracht. Feinschmecker lieben ihr Fleisch, es ist so fettarm. Mit ihrem Schnurrbart erinnerte mich die Ratte an einen verzauberten Terrier. Ein bisschen nachdenklich, besorgt. Ihre Nagezähne hingen über den Unterkiefer. Sie saß da und blickte uns an. Meine Schwester fragte, was frisst die denn? Der König lehnte an der Betonmauer, die ihm knapp bis zum Oberschenkel reichte. Zweimal täglich bekommt sie Kartoffeln, Kleie und meine spezielle Kraftnahrung, sagte er stolz. Sie geht ein hier unten, sagte die Gärtnerin. Du wolltest ja keinen Beton in deinem heiligen Garten, sagte der König, was sollte ich denn machen? Die Gärtnerin zuckte mit den Achseln: Deine Sache. Meine Sache, die Blumen. Ich sagte, wir müssen gehen. Unsere Mutter wollte uns die Haare waschen. Wollt ihr nicht mal mit meiner Tochter spielen?, fragte der König. Ihr könnt jederzeit hier rein. Klettert einfach über den Zaun.

Ihr seid herzlich willkommen. Wollt ihr schwimmen gehen? Ihr könnt auch schwimmen, wenn ich nicht da bin. Wir hörten ihn hinter uns her rufen, aber wir waren schon durch die schwere Stahltür gewetzt, die Treppe rauf und zum Haus hinaus. Meine Mutter sagte, ihr seid doch sonst nicht wild aufs Waschen.

Von da an hielten wir uns die Ohren zu, wenn die Gärtnerin wieder zu wispern anfing. Wir gingen oft auf den Spielplatz, mieden den Hof. Doch meine Schwester reizte der Pool. Vor allem, wenn es heiß war hockte sie nur auf dem Hof, um auf das Schwimmbecken zu starren. Die Gärtnerin lauerte unter dem Kirschbaum in ihrem Garten. Sie saß an den Stamm gelehnt und beobachtete meine Schwester, deren Stirn feucht glänzte. Ich brachte ihr eine Fanta, sie nahm sie geistesabwesend und trank die Flasche in einem Zug aus. Du kannst da nicht rüber, sagte ich, denk nicht mehr dran. Wir gehen ins Freibad. Aber bis zum Freibad fuhr man eine halbe Stunde Bus. Außerdem gab es dort Jungs, die einen tunkten und an den Trägern des Badeanzugs zogen. Wir mochten das Freibad nicht. Er hat's uns angeboten, sagte meine Schwester trotzig. Warum soll ich nicht gehen? Weil wir mit denen nichts zu tun haben wollen, sagte ich. Das weißt du genau. Die Gärtnerin und meine Schwester maßen sich mit Blicken, ich fühlte, dass sie mir nicht zuhörte. Hallo, was wünschst du dir zum Geburtstag? Willst du meine wunderschöne Daunenjacke? Nee, meine Schwester schüttelte verächtlich ihren Kopf. Ich hab im Sommer Geburtstag. Deine Jacke kannst du dir an den Hut stecken. Ich war ihr nicht böse, nur besorgt. Jeden Tag wurde sie missmutiger. Sie legte sich mit ihrem Badeanzug in die Wanne und paddelte mit den Armen. Das Wasser spritzte auf den Boden, und meine Mutter rief: Macht nicht so eine Sauerei! Meine Schwester wand sich wie ein Aal. Sie verspritzte das ganze Wasser im Badezimmer. Meine Mutter kam und zog den Stöpsel, sie verbot ihr das Badezimmer für drei Tage. Meine Schwester musste sich ihre Zähne unter Aufsicht in der Küche putzen. Es war sehr einsam im Bad ohne sie. Ich wurde doppelt so schnell fertig.

Wir hatten niemanden von der Biberratte erzählt. Abends vorm Einschlafen sah ich sie manchmal unter meinem Bett, ihre Augen funkelten mich an, und ich spürte, dass sie ihre scharfen Vorderzähne in meinen Arm hacken wollte. Mich schauderte. Ich verstand nicht, warum der König sich so ein Tier hielt. Ich hätte gern eine Katze gehabt, aber der Vermieter erlaubte das nicht. Meine Schwester wälzte sich unruhig in ihrem Bett. Ich flüsterte, soll ich dir eine Geschichte erzählen? Sie sagte, danke sehr – verzichte. Ich schwieg beleidigt und fiel bald in einen tiefen traumlosen Schlaf. Als ich aufwachte, sah ich, dass meine Schwester verschwunden war. Ich wartete, sie kam nicht vom Klo zurück. Es hatte gerade angefangen, hell zu werden. Ich zog mir die Pantoffeln an und suchte nach meiner Schwester. Ihr Schlafanzug lag auf dem Bett. Da begriff ich. Unser Hof und der Garten des Königs schliefen im frühen leichten Licht. Es war noch niemand wach, nur ein Vogel sang, Pipilitt, pipilitt, meine Kinder sind die schönsten. Im Nest reckten sie schon die roten Schnäbel zum Himmel. Ich ging ganz nah an den Zaun heran. Das Schwimmbecken war kaum zu erkennen, so dunkel war es noch. Aber ich hörte das Plätschern. Der Rand war hoch, ich konnte nichts sehen. Ich rief mit gedämpfter Stimme: Komm' raus! Bitte, sag was! Ich drückte den Zaun herunter und lief zum Becken. Die Nutria schwamm ruhig ihre Runden. Dann tauchte sie. Der lange Schwanz verschwand zuletzt. Weit und breit war niemand zu sehen.

Nördlich von Hollywood

Der Mann stand im Zimmer wie eine Palme im Schnee. Er wirkte deplatziert, aber voll trotziger Behauptung. Seine Hände hakten in den hinteren Taschen, die Füße in den ungewöhnlich guten Schuhen hatte er weit auseinander gestellt. Hingepflanzt, scheinbar unangreifbar stand er da, im Dreieck mit den beiden Frauen. Vor dem Fenster flackerte die Stadt. Es war elf Uhr nachts am dreiundzwanzigsten Dezember in Los Angeles. Auf den Gängen des Hotels war das Klirren und Flüstern verstummt, das Scharren der Füße, die chinesischen Stimmfetzen, das Gelächter. Colin sah nicht schlecht aus. Sein Gebiss war ungebleicht, aber perfekt gerichtet, seine Nägel geschnitten, das Haar fiel ihm in die Stirn, jetzt am Abend glänzend vom Talg seiner Handflächen, die es ständig berührten. Er musterte die Einrichtung. Das Zimmer war für Riesen bemessen. Die Abstände zwischen Kommoden, Ablagetischen, Fernsehapparat entsprachen dem Wendekreis von Rollstühlen. Es handelte sich um ein Doppelzimmer. Doch es standen zwei getrennte Betten im Raum. Die Matratzen waren genau so lang wie breit, ein nachgiebiges Matratzenmeer. Der Blick des Mannes fiel auf die Beine der beiden Frauen, sie baumelten nebeneinander von einer der Bettkanten, sie berührten nicht den Boden. Die Kleinere klopfte auffordernd auf die Decke, er solle sich setzen. Der Mann hielt das noch nicht für angebracht. Er öffnete die Tür zum Bad.

Das Wasser aus den beiden Hähnen mischte er auf Körpertemperatur, wusste dann aber nicht mehr damit anzufangen, als seine Fingerspitzen zu benetzen. Er schnalzte sich im Spiegel an. Der Mann horchte dem Echo seines Schnalzens nach, zerdrückte mit dem Absatz ein Silberfischchen am Boden. Seine Frau hatte auf den Umzug nach Los Angeles gedrängt. Sie war Friseurin und hoffte, irgendwann auf einem Filmset zu arbeiten, den Schauspielern die Locken zu toupieren, ihre Perücken zu striegeln, selbst entdeckt zu werden. Colin hielt sich nicht für begabt und nicht mehr jung genug, um überhaupt Hoffnung auf Ruhm zu hegen. Dass er hier in diesem Zimmer stand, war der Beweis dafür. Es handelte sich um einen einmaligen Auftritt. Er würde den Frauen nicht weiter in Erinnerung bleiben. Die einzige Person, die diese Begegnung berührt hätte, würde nichts davon erfahren. War er für die beiden Frauen so etwas wie ein Geschenk? Ein Wagnis? Jedenfalls etwas, dessen Inhalt sie nicht kannten. Und sie für ihn? Sollte diese Begegnung ihn daran erinnern, dass er sein Leben nicht träumte, dass er lebendig war? Er dachte an die kopflosen rosa Vogelkörper zu Hause in der Tiefkühltruhe. Ihn fröstelte. Er besaß nicht einmal eine Winterjacke. Bodenfrost und Schnee gab es selten in Los Angeles. Auch in diesem Dezember blühten die Hyazinthen in der Sonne, flatterten die Kolibris, stand ihm der Schweiß auf der Stirn. Jetzt war es Nacht. Es galt, sie zu erleben. Er setzte sein bestes Grinsen auf und marschierte hinaus.

Er stand auf dem Teppich, er sank kaum ein. Hinter der Wand murmelten Stimmen, dann sang jemand, wurde jäh unterbrochen vom Knattern eines Maschinengewehrs. Die Zimmernachbarn wechselten die Programme. Sie suchten nach Freunden auf verschiedenen Kanälen. Colin konnte sich diese Nachbarn vorstellen, er malte sie sich aus. Zwei ältere Männer in karierten Flanellpyjamas. Einer döste, hin und wieder ein halber Wimpernschlag, der andere wachte mit dem Daumen auf der Fernbedienung. Zu Hause feierten ihre Familien. Beschenkten sich, gossen Soße über den Braten, stritten sich über die ungeschälten Bratäpfel. Die keifende Meute hatten die beiden Männer hinter sich gelassen. Morgen würden sie nackt baden in einer der heißen Quellen am Rande der Wüste. Später würden sie in einem koreanischen Restaurant Fleischstücke auf dem in den Tisch eingelassenen Grill braten. Schwein, Rind, Huhn würden sie verspeisen, sich ein frohes Fest wünschen, sie stießen an mit Bier. Machte sie das alles glücklicher als ihn?

Der Kubus des Zimmers lag versteckt im größeren Würfel des Hotels am Rande eines Einkaufszentrums, vor dem Fenster der verlassene Parkplatz. Die Gitter vor den Schaufenstern waren heruntergelassen, die Neonschriften leuchteten auf, sie spielten Lichtakkorde, die Farben flimmerten. Daneben gähnte die Öde des Parkplatzes. Ein einzelner Einkaufswagen stand auf der Fläche. Die anderen waren zu einer Schlange zusammengeschoben worden. Silberne Käfige auf Rollen, dachte Colin. Er musste plötzlich an die Kellnerin in dem äthiopischen Lokal denken. Mit der bloßen Hand hatte er sich dort Sauerteigfladen, gefüllt mit schwarzem Bohnenmus, in den Mund gestopft und dabei die Kellnerin betrachtet. Ihr schmales, fein geschnittenes Gesicht, die riesigen Augen. Sie war schön. Immer, wenn er in dem Restaurant aß, sprach er mit seiner Frau über die Schönheit der Äthiopier. Mindestens einmal am Tag erwähnte er die Schönheit anderer. In der Stadt der Engel war Schönheit erforderlich, um auf bestimmten Plätzen sitzen zu dürfen, bestimmte Wagen zu fahren, um beim Betreten mancher Grundstücke nicht angeschossen zu werden. Schönheit war leicht zu bestimmen, folgte genau bemessenen Normen. Umfang, Länge, Oberflächenstruktur. Wie viel Zeit sind Sie bereit für einen flachen Bauch zu investieren? Dreihundertfünfundsechzig Stunden im Fitnessstudio oder eine Mittagspause? Er sah seinen nackten Körper im grellen Licht der Neonleuchte auf dem OP-Tisch liegen, die grün Vermummten umringten ihn. Er hörte das schlürfende Geräusch des Schlauches und sah das weiße Fett darin robben. Ohne die nachgiebige Hülle würde er auferstehen. Er hatte dafür einen Kredit aufgenommen.

Die größere der beiden Frauen trug Punkte aus Filz an den Ohren. Das Staubige, das Flusige des Stoffes passte zu ihrem Bibliothekarinnengesicht, sie hatte die dünne Haut von Nachtarbeitern, Schatten unter den Augen. Es war ein verzagtes Gesicht mit einem doppelten Giebel aus Mittelscheitel und Augenbrauen, darunter ihre Schildkrötennase – zwei verstohlene Tunnelöffnungen unter der flachen Wölbung ihres Nasenrückens, ein schmallippiger, langgezogener Mund. Schwarzer Stoff bedeckte sie bis zum Hals, ihr Körper verschwand darin. Er betrachtete sie. Sie zog ihn an, das Artige, Ängstliche an ihr. Sich vorzustellen, sie zum Erröten zu bringen – das genügte. Sie hieß Valeska. Das sagte sie zumindest. Er hätte eher eine Melanie in ihr gesehen oder eine Helen. Egal. Er würde den Namen nicht benutzen. Die Freundin war winzig. Nur ihre schwarzen Haare waren dick und lang. Ihre Nase reckte sie in die Luft. Es wirkte, als würde ihr Kopf von dem Gewicht ihrer Haare nach hinten gezogen. Sie trug nichts Schmückendes, keine Spangen oder Bänder. Sie wirkte widerborstig, trotz ihrer Niedlichkeit.

Sehr erfreut – Josephine. In ihren Pässen, dort im Schrank, standen sicher andere Namen. Es störte ihn nicht. Darauf kam es nicht an. Valeska war die Ernste, Stille, Josephine eine Wespe. Sie spielten ein Stück für ihn, sie holten ihn auf die Bühne, Josephine klatschte. Niemand hob den Vorhang. Er spürte eine Leere im Magen, vielleicht Hunger. Wie lang seid ihr hier?, fragte er sie. Wann seid ihr in die Stadt gekommen? Hattet ihr schon viele Besucher? Sie äußerten sich entrüstet, augenklimpernd. Valeska kippte nach hinten auf das Bett, der Stoff räusperte sich unter ihrem Rücken, das Steppmuster der Tagesdecke glänzte. Colin stand noch immer. Die Klimaanlage blies ihm kalte Luft in den Nacken. Valeska bat ihn um einen Schal, sie deutete auf das Gepäck. Die Koffer waren aufgebahrt. Er dachte an die Augenbinde beim Blinde-Kuh-Spiel, an das Luftholen für die Kerzen auf der Geburtstagstorte, ans Wünschen, an vergessene Geheimnisse.

Heute Morgen hatte er die beiden Frauen auf dem umzäunten Schulhof über einen Flohmarkt stromern gesehen. Der Asphalt unter ihren Füßen war schattenlos gewesen, die Stände weit verteilt, dazwischen Wolken aus Staub. Valeska hatte ihn angesprochen. Das Gerät zum Barcodelesen hatte sie interessiert. Sie hatte wissen wollen, was kommt da raus? Er hatte die Maschine von einem Supermarkt bekommen, sie war defekt. Ihr hatte er erzählt, man könne die Preise manipulieren damit. Sie hatte geblinzelt, ihr leichter Silberblick hatte ihn verunsichert. Er hatte die Geschichte nicht fortgesetzt. Ihre Freundin – jetzt für ihn Josephine, dort: eine Fremde mit türkisfarbener Frotteejacke, Sonnenbrille, die Haare im Nacken zu einer Welle geschlungen – hatte sie weggezogen. Dann war Josephine erneut aufgetaucht, sie hatte ihm einen Zettel auf die Hand gelegt. Sie hatte seine Finger einzeln darüber gefaltet, wie bei einem umgekehrten Abzählreim oder so, wie Blüten sich schließen am Abend. Sie hatte die Adresse und auch die Uhrzeit notiert. Dieses Treffen war ein ausgemachter Spaß.

Valeska sperrte ihm mit einem Streichholz den Mund auf, der Witz funktionierte nur in ihrer Sprache. Die Hühner picken. Er versuchte die Laute nachzusprechen, das Holz behinderte seine Zunge, er stieß verstümmelte Töne hervor. Ihr Lachen klang vorbereitet. Josephine fragte, was willst du wissen von uns? Er wolle nur wissen, was ihm zugute kam. Das behaupteten sie. Ein kleines Scheingefecht, erst mit Worten, dann presste Valeska Josephines Handgelenke nach hinten aufs Bett, wieder Protestgegluckse. Der kleine Kühlschrank in der Ecke war leer, die Flasche in seiner Hand ebenfalls. Er hatte eine zweite mitgebracht, mit braunem Packpapier kostümiert. Den größten Teil des Alkohols hatten die Frauen getrunken. Sie fassten sich an den Händen. Colin stand zu weit entfernt. Valeska hatte den Stempel vom Vormittag noch am Arm, ein Elefant in rosa Tinte, er berechtigte zum Flohmarktbesuch. Sie behauptete plötzlich: Es gibt keinen Superlativ von wahrhaftig sein. Er entgegnete, dass sie zum Lieben etwas wissen müssten über ihn. Er war entschlossen, zu verhindern, dass sie mehr als seinen Namen über ihn erfuhren. Er saß im Sessel. In der Sonne hatten sie ihm gefallen. Valeska etwas mehr, Josephine jedenfalls genug, um sie zu berühren. Sie erschienen ihm jetzt wie ein einziges Geschöpf. Er versuchte, sie gern zu haben. Es fiel ihm schwer. Josephine setzte sich auf seinen Schoß und strich über den Bartschatten in seinem Gesicht. Er sah zerknittert aus, er roch nach Wacholder. Männer mit weicher Stimme sind besonders anfällig für Herzinfarkt. Das reichte, um ihn zu erschrecken. Schnell schmeichelten sie ihm, beteuerten, sie liebten seine Stadt, sie hätten sie sich so ausgedacht. Genau so. Überall blinkende Zeichen und das Beben dazu. Alle zehn Minuten erschüttere ein Stoß die Erde, die Menschen bemerkten es nicht einmal. Es ist die Stadt der Engel, sangen sie, ganz nah bei seinem Ohr. Er gab ihnen Feuer. An der Decke drohte der weiße Zylinder mit Alarm. Sie lehnten sich weit zum Fenster hinaus. Ein harziger Geruch wehte durch die Luft. Sie waren nicht mehr allein, Geräusche umfingen sie. Lichter, das gleichmäßige Rauschen des Verkehrs, Türenschlagen. Ohne Zweifel, eine besondere Nacht, das Ende des Advents – wie auf Befehl stieg mildes Leid hoch in ihnen, die ersehnte Melancholie schnürte ihre Kehlen zu. Da, wo die Frauen herkamen, stand jetzt die Sonne an ihrem höchsten Punkt. Er fragte, wo ist das? Wo kommt ihr her? Aber es war ohnehin klar, ihr kantiger Akzent verriet ihm das Land. Er gurgelte die Silben wie alle Einheimischen, Einwanderer der soundsovielten Generation. Seine Vorfahren stammten aus Irland. Er fühlte immer noch die Gier der Hungersnot, die sie von der Insel vertrieben hatte. Das Gerede erschien ihm überflüssig. Dazu hatten sie ihn nicht aufs Zimmer geholt. Der Rauch verbreitete sich in ihren Lungen, ging über ins Blut, vernebelte das Hirn. Er wartete darauf, dass das Spiel begann, dann wären die Regeln klar gewesen. Doch es begann einfach nicht. Die Worte und Gesten dehnten sich bis zur Unkenntlichkeit. Die Frauen erschienen ihm verlangsamt, aber trotzdem unruhig, nervös, sie tuschelten. Plötzlich: Musik. Josephine tanzte. Seine Augen sahen sie in Zeitlupe. Die Konturen ihrer Bewegungen, Farben, fast ohne

Form, verwischten um sie herum. Er kicherte. Das Kraut war verantwortlich, bestimmt.

Im Foyer des Hotels standen Bronzefiguren. Sie zeigten Goldgräber beim Auswaschen der Siebe im Fluss, der in diesem Fall ein Springbrunnen war. Colin hatte eine Münze hineingeworfen, sein Wunsch war mindestens sechsstellig gewesen. In einer Stunde begann der Weihnachtstag. Der dicke Mann mit dem roten Mantel würde durch den Kamin ins Wohnzimmer fahren, um die Socken zu füllen. Auch Colin hatte einen aufgehängt. Er wusste, dass eine Flasche mit Rasierwasser darin baumeln würde. Seine Frau würde ihn umarmen, sie würden gemeinsam zu der gläsernen Kapelle auf dem Kliff über dem Pazifik fahren. Die Gläubigen trügen Kerzen in der Hand, das Lichtermeer spiegelte sich in dem Dach aus Glas, sie säßen wie unter tausend Sternen. Seine Frau würde ihre Hand in seine schieben und flüstern, hörst du den Stillen Ozean? Bestimmt würde er frösteln. Die Treibhauswände dort isolierten sehr schlecht.

Colin schaute die Frauen an, von einer zur anderen und wieder zurück. Valeska lächelte, Josephine wiegte sich. Ihr Gesicht ist einfältig, dachte er. Dann berichtigte er sich: Gelöst, so wie sonst nur im Schlaf. Warum bist du hier?, fragte Valeska. Magst du uns? Gefallen wir dir? Sie sprach wieder ihren Text. Er versuchte, sich auf ihre Augen zu konzentrieren, als wolle er sie von etwas überzeugen und nicht sich selbst. Es klappte nicht. Etwas war nicht genug. Plötzlich entschlossen hob er seine Jacke auf und ging zur Tür. Josephine berührte ihn am Arm. Sie blieb still. Er sah, dass sie müde war. Er reichte ihr die Hand, sie ergriff sie, formell. Sie sagte nicht, dass es schade sei, dass sie sich besser fühlen würden, wenn. Er war ihr dankbar dafür. Sie stellte sich auf die Zehen. Als er ihre Lippen spürte, merkte er, dass er sich festkrallte an ihr. Kurz stockte er, verblüfft, dann ergab er sich. Er hatte diese eine Rolle bekommen, er würde sie spielen, na klar. Er schob ihre Körper ins Zimmer zurück. Valeska drängte sich von hinten an ihn. Er umschlang sie, alle beide. Sie kicherten, und plötzlich spürte er Valeskas Hände um seinen Hals. Sie drückte ihm die Kehle zu, er versuchte vergeblich, sich aus ihrem Griff zu befreien. Ihm fiel ein, dass er noch kein Geschenk für seine Frau besorgt hatte.

Schlaf

Meine Mutter kam, um sich zu verabschieden. Es war nicht das erste Mal, dass sie für einige Zeit verschwinden würde. Sie fuhr sich mit dem Zeigefinger unter den Augen entlang, damit die Wimperntusche dort nicht verschmierte. Ihre Fingernägel waren hellblau lackiert. Meine Mutter hatte mich zu meiner Großmutter gebracht, ich sollte eine Weile dort bleiben. Sie selbst müsse zur Kur. Wenn es ihr besser gehe, komme sie mich besuchen, dann könnten wir bald zurück nach Hause. Ich wusste nicht, wie lange eine Weile war. Meine Mutter sagte, es komme ganz darauf an. Ich fragte, was hast du denn? Sie sagte, es sei schwer zu erklären. Sie sei sehr erschöpft.

Ich musste die Schule wechseln. Vorher wohnte ich mit meiner Mutter in der Stadt, im Flachland. Meine Großmutter lebte in einem Dorf im Mittelgebirge. Die Berge waren nicht hoch, aber die Straßen führten steil hinauf. Ich fand es anstrengend, sie hochzulaufen. Die Schule, die Läden, die Eisenbahnfabrik – alles Wichtige lag im Tal. Das Haus meiner Großmutter klammerte sich an den Hang. Das Gemüse im Garten fiel fast aus der Erde, so lose und steil war der Boden hier. Steinbrocken, manche faustgroß, beschmiert mit Lehm, lagen herum. Wenn Regen kam, spülte er die Steine frei. Der Lehm floss ab. Die Berge waren ein Schiefergebirge, der

Stein ähnelte dunkelgrauem, splittrigem Krokant. Überall brach der Schiefer aus dem Boden oder hing in spitzen Zacken über den Straßen, gesichert von Netzen. Achtung Steinschlag. Das Schild kannte ich bald. Auch die dunklen Häuser waren mit den Schieferplatten benagelt. Die so gepanzerten Wände und Dächer schienen alle Blicke abzuwehren. Auf der anderen Seite des Tales, auf einer weiteren Bergkette mit Tannenwald, ragte ein haushoher Felsen aus dem Gestein. Der Felsen sah aus wie das verkleinerte Modell eines Alpengipfels. Die Steilhänge waren aus vielen, dicken Steinplatten zusammengeschoben, auf der Spitze steckte ein Kreuz. Ich stellte mir vor, dass Abraham hier seinen Sohn töten sollte, der Felsen schien mir wie geschaffen dafür. Nimm Isaak, deinen einzigen Sohn, den du lieb hast, und opfere ihn als Brandopfer, hatte Gott befohlen. Abraham hatte Messer und Feuer bereits in der Hand, als der Engel des Herrn herabrief, lege deine Hand nicht an den Knaben. Gott hatte Abraham auf die Probe gestellt. Ich wusste, die Bibelgeschichten spielten nicht in den Bergen bei meiner Großmutter. In Wirklichkeit war der Felsen ein Druidenstein gewesen. Vor Jahrhunderten hatten Zauberer hier den Himmel um Schutz angerufen. Später errichteten Christen das eiserne Kreuz. Die vielen Freikirchen in der Gegend wollten so die alten Götter bannen.

Meine Großmutter hatte nur meine Mutter, meine Mutter hatte nur mich. Mein Vater war zurück nach Tschechien gegangen. Ich kannte ihn nicht. Meine Großmutter sprach kaum über ihre Tochter, meine Mutter. Schon bei meinen früheren Besuchen fragte sie höchstens, wann meine Mutter mich wieder abholen werde. Aber meistens verkniff sie sich auch diese Frage, denn meine Mutter hielt sich nicht an Verabredungen. Manchmal sagte sie Donnerstag und holte mich erst Samstag wieder ab. Diesmal dauerte es vier Wochen, bis meine Mutter sich meldete. Meine Großmutter winkte mich an den Telefonapparat. Im Fernsehen lief gerade meine Lieblingsserie. Sie spielte in der Zukunft. Einige Menschen herrschten über den Rest der Bevölkerung, indem sie sich in Maschinen setzten, die wie große, silberne Spinnen wirkten. Die Beherrschten glaubten, es seien Außerirdische, die sie bewachten. Als meine Mutter anrief, hatte eine der Spinnen den Helden der Serie ins Visier genommen und drohte ihn zu vernichten. Ich wollte schnell zum Fernseher zurück. Mit einem Ohr versuchte ich, dem Seriendialog zu lauschen, an das andere Ohr drückte ich den Telefonhörer. Die Stimme meiner Mutter sagte, sie habe nicht anrufen dürfen, das sei in der Klinik Vorschrift. Ich fragte, wann sie zurückkommen werde. Meine Mutter meinte, es brauche seine Zeit, gesund zu werden. Ich wollte wissen, was ihr fehlte. Meine Mutter überlegte laut. Sie könne nicht sagen ihr Herz, das stimme nicht ganz. Sie habe keine Schmerzen. Sie sei wie taub, sie fühle nichts. Ich fragte, ob die Krankheit sich anfühle, wie wenn man am ganzen Körper eingeschlafen sei? Ich meinte damit, das taube Gefühl in meinen Füßen, wenn ich sie zu lange unter meinen Körper klemmte und das Blut aus ihnen wich. Meine Mutter sagte, so ungefähr. Ich merkte, dass ich das Falsche gesagt hatte und dass sie es mühselig fand, mir ihre Krankheit zu erklären. Sie sprach langsam, wie manchmal an den Tagen, wenn sie zu müde war, um aufzustehen. Ich hätte gern meinen Kopf in ihren Schoß gelegt.

Ich schlief viel. Meine Großmutter schickte mich früh zu Bett und weckte mich selten. Sie ließ mich schwänzen und schrieb mir Entschuldigungen für den Lehrer. Sie war sehr erfinderisch. Zu mir sagte sie, was sollst du da lernen? Bei den Dorftrotteln? Lies ein gutes Buch, da hast du mehr davon. Sie drückte mir ihre Klassikersammlung vom Buchclub in die Hand. Ich las aber lieber von gestrandeten Inselbewohnern oder Zukunftsgeschichten. Mit den Büchern hockte ich mich im Wohnzimmer hinter dem Lehnsessel auf den Boden. Meine einzige Freundin war in der Stadt. Es gab niemanden, den ich sehen wollte. Einmal schenkte ich meiner Großmutter ein Bild, das ich gemalt hatte. Das sei mein Traumhaus, erklärte ich ihr. Zehn Balkone, eine Rutsche vom Schlafzimmer in den Swimmingpool und vier Spielzimmer. Das Wichtigste aber erklärte ich ihr nicht. Es gab einen Schalter, mit dem konnte ich das Haus unter Strom setzen. Jeder, der es dann von außen berührte, fing an zu zappeln. Ich malte mir aus, wie die Kinder aus der neuen Schule mit ihren Speckfingern versuchten, an meine Fenster zu klopfen, und wie sie dann vom Strom zurückgeworfen wurden. Meine Großmutter freute sich über das Bild. Sie sagte zu mir, vielleicht würde ich eines Tages Architektin. Ich solle weiter zeichnen. Kurz nach den Abendnachrichten zog meine Großmutter ihr Nachthemd an und schloss die Haustür ab. Das war das Signal für mich, ins Bad zu gehen. Wenn ich herauskam, lag sie bereits in dem breiten Doppelbett und auf meiner Seite war die Decke ein kleines Stück weit aufgeklappt. Darunter wartete die Heizdecke, die seit einer halben Stunde die Matratze vorwärmte. Das Polstergebirge formte eine warme, weiche Höhle um mich herum. Die Decke glühte über mir aus. Ich genoss die Wärme und schlief schnell ein.

Meine Großmutter arbeitete den ganzen Tag. Sie kochte, kaufte ein, nähte meine Sachen, und manchmal hatte sie Kunden da, denen sie die Haare bunt oder lockig machte. Sie hatte sich das selbst beigebracht, sagte sie. Auch der Tankwart kam zu ihr. Er hatte einen Krauskopf wie ein Afrikaner, nur war er blond. Die Krause stammte von meiner Großmutter. Eigentlich, sagte er, hab ich Haare, platt wie ne Kröte unterm Laster. Manchmal holte ich in der Tankstelle Zeitschriften für meine Großmutter. Ich mochte den Tankwart. Er sagte immer Sachen, über die ich lachen sollte. Der Tankwart erzählte viel über meine Mutter. Wie sie als Kind war, willst du wissen? Deine Mutter war eine wilde Hummel mit dem Gesicht eines Engels, schon als Kind. Ein stilles Wasser. Ich habe allen Kindern Bonbons gegeben. Aber sie hat ein paar extra gekriegt. Sie war eine Schlafwandlerin, wusstest du das? Sie ist nachts aufgestanden und im Haus herumgelaufen. Deine Großmutter beobachtete, wie sie zum Kühlschrank ging und die Milch herausnahm und trank, mit starren, offenen Augen. Deine Großmutter machte einen Strich an die Milchflasche und zeigte deiner Mutter am nächsten Morgen, dass ein Fingerbreit Flüssigkeit fehlte. Deine Mutter erinnerte sich nicht, getrunken zu haben. Deine Großmutter gewöhnte sich an, die Haustür abzuschließen, und schlief wieder ruhiger. Es schien deiner Mutter nichts zuzustoßen, wenn sie nachts herumwandelte. Doch dann im Juni wachte deine Großmutter auf und sah, dass die zuvor verschlossene Haustür offen stand. Der Schlüssel steckte ja von innen, das Kinderbett war leer. Sie sah deine Mutter von Weiten im Garten, ihr Nachthemd war weiß. Der Nachbarsjunge stand vor ihr mit heruntergelassenen Hosen. Deine Großmutter hielt das Schlafwandeln nun für einen Vorwand.

Sie jagte den Jungen fort, deiner Mutter gab sie eine Ohrfeige. Die Kleine schwor, sie sei erst in diesem Moment erwacht. Deine Großmutter glaubte ihr kein Wort. Seitdem zieht sie nachts den Schlüssel ab. Deine Mutter ist später, als sie größer war, aus dem Fenster geklettert. Die Motorräder mit den Jungen darauf hielten unten im Tal. Der Tankwart schwieg, er wartete auf eine Reaktion von mir, ein Nicken, ein Schnalzen, ein aufmerksames Ja? Doch ich dachte an den Schlüsselbund meiner Großmutter. Jeden Abend verschloss sie die Haustür. Während ich im Bad war, versteckte sie den Schlüssel.

Meine Großmutter hatte sehr viele Katzen, mehr als zehn. Sie lebten in einem großen Käfig aus Gitterdraht. Es waren faule, dicke Katzen, sie kannten nur die bequeme Gefangenschaft. Meine Großmutter hatte den Käfig an den Schuppen angebaut. Nachts und im Winter holte meine Großmutter die Tiere ins Haus. Ein Zimmer im Obergeschoss gehörte ihnen, während wir schliefen. Manchmal stellte ich mich vor den Käfig und schaute den Katzen zu. Sie lagen im Gras und sonnten sich. Schmetterlinge saßen vor ihrer Schnauze, die Katzen dösten ungerührt mit halb geschlossenen Lidern. Ich rief ihre Namen. Wenn eine Katze sich näherte, war es reiner Zufall. Sie kamen nur aus Hunger. Manchmal maunzten sie. Es klang wie eine Mischung aus Kindergreinen und Schafsblöken. Früher hatte meine Großmutter immer nur eine Katze besessen. Die nun verschlossene Klappe in der Haustür erinnerte daran. Meine Großmutter hatte die erste Katze nicht eingesperrt. Doch leider lebte diese Katze nur ein halbes Jahr. Ihre Nachfolger starben ebenfalls auf der Hauptstraße, unten im Tal. Nachdem sie die vierte Katze als blutiges Bündel vom Straßenrand aufgelesen hatte, ließ meine

Großmutter das nächste Tier nicht mehr hinaus. Die Klappe in der Haustür vernagelte sie. Bald tigerten mehr als zehn Katzen im Haus umher. Meine Großmutter hatte alle jungen Katzen aufgenommen, die umgebracht werden sollten. Die Katzen durften nur noch auf dem Balkon hin und her spazieren oder im Obergeschoss des Hauses. Sie wetzten ihre Krallen an den Möbeln. Anfangs schliefen die Katzen noch im Bett bei meiner Großmutter. Als ich zu Besuch war, legten sie sich um mich. Aus Versehen quetschte ich einer von ihnen nachts ein Bein. Sie zerkratzte mir das Gesicht. Meine Großmutter wachte von meinem Schreien auf. Sie reinigte die Wunde und tupfte Jod darauf. Ich sah aus wie eine Indianerin. Nach diesem Vorfall baute meine Großmutter den Käfig. Die Katzen wurden ausgelagert.

Auf der Wiese im Tal, neben dem Feuerwehrgebäude, stand ein großes rotes Zirkuszelt. Meine Großmutter ging mit mir in eine der Vorstellungen. Es war ein kleiner Zirkus. Sie hatten nur ein Lama und fünf Ziegen. Dafür gab es eine Seiltänzerin. Sie bewegte sich auf dem Seil, als sei es ein moosiger, nicht enden wollender Waldboden. Sie federte, ging vorwärts, rückwärts, streckte das Bein zur Seite, sie hüpfte, ohne jemals runterzuschauen. Ich war begeistert. Im Wohnzimmer ahmte ich sie nach. Meiner Großmutter erklärte ich, dass ich Akrobatin werden wolle. Meine Großmutter lachte. Als ich verkündete, ich wolle in den Turnverein, lachte sie nicht mehr. Zwei Mädchen aus meiner Klasse turnten. Ich wusste sogar schon, wann das Training stattfand. Ich wollte auch einen glänzenden blauen Anzug tragen und auf dem Schwebebalken tanzen. Später würde ich auf das Seil umsatteln. Meine Großmutter war strikt dagegen. Auf keinen Fall,

Turnen sei viel zu gefährlich. Ich bekäme einen offenen Rücken davon. Ich würde niemals erwachsen, das Training sei zu hart. Ich wusste nicht, was ein offener Rücken war, aber es klang nach einem tiefen Ausschnitt bis zum Po wie bei der Frau in der Parfümwerbung. Nicht erwachsen zu werden, fand ich auch nicht schlecht. Aber meine Großmutter ließ sich nicht umstimmen. Ein offener Rücken habe nichts mit Kleidern zu tun, er bereite Schmerzen. Und wenn ich nicht erwachsen würde, bekäme ich auch keine Kinder. Das fand ich nicht schlimm. Sie sagte, später würde ich meine Meinung ändern, dann würde ich ihr dankbar sein. Ich durfte nicht in den Turnverein. Ich sagte, meine Mutter hätte mich gehen lassen. Meine Großmutter fuhr mich an, meine Mutter sei aber nicht hier. Sie habe mich zu ihr, meiner Großmutter, gebracht. Sie wisse, was das Beste für mich sei. Ich knallte wütend die Tür hinter mir. Sie bekam einen Sprung an der Klinke.

Abends kochte mir meine Großmutter einen Kamillentee. Trotzdem spielte ich um sieben Uhr immer noch Fallschirmjäger. Ich sprang ständig von der vierten Treppenstufe herunter und schrie dazu. Mein Aufprall verursachte einen Riesenkrach. Ich musste ein zweites Glas Tee trinken. Meine Großmutter tat diesmal etwas von einer durchsichtigen Flüssigkeit hinein. Der Tee schmeckte nun scharf und ich beschwerte mich. Sie behauptete, ein Schuss von dem Wasser schade nicht, der entspanne nur. Meine Augenlider wurden schwer, ich kroch unter die beheizten Daunen. Nachts wälzte ich mich hin und her, riss das Laken aus der Matratze. Das Kopfkissen fiel zu Boden. Am Morgen bemerkte ich noch im Halbschlaf, dass meine Großmutter mich beobachtete. Für gewöhnlich war sie schon im Haus unterwegs, wenn ich erwachte. Aber heute saß sie auf einem Stuhl an meinem Bett. Sie verlor keine Zeit. Sie sagte, sie hätte gern, dass ich bei ihr bliebe, für immer. Ob ich nicht auch hier bleiben wolle? Nach dem Aufwachen leistete ich nie Widerstand, ich nickte. Meine Großmutter schien erleichtert. Sie schärfte mir ein, es sei alles kein Problem. Wir würden in die Stadt fahren, und da gebe es eine Dame, der müsste ich auch sagen, dass ich hier bleiben wolle. Ich dachte an meine Mutter, aber ich fragte nicht, ob sie auch dort sein würde.

Meine Großmutter gab mir den Schottenrock zum Anziehen und klemmte meine Haare mit einer Spange zurück. Die Wollstrumpfhosen kratzten. Ich konnte sie nicht ganz hochziehen, sie hingen zwischen den Beinen. Beim Laufen fühlte es sich an, als ob sie gleich runterrutschen würden. Wir nahmen den Bus und dann die Bahn. Meine Großmutter trug einen grünen Hut und Lederhandschuhe. Ich schaute die ganze Zeit zum Fenster hinaus. Ich war schon lange nicht mehr in der Stadt gewesen. Ich bestaunte jeden Baum, der vor dem Zugfenster vorbeiflitzte. Wir fuhren nicht zu der Wohnung, in der ich mit meiner Mutter gelebt hatte. Meine Großmutter führte mich zu einem großen Gebäude mit Uhr. Wir warteten lange auf dem Gang. Ich schlitterte auf dem Boden. In vollem Schwung rutschte ich meiner Mutter vor die Füße. Ich bekam einen Schreck. Ihr Gesicht schien zerlaufen. Es sah aus wie beim Malen mit Wasserfarben, wenn ich zu ungeduldig war, um mit dem Grün zu warten, bis das Gelb trocken war. Die Formen flossen ineinander. Ihre Augen, ihr Mund, ihre Nase – alles war undeutlich geworden. Meine Mutter nahm mich in den Arm. Sie sagte, sie habe zugenommen wegen der Tabletten. Ob mir das etwas ausmache? Ich schüttelte den Kopf. Sie roch anders. Neben meiner Mutter stand eine Frau mit Aktentasche. Meine Großmutter trat zu uns und legte mir die Hand auf die Schulter. Meine Mutter sagte, Mama … Es klang bittend. Meine Großmutter nickte ihr zu. Es sei für uns alle das Beste, sagte sie zu ihr, meine Mutter brauche Ruhe. Die Frau mit der Aktentasche sagte, sie sollten alle Möglichkeiten abwägen. Zum jetzigen Zeitpunkt sei … Doch meine Großmutter unterbrach sie. Wir sollten hineingehen.

Ein Mann mit langen Haaren blieb gemeinsam mit mir zurück. In seinem Büro setzten wir ein Puzzle zusammen. Das Bild war noch nicht ganz fertig, als eine Frau in einer schwarzen Robe zu uns kam. Sie sagte, sie sei die Richterin. Sie erkundigte sich, warum ich so oft in der Schule fehle, ob meine Mutter mittags gekocht habe, was es bei meiner Großmutter zu Essen gebe. Ich hatte bald genug von ihren Fragen, ich behauptete, ich sei müde. Sie versicherte, es sei gleich zu Ende. Sie verließ den Raum. Beim Öffnen der Tür sah ich, dass meine Mutter und meine Großmutter in dem Saal dahinter saßen. Während wir weiter puzzelten, lauschte ich auf die Stimmen von nebenan.

Der Mann mit den langen Haaren und ich schafften zwei Puzzle und eine Partie Vier gewinnt, bis die Erwachsenen mit ihren Gesprächen fertig waren. Auf dem Gang standen meine Großmutter und meine Mutter beisammen. Sie hatten mich noch nicht gesehen. Während ich auf sie zuging, hörte ich meine Mutter reden. Sie fragte, wieso meine Großmutter denen erzählt habe, sie sei nicht fähig, ihr Kind zu versorgen. Ob sie versuche, mich ihr wegzunehmen? Sie sei meine Mutter, ohne ihre Einwilligung bekomme mich niemand. Meine

Mutter verstummte, als sie mich sah. Sie zwang sich zu einem Lächeln. Ich dürfe noch ein halbes Jahr bei der Oma bleiben, verkündete sie. Ob das nicht schön sei? Meine Großmutter fügte hinzu, die Mama werde mich besuchen kommen, wenn es ihr besser gehe. Meine Mutter schaute sie an. Es gehe ihr bereits besser, betonte sie. Der Mann mit den langen Haaren strich mir über den Kopf, ich ahnte, dass sie mir etwas verschwiegen.

Nachts schreckte ich hoch. Die Dunkelheit um mich herum war wie ein Tuch über meinem Kopf. Ich saß aufrecht im Bett. Ich überlegte, was mich aufgeweckt hatte. Mein Herz schlug laut. Plötzlich hörte ich es. Ein durchdringender, sich sirenenhaft empor windender Schrei. Ich wusste nicht, ob es ein Mensch oder ein Tier war. Der Schrei endete abrupt. Doch nach einer Weile setzte der Schrei wieder ein, dann heulte dieselbe Stimme. Es klang wie ein Baby. Stille. Ich horchte gebannt. In den Pausen zwischen den Schreien fiel mir das ruhige Atmen meiner Großmutter auf, sie schlief. Ihre Nasenflügel blähten sich irgendwo rechts neben mir in der Dunkelheit. Die Schreie kamen von draußen, das hörte ich. Sie machten mir Angst. Wenn das, was so schrie, zu mir ins Bett gekommen wäre, hätte ich sterben müssen. Plötzlich verwandelten sich die Schreie in das Fauchen einer Katze, eine zweite antwortete entsprechend. Die beiden Katzen schienen sich zu schlagen. Ich hörte, wie sie rannten. Es gab keine Schreie mehr nach ihrem Verschwinden. Es dauerte eine ganze Weile, bis ich wieder einschlafen konnte. Ich dachte an meine Mutter, an ihre kurzen, bunten Fingernägel. Früher wechselte sie jede Woche die Farbe. Ich durfte ihre Nägel bepinseln, aber danach wischte sie alles wieder weg.

Ich kleckste absichtlich. Ich mochte den Geruch des Nagellackentferners. Wenn ich allein war, holte ich die Kosmetiktücher wieder aus dem Papierkorb hervor und roch daran. Manchmal bekam ich auch die ganze Flasche in die Hände. Dann versteckte ich mich im Badezimmer. Meine Großmutter hatte keinen Nagellack. Ich hatte fast vergessen, wie es war, mit meiner Mutter zusammenzuleben. Alles, was schlecht gewesen war, schien plötzlich nicht mehr schlimm. Der Tag, an dem sie mein Fahrrad verkauft hatte, weil sie Geld brauchte, war lange vorbei. Auch die Tage, an denen sie sich in ihrem Zimmer einschloss und ich sie durch die Tür weinen hörte. Sie wollte mich nicht reinlassen.

Meine Großmutter schickte mich nach dem Besuch im Gericht jeden Tag in die Schule. Sie weckte mich. Ich musste duschen, statt wie sonst in der Badewanne dösen zu dürfen, bis meine Finger Rillen hatten. Das Wasser prasselte unfreundlich kalt auf meinen Bauch. Ich hob die Brause nicht höher als bis zum Nabel. Ich hatte Gänsehaut an den Armen. Im Schwimmunterricht trug ich eine kleine karierte Hose mit Schleifen an den Seiten, das dazugehörige Bikinioberteil fand ich überflüssig, doch die anderen Mädchen besaßen alle Badeanzüge. Ein paar von ihnen liefen mir in der Pause hinterher, sie kreischten, ob ich kein Geld für ein Oberteil hätte und ob ich das nächste Mal nackt baden würde. Ich duckte mich. Sie erwarteten keine Antwort. Nach einer Weile ließen die Kinder mich in Ruhe. Der Unterricht allein reichte mir schon. Ich musste ständig auf der Hut sein, damit niemand bemerkte, wie wenig ich wusste. Ich verstand nicht, wovon die Lehrer redeten. Sie formten Sätze mit vertrauten Wörtern, aber ihr Sinn blieb mir verborgen. Bald kapierte ich, dass mein Unwissen nicht aufflog, wenn ich einfach ihre Worte wiederholte. Was die Lehrer hören wollten, sagten sie meist selbst drei Sätze vorher. Wenn ich aufgerufen wurde, betete ich diese Wörter herunter. Die Lehrer waren begeistert. Ich bekam gute Noten. Als es zum Schulschluss klingelte, lief ich schnell hinaus, versuchte aber im Laufen weiter Luftmaschen zu häkeln. Meine Mutter stand auf der Straßenseite gegenüber dem Schultor. Sie winkte mir zu. Langsam ging ich zu ihr rüber. Sie schloss mich in die Arme. Ich blickte um mich, ob uns jemand beobachtete. Aber es standen noch mehr Mütter vor der Schule, und meine fiel nicht auf. Sie stemmte mich ein kleines bisschen von sich weg. Bald seien wir wieder zusammen, sie verspreche es. Ich fehle ihr. Meine Mutter brachte mich nur bis zum Haus meiner Großmutter, dann musste sie wieder gehen. Meine Großmutter fragte, welche Laus mir denn über die Leber gelaufen sei?

Der Tankwart ließ mich in der Werkstatt turnen. Zu meinem Schutz legte er eine alte Matratze auf den Boden. Auf der Matratze sanken meine Hände ein, ich konnte dort keinen Handstand üben, deshalb nahm ich den Betonboden und die Wand zu Hilfe. Bald konnte ich alleine stehen. Der Tankwart klatschte Beifall. Er nahm mich mit zu dem Druidenstein. Ich erzählte ihm die Geschichte mit Abraham. Wie Gott ihn auf die Probe stellt und ihm befiehlt, seinen einzigen Sohn zu töten. Abraham ist sehr lange kinderlos gewesen. Er hat viele Jahre um diesen Sohn gebetet, er will ihn nicht verlieren. Trotzdem legt er den Jungen auf den Altar. Gerade als Abraham zustechen will, gebieten die Engel Gottes ihm Einhalt. Der Tankwart sagte, er habe davon gehört. Ob die Geschichte nicht zu grausam sei für mein Alter? Ich fragte nach meiner Großmutter, wie sie gewesen sei als Kind. Der Tankwart hatte keine Ahnung. Er überlegte kurz und antworte dann, jetzt sei sie sehr allein. Ich müsse gut auf sie aufpassen. Ich fand, das sei nicht nötig. Sie passe doch auf mich auf. Der Tankwart sagte, meine Großmutter habe nur mich. Und die Katzen. Aber die hörten ja auf keinen Menschen. Ich sei ein braves Mädchen, ich mache meiner Großmutter viel Freude. Ich dachte an den Handstand. Ich wusste, er hätte meiner Großmutter nicht gefallen.

In dieser Nacht beschloss ich, wach zu bleiben. Nachdem meine Großmutter neben mir im Bett eingeschlafen war, stand ich auf. Ich schloss die Tür zu den Katzen auf. Sie schliefen nicht. Mit hoch erhobenen Schwänzen tigerten sie durch den Raum und maunzten das Fenster an. Mich schienen sie gar nicht zu bemerken. Sie schoben ihre Körper eng aneinander vorbei, drängten sich am Fensterbrett und starrten in die Dunkelheit. Es waren alles Weibchen. Mit ihnen war heute nichts anzufangen. Ich ging ins Wohnzimmer. Ständig sagte mir eine Stimme, ich solle schlafen. Mein Körper brauche den Schlaf, sonst würde ich krank. Je öfter der Spruch in meinem Hirn hämmerte, umso stolzer wurde ich, dass ich den Schlaf überwunden hatte. Ich war nicht müde. Ich fragte mich, ob ich es überhaupt jemals gewesen war. Ich glaubte, ich könne mir das Schlafen ganz abgewöhnen. Ich fühlte mich stark. Ich schaute mir einen Film an. Doch die Menschen darin sprachen mit zwei Stimmen. Sie sagten etwas auf Deutsch, und wie ein Echo klang dahinter eine andere Sprache nach, eine zweite Person redete gleichzeitig. Meiner Großmutter passierte das auch manchmal, aber sie wusste, wie man es ausschalten konnte. Es gab einen Knopf auf der Fernbedienung, ich kannte ihn nicht. Ich rollte mich in dem Lehnstuhl zusammen und zog die Wolldecke über mich. Das Geräusch des Fernsehers begleitete mich in meinen Träumen.

Ich erwachte im großen, breiten Doppelbett. Links von mir, an der Wand neben der Matratze, hingen die betenden Hände. Ich wusste nicht, wie ich zurück ins Bett gekommen war. Meine Großmutter lag nicht neben mir, auch in der Küche war sie nicht. Auf der Uhr über dem Esstisch sah ich, dass es bereits nach Mittag war. Ich schlürfte in Dosenmilch aufgeweichte Cornflakes. Meine Großmutter betrat die Küche. Sie sagte, du wirst krank werden, wenn du nicht schläfst. Ich bemerkte ein Kratzen im Hals. Sie nickte zufrieden, als ich um ein Bonbon bat. Die Sonne hing wie eine verblichene gelbe Medaille zwischen grauen Wolken. Das ganze Dorf lag verpackt in Dunst. Ich ging zu den Katzen in den Käfig. Die dicke graue ließ sich streicheln. Sie schnurrte wie eine weit entfernte Kreissäge. Weich und schwer lag sie in meinem Schoß. Doch dann kam der Nachbarshund. Er knurrte, die Katze machte einen Buckel, grub ihre Krallen durch meine Hose hindurch in meine Oberschenkel. Ich schmiss sie von meinem Schoß. Es klingelte. Meine Großmutter stand seitlich hinter der Gardine und dachte, sie wäre unsichtbar. Meine Mutter wartete vor der Tür.

Ich öffnete, bevor meine Großmutter es verhindern konnte. Meine Mutter trat ein, ich wurde rausgeschickt. Ich hörte meine Großmutter und meine Mutter trotzdem streiten. Ich lief auf der Stelle, auf der schrägen Wiese vor dem Haus. Ich tat das, um mich abzulenken und weil ich wusste, dass Sportler so Kraft gewinnen. Ich konnte bereits Handstand, Standwaage und Flugrolle. Ich übte gerade Spagat, als die beiden vor die Türe traten. Ich rappelte mich auf. Meine Mutter griff nach meiner Hand. Ich aber entwand sie ihr und lief davon. Der Matsch spritzte an meinen Hosenbeinen hoch.

In der Zwischenzeit

Du kannst dich hier eine Weile nicht blicken lassen, sagt der schöne Martin, bei dem ich drei Monate ein und aus gegangen bin. Er zeigt auf die Tür. Der Hausmeister hat eine Mahnung daran gepinnt. Vier Tage lang übersehe ich sie. Meine Augen sind geschwollen. Das kommt und geht bei mir. Ich will ein patentes Mädchen, sagt Martin. Eine, die mehr als Vanillepudding kann. Eine, die ihr Leben im Griff hat. Ich will einen und noch einen, sage ich.

Komm vorbei, sagt David am Telefon. Du musst nicht wieder auf der Lenkstange sitzen. Vor dem Klingelbrett mit den Zahlenkaskaden unten am Eingang stehe ich hilflos. Der Block ist grau und riesig, Studentenstadt. Ich weiß nur, das Zimmer ist am Ende des Gangs, ganz oben. Ich klopfe zaghaft. Der schläft, sagt Boris, Davids Zimmernachbar. Er nickt mir zu, ich solle eintreten. Die Tür ist offen. Die orangefarbenen Gardinen tauchen das enge Zimmer in warmes Nachmittagslicht. David liegt zusammengerollt auf dem Bett. Ein weicher, stetiger Herzton zieht mich in den Raum. Es ist warm. David streckt mir seine Hand entgegen, und ich lasse mich fallen. Er ist so dünn, dass ich seine Rippen spüre. Kommst du mit?, fragt er. Ich küsse seinen Mund. Die Antwort ist klar. Zoë und Boris hupen schon im Hof. Ich knöpfe Davids Hose zu und lache über seine Stöckerbeine. Ich habe Watte im Magen. David nimmt meine Hand und lässt sie nicht mehr los. Zoë und Boris grinsen während der ganzen Fahrt in den Rückspiegel, wo sie uns übereinanderkugeln sehen. Für den Wagen wird es die letzte Fahrt vor dem Schrottplatz sein. Er gehört Zoë, nur wegen dem Auto nehmen wir sie mit. Wir wollen uns der Karawane in die Zukunft anschließen, alles hinter uns lassen. Boris' rasierter Schädel wippt im Sitz vor mir.

Der Wagentross gerät auf der Autobahn ins Stocken. Alle drehen die Boxen auf, trommeln, klettern zum Vorderfenster raus, zum Hinterfenster wieder rein, ohne den Boden zu berühren, pilgern von Wagen zu Wagen. Dosenbier. Wir geben Rauchzeichen. Es wird Nacht. Neben der Raststätte stehen die Jungs mit den weiten Hosen, in die eine Menge reinpasst. Sie holen es raus. Wir zahlen und fahren zurück in den Stau. Ich frage mich, ob sie buchstabieren können, was sie verkaufen. Der Morgen graut über Berlin. Wir schleppen uns in Ingrids Wohnung. Fünf Stockwerke, und die Toilette ist kaputt. Wir müssen zur Nachbarin. Die schläft noch mit einem blonden Haarmopp neben sich auf der Matratze. Macht ihr nur. Wir schlafen kaum. Ich stecke meinen Finger unter die Achsel und schnüffele daran. Es gibt keine Dusche. Ingrids Wohnung besteht nur aus Matratzen und Brettern. David fläzt sich auf einen indischen Kissenstapel. Ich sage kein Wort. Boris ist Ingrids Mann. Er hat blau-schwarze Flecken am ganzen Oberkörper, die Biologiestudentin mit der Janosch-Ente am Rucksack schröpfte ihn mit dem Mund. Stolz präsentiert er uns die Flecken. Ingrid kriegt Boris' Oberkörper nicht zu sehen. Er behält den Militärparka und die schwarze Lederhose an. Seine Mutter hat sie ihm genäht. Ingrid hat irre Augen, riesige Pupillen, und das Fell einer

Straßenkatze auf dem Kopf. Sie nimmt keine Drogen. Wir füllen Pfannkuchen mit Heidelbeeren. Am Spülbecken im Flur gurgeln wir die Tabletten hinterher wie Vitaminzusätze. Ich habe Angst vor der Welle, fürchte, dass sie mich wegreißt. Doch dann scheint die Sonne. Wir schlürfen Wassermelonen in der S-Bahn, geben sie weiter an Kinder, und alles ist harmlos. Es ist warm hier. Wir sind am Zoo. Es beginnt.

Meine Kopfhaut zieht in den Treibsand meines Schädels. Ich spreize mein Gefieder. Alles springt mich an. Die Bäume sind eine Armee von Blättern, ich sehe jedes einzelne. Niemand in der Masse tritt mir auf den Fuß. Dafür streifen mich Hände, und ich genieße es. Ich lasse meine Fingerspitzen über fremde Körper gleiten, als wäre es mein eigener. Wir sind ein Körper, der wabert und schwappt im Rhythmus der Musik, die die Propheten von hohen Wagen herabschicken. Wir können nicht aufhören. Wir haben keinen Hunger, keinen Durst. Spüren keine Müdigkeit. Wir lassen uns treiben. Boris in seinem Tarnanzug, Zoë in ihrem kürzesten Röckchen, ich im schottischen Fußballshirt und David mit dem Les Négresses Vertes-T-Shirt von Ingrid, die zu Hause geblieben ist. Boris hat seine dunklen Brillengläser heruntergeklappt und stampft als russischer Panzer voran. Zoë zwitschert ihm nach. Wir sind verloren und vereint. Ein dunkler, glitschiger Salamander lebt vor mir auf der Straße. Wir versuchen ihn zu fassen zu bekommen und stolpern ihm hinterher. David nimmt mich auf die Schultern. Ich streichele seinen kahlen Schädel. Ich bin die Königin von Saba und reite über die Menschen hinweg. Ein paar haben es geschafft, sie schaukeln auf den Ampeln über der Kreuzung. Ich winke. Ein Polizist zieht ein Mädchen in Hotpants am nackten Bein vom Verteilerkasten. Sie lacht. Er zerrt weiter an ihr. Sie rangeln. Sie fällt ihm in die Arme. Irgendwann treffe ich das dicke Mädchen aus der Flötenstunde. Ich frage mich kurz, ob sie meine Pupillen gesehen hat und es meiner Mutter erzählen wird. Aber es ist schon Jahre her. Es gibt nur noch David und mich. An den Händen, Armen, Beinen spüren wir es. Seine Augen sind Halbmonde. Er erzählt mir, wie er vor Jahren in Frankfurt fast von einem Schwulen vergewaltigt wurde. Ich erinnere ihn daran, wie wir uns kennengelernt haben im Mund unseres gemeinsamen Liebhabers, und wir müssen lachen. Es gibt nur noch diesen großen Grinsekatzenmund.

Wir tanzen den ganzen Tag. Treten auf der Stelle. Als es dunkel wird, streunen wir durch die Straßen in die Clubs. Unsere Füße tun weh, sie pochen ohne unsere Anwesenheit am Ende unseres Körpers vor sich hin. Vor der Diskothek verkaufen Jungs Hipp-Gläschen. Zoë und ich haben keinen Hunger und freunden uns mit einer weiblichen Zivilstreife an, während Boris versucht, neuen Stoff zu bekommen. Als er unsere Freundin entdeckt, will er weiterziehen. Wir enden in einem zu groß geratenen Badezimmer. Es ist verdunkelt und in die Kacheln sind Fernseher eingelassen, auf denen japanische Videos laufen. Die Musik ist sanft. Ich sinke auf einen der Sessel und merke, dass die Wirkung nachlässt. Boris und David verschwinden auf dem Klo, das kein Licht hat. Ich komme nicht auf die Idee, dass sie noch etwas nehmen, sonst wäre ich hinterhergegangen. Zoë stampft wie aufgezogen in der Mitte der Tanzfläche und quasselt ununterbrochen. Um Mitternacht hat sie eine halbe Pille genommen, jetzt gehört sie dazu. Sie ist nicht mehr zu stoppen. Sie erzählt, dass sie unfruchtbar ist und dass es ihr egal ist. Ich mag keine Kinder, sagt sie. Wir reden weiter über Frankfurter

Würstchen und wo noch ein Fleck ist im Tiergarten, der nicht bepinkelt wurde. Boris und David kommen vom Klo.

Wir streifen weiter, und als die Sonne aufgeht, erreichen wir das Gebäude, das sie den Bunker nennen. David und ich zahlen vierzig Mark. Wir lassen uns langsam zermalmen, Musik wie von Bestien. Sie reißt uns die Ohren weg. Maschinen im Bergwerk. Wir drücken uns durch enge dunkle Gänge, die kein Umdrehen erlauben. Die Wände schwitzen. Boris ist in seinem Element, er genießt jeden Schlag. Zoë ist ihm verfallen und umkreist ihn wie eine Aufziehpuppe. Ich sehe Kurio, der als Sushikoch arbeitet und mit seiner Harley zum Nordkap fährt. Zoë küsst ihn, weil Boris so weit oben ist und Kurio klein und besser erreichbar. Ich muss raus.

Wir gehen zum Parkplatz, der voller Tanzleichen liegt, tote Clowns in Karohosen. Einem Mädchen ist die Perücke verrutscht, ihr Bein zuckt noch im Schlaf. Unter türkisen Haaren kriecht es dunkelblond hervor. Ich stippe ihr meine rote Schuhspitze ins Gesicht, kann die Bewegung nicht dosieren, ihr Kopf fliegt zur Seite. Alles steht still. Sie schreit auf und greift nach meinem Bein. Die Strumpfhose reißt sofort. Ich werfe meinen Körper nach hinten, wo er mit einem dumpfen Schmerz aufkommt. Mein Stiefel ist wieder im Gesicht der anderen. Ihre Perücke liegt am Boden. Ich habe ihre Augen verloren, das Mädchen schon vergessen. Langsam drehe ich mich um und gehe. David steht am Bürgersteig und wartet darauf, dass wir uns vereinigen. Das kann lange dauern. Vielleicht nicht mehr heute, vielleicht an einem anderen Morgen.

Wir sinken auf eine Parkbank. Ich habe Angst. Bin taub am ganzen Körper. Sprich mit mir, fordere ich. Es sind die ersten Worte, die ich seit Stunden spreche. Es sind die letzten. Die Leere ist schon über mir wie ein hellblauer Müllsack. Meine Uhr zappt durch die Zeit. Ich sehe um die Ecke der Schule, vor der die Kinder lagern, eine Gestalt im weißen Gewand laufen, wie für den Henker gekleidet, die Kapuze so tief, dass ich nichts erkenne. Sie huscht davon mit einem Wehen ohne Wind. Ich sehe, wie die Kinder ins Gebüsch pinkeln. Zwei Jungs vor uns am Sandkasten tauschen Fußballbilder. Ich rupfe meine Wimpern einzeln aus, puste sie fort und wünsche mir ein Ende. Im Krankenhaus gab es ein Rad am Ende des Bettes, das einen hoch- und runterfuhr. Der Narkosearzt erzählte mir von seinem Sohn. Eine Maske mit Augen über mir, ich wusste nicht, wer er ist, er rammte mir Spritzen in den Rücken, hatte braune Augen, darüber war ich froh. Mir blieb nichts anderes. Er hielt meine Hand, als ich anfing zu zittern. In der Küche knabbert einer Pistazien, ich fasse nach deinen Ohren, dein Körper am Boden, dein Körper nimmt Pistazien, die Sirenen heulen, ich rieche meinen Schweiß und versenke mich in dir. Wir können Pillen einschmeißen und darauf warten, dass die Ritter das Visier hochklappen, die Helme öffnen und sehen, dass sie leer sind wie Konserven.

Als ich zurückkomme, sitzt David noch auf der Bank, genau wie vorher. Doch er ist nicht mehr da. Die Angst hat ihn gefressen. Zusammen schleppen wir uns durch den Tag, besuchen unseren Brautvater, in dessen Mund wir uns trafen, was uns gestern zum Lachen brachte. Wir gehen über den Alexanderplatz. David schweigt, ich keife ihn an. Er geht, und ich bleibe in Ingrids Dichterwohnung mit dem Rotwein auf dem Boden, Unsinn plappernd. Kein Abschied. Auf der Heimfahrt kann Zoë das Gaspedal nicht mehr treten. Ihre

Füße sind eine einzige Blase. Boris hält seine Arme weit weg vom Körper, er hat sich unter den Achseln wundgescheuert. Seine Augen liegen in schwarzen Tälern. Ich bin vier Kilo leichter, zittrig und nervös, aber ich fühle mich unbesiegbar. Manchmal denke ich an David, während ich den Müll rausbringe. Eines Tages steht der schöne Martin wieder vor meiner Tür. Die Luft ist rein, willst du nicht zurückkommen?, fragt er. Ich nicke mit dem Kopf und sage, nein. Ich schließe die Tür und beginne, einen Fuß vor den anderen zu setzen. Ich komme bis zum Fenster. Ich stehe und warte. Ich will einen und noch einen.

Zwei Stimmen

Der beste Film der Welt?, sagte Lydia am Telefon. Ich habe den Titel vergessen, an einzelne Szenen erinnere ich mich noch. Der Film begann mit einer Hochzeit, das Brautpaar war nie zu sehen. Nur eine Frau auf der letzten Bank in der Kirche. Hinter ihr stand ein Mann mit Oberlippenbart, der zu spät gekommen war. Beide hörten dem Priester zu. Sie sahen weder traurig aus noch glücklich, die Trauung schien sie nicht viel anzugehen. Der Mann blickte sich suchend in der Kirche um. Die Frau in der letzten Reihe hatte den hinter ihr Stehenden nicht bemerkt. Ohne sich umzuschauen, drehte sie ihre Haare im Nacken zusammen und klemmte sie hoch. Ihre Achselhöhlen waren sorgfältig rasiert.

Ich hörte Lydia zu und zupfte Flusen von meiner Anzughose. Lydia lispelte. Sicher hatte sie eine Stupsnase und ein rundes, flächiges Gesicht. Gelangweilt und edel wie eine Perserkatze, so stellte ich sie mir vor. Manchmal, ohne dass ich erkennen konnte, warum, sprach sie plötzlich ganz leise und drückte ihre Laute tief aus der Kehle, als flüstere sie mir unanständige Worte zu. Es irritierte mich. Durch ihr Lispeln und die helle Stimme klang sie sehr jung. Ich wusste nicht, wie alt sie war, aber mein Bruder hatte sie auf Ende zwanzig geschätzt.

Erzähle mir mehr, forderte ich sie auf. Ich komme auch

nicht auf den Titel des Films. Gibt es später einen Mord? Auf einer Hochseeyacht?

Lydia sagte, ich liege weit daneben, es gebe keine Toten in diesem Film. Aus dem indischen Lokal unter mir stieg ein Geruch nach Kreuzkümmel und Kardamom auf. Gewürztee kochten sie dort rund um die Uhr. Es war weit nach Mitternacht. Die Straße vor meinem Fenster war dunkel und leer. Ich griff nach der Wasserflasche.

Die Geschichte spielt in Italien, das ist sehr wichtig, fuhr Lydia fort. In Italien wölbt sich der Himmel hoch, das haben die Literaturwissenschaftler erst spät begriffen. Sie versuchten früher, die Liebe von einem einzigen Breitengrad aus zu beurteilen, sie sollte immer gleich daher kommen. Die Zahl der Küsse wurde in Tabellen eingetragen, daran maßen sie die Leidenschaft. Sie berücksichtigten keine unterschiedlichen Temperamente. Shakespeare hielten sie für unterkühlt. Dabei ist das eine Frage des Standpunktes. England liegt halt, wo es liegt, im Atlantik. Die Menschen machen sich weniger frei deshalb. Die Wissenschaftler aber sagten, dort liege die Sinnlichkeit im Eisfach.

Das ist doch Unsinn, unterbrach ich sie. Die Röcke sind nirgends kürzer als in England. Ich hatte das bei meiner Sprachreise vor zehn Jahren bemerkt.

Ja, murmelte Lydia. Kurze Röcke, steigende Aktien. Lange Röcke, fallende Kurse. Das stimmt, nicht wahr? Die Börsenmakler schauen auf die Laufstege, um zu wissen, was sie im Geschäft erwartet. Komisch, dass Miniröcke für den Aufschwung stehen. Ich dachte, sie dienten der Ablenkung in schlechten Zeiten.

Das ist doch alles moderner Aberglaube, sagte ich.

Die Rock-Regel hatte mir mein Vater beigebracht, diesen

angeblich kuriosen Zusammenhang zwischen Mode und Wirtschaft. Im Grunde ist es das gute alte »Weniger ist Mehr«, eine Nachkriegsweisheit.

Ich hatte meinen letzten Gedanken ausgesprochen, ohne es zu bemerken. Lydia räusperte sich.

Von Geld verstehen wir wohl beide nichts, sagte sie beschwichtigend. Ist dir inzwischen vielleicht eingefallen, wie der Film heißt? Du kennst ihn bestimmt, du musst ihn kennen.

Ich erinnere mich an keine italienische Hochzeit, auf der sich zwei Leute kennenlernen. Das passiert aber bestimmt in jedem Film aus dem Süden.

Nicht so, nicht wie in diesem Film. Die Feier nach der Trauung fand auf einem Landgut statt. Der Mann und die Frau entfernten sich von den anderen. Sie gingen über einen weiten Rasen, es war Nacht. Ihre Körper berührten sich nicht, sie trugen Schwarz, Einreiher und Cocktailkleid. Sie redeten wenig, fast nichts. Sie sagten wahrscheinlich, dass es kühl sei, dass sie bald nach Hause fahren würden. Ich sah es an ihren Gesten. Die gewölbten Augenbrauen des Mannes senkten sich ein wenig, er schien ruhiger zu werden. Die Frau hielt ein Whiskyglas in der Hand, irgendwann stellte sie es ab. Sie bat um eine Zigarette, er reichte sie ihr, suchte in der Tasche des Jacketts nach dem Feuerzeug. Sie bemerkte, dass es durch ein Loch ins Futter gefallen war, sie sah die Ausbuchtung. Sie sagte nichts.

Ich kannte Lydia erst seit ein paar Minuten, mein Bruder hatte sie mir ans Ohr gedrückt und war verschwunden. Er hatte mir zugeraunt, sie rede gerne über Filme. Ich hatte einmal die Druckvorlage für ein Filmbuch bearbeitet. Das war vor Jahren bei meiner Ausbildung in einer Druckerei gewesen, kurz bevor mein Lehrberuf abgeschafft wurde. Doch alles, was Lydia sagte, war mir fremd. Sie schien das nicht zu bemerken. Sie fragte beharrlich, und es war etwas Gehetztes in ihrer Stimme, als sei ihr Anliegen dringend. Es reizte mich, sie aufzuhalten. Meine Tage waren lang geworden. Es war November, und ich hatte keinen Job.

Wenn ich bloß wüsste, wie der Film heißt, sagte Lydia. Es liegt mir auf der Zunge, aber ich komme nicht darauf. Dabei war es der beste Film, den ich je gesehen habe. Ich gehe oft ins Kino, wenn ich in fremden Städten bin. Kinos sind überall gleich. Sie sind wie Eierkartons – man kann nicht zerbrechen darin, selbst wenn auf der Leinwand ein Tornado tobt. Den Film, den ich meine, sah ich in Kiew. Der Saal hatte rote Plüschsessel, es gab viele Werbestandtafeln vor dem Film, alle Slogans waren in Ukrainisch abgefasst. Das kyrillische Alphabet brachte mich zur Verzweiflung, auf den ersten Blick scheint es lesbar, auf den zweiten vertrackt. Sie könnten genauso gut Brezeln malen, für mich würde es keinen Unterschied machen. Ich spreche Englisch und ein bisschen Französisch, das war's. Die Getränkekarte beherrsche ich noch in ein paar anderen Sprachen.

Lydia war Stewardess. Das hatte mir mein Bruder erzählt. Er kannte sie über einen Freund aus Baden-Baden, der für Mercedes in Spanien Autos testete. Die Probestrecke befindet sich in der Einöde südlich von Madrid. Der Freund meines Bruders hatte Lydia in der Luft über dem französischen Hochplateau kennengelernt. Sie waren sich öfter auf derselben Flugstrecke begegnet und er hatte jedes Mal Orangensaft ohne Eiswürfel verlangt. Beim dritten Flug hatte sie ihm wortlos den gefüllten Plastikbecher gereicht. Jetzt hatte ich sie am Ohr.

Wie isses denn so in der Ukraine?, fragte ich.

Ich war nur zwei Tage da. Wenn ich auf die Toilette wollte, musste ich abwarten, bis irgendwer vor mir durch die Tür ging. Die kyrillischen Buchstaben für »Damen« und »Herren« kannte ich nicht. Es war Winter, es gab kaum Straßenlaternen, der Boden war eisglatt, niemand streute. Auf einer abschüssigen Straße an der Kathedrale fiel ich hin und rutschte zwei Meter den Hang hinab. Mein Hosenboden war nass, ich dachte, jeder müsse es sehen. In den U-Bahnhöfen kaufte ich zwanzig raubkopierte CDs. Dort, unter der Erde, spielten sie Falco, »Rock me Amadeus«. Das ist alles so lang her. Der Dnjepr war breit wie ein See, die Strömung schob die Eisplatten zu schwimmenden Bergen zusammen. Die Eingangstüren waren so hoch als wären sie für Riesen gemacht. Alles war breiter, höher, dicker – wahrscheinlich, um die Menschen zu erdrücken.

Wie hast du den Film verstanden? Lief er auf Englisch?, fragte ich. Mit einem Auge beobachtete ich, wie die Ziffern auf der Digitalanzeige meines CD-Spielers durchzählten. Es war wie ein umgekehrter Countdown, ein endliches, regelmäßiges Verstreichen der Zeit. In diesem Moment verklang der letzte Ton des achten Titels. In zehn Sekunden würde die Anzeige auf das neunte Lied umspringen, und wieder würde sie bei null anfangen.

In der Ukraine sind alle Filme synchronisiert, antwortete Lydia. Auf Ukrainisch natürlich oder auf Russisch. Ich verstand kein Wort. Trotzdem war es der beste Film, den ich je gesehen habe.

Ich gehe nicht gern ins Kino, Filme schaue ich mir zu Hause auf Video an. Mein Bruder ist der, der Kino mag. Er geht auch gern aus. Ich mag meinen Bruder, er ist witzig. Er lernt ständig neue Frauen kennen.

Hallo?, sagte Lydia gerade. Bist du noch da?

Ich schnaubte, um zu verbergen, dass ich nicht aufgepasst hatte.

Ich hab dich was gefragt, sagte sie.

Ja, ich bin da, bemerkte ich tumb.

Nein, vorher, sagte sie ungeduldig. Ich habe dich davor etwas gefragt.

Schnell erwiderte ich: Pardon, meine Dame – sagte der Igel und stieg von der Bürste. Es war einer meiner schlechtesten Witze. Leider konnte ich ihn nicht vergessen.

Lydia lachte nicht, sie blieb still. Die Telefonleitung knisterte.

Ich weiß nicht, warum ich überhaupt mit dir rede, sagte sie dann. Diesen Satz hatte meine Mutter hundert Mal zu meinem Vater gesagt. Sie sagte es sonntags, wenn er beim Fernsehen einschlief. Sie sagte es, wenn er die Sorgen ihrer Freundinnen mit einem Achselzucken abtat. Fast täglich bekamen wir alle diesen Satz zu hören. »Ich weiß nicht, warum ich überhaupt mit dir rede.« Die Worte machten mich traurig. Lydia konnte das nicht ahnen, ich würde es ihr auch nicht erzählen.

Kennst du meinen Bruder gut?, fragte ich schließlich.

Hmm …

Sie schmollte noch. Dann sagte sie entschlossen: Ich muss mein Auto umparken. Tut mir leid. Gute Nacht!

Ich konnte hören, dass sie nichts bedauerte.

Du hast doch gar kein Auto, behauptete ich.

Hat dein Bruder dir das erzählt?

Sie schien verärgert. Ich hatte also recht gehabt. Draußen vor dem Fenster schaukelte die Mondsichel orange hinter der Häuserzeile. Sie sah aus wie ein lachender Mund, den ein Kind gemalt hat.

Wo gingen die beiden nach der Feier hin?, fragte ich. Der Mann und die Frau in dem Film?

Ich wollte Lydia ablenken.

Nirgends! Endtitel. Musik.

Sicher presste sie ihre Lippen fest aufeinander, so, als würden ihr sonst Kröten aus dem Mund hüpfen.

Es bringt nichts, einen Film zu erzählen, sagte sie nach einer kurzen Pause. Du wirst es sowieso nie verstehen.

Was denn?

Vergiss es! Meine Parkuhr ist seit einer Stunde abgelaufen.

Sie blieb bei der Geschichte mit dem Wagen. Ich beschloss, darauf einzusteigen.

Okay, ich übernehme den Strafzettel. Sprich weiter. Warum suchst du diesen Film? Wie kamen wir darauf?

Sie lachte tonlos. Dann sagte sie ernst: Du erinnerst mich an den Mann. An den Mann, der mit der Frau über den Rasen geht.

Ich wusste nicht, was ich sagen sollte. Es wunderte mich, dass ich Lydia an jemanden erinnerte. Sie kannte mich nicht, den Typ im Film hatte sie wenigstens schon einmal gesehen.

Wenn du hier wärst, sagte ich aufs Geratewohl, würde ich dir jetzt einen Wein anbieten.

Dankeschön, ich trinke lieber Campari, entgegnete sie.

Ich fand das affektiert und sagte es ihr auch.

Wie du meinst.

Ihre Stimme war kühl, vermutlich erfand sie bereits neue Ausflüchte, um nicht mit mir reden zu müssen.

Wie sah der Mann aus?, fragte ich schnell.

Schwarzweiß, der Film war ja schwarzweiß. Er hatte kurze Haare, einen Oberlippenbart. Der Film spielte in den Sechzigern. Sein Anzug hatte einen strengen Schnitt. Die

Menschen trugen damals meist formelle Kleidung, ähnliche Hüte, einheitliche Frisuren.

Ich fragte mich, welche Frage ich vorhin verpasst hatte. Wahrscheinlich war es wichtig gewesen, eine Offenbarung. Während ich nachdachte, hätte ich Lydia fast wieder überhört.

Die Bilder des Films waren lang und ruhig. Manchmal geschah fast nichts. Blicke wurden getauscht, Gesten. Der Mann schaute zu der Frau, die Frau schaute weg. Sie sprachen über Unwesentliches, zumindest wirkte es so, ich konnte es leider nicht verstehen. Sie hatten inzwischen das Haus betreten. Die Frau griff zu einer Zeitschrift und legte sie sofort wieder zurück. Im Vorübergehen stieß sie eine Topfpflanze um. Sie ließ auch diese einfach liegen. Alles wirkte sehr dekorativ. Es war traurig und leer.

Lydia suchte nach Worten und achtete nicht mehr auf mich. Was sie sagte, klang vage und hatte wohl etwas mit Sinn und Form zu tun. Das war mir zu weit weg, ich stellte mir Lydias Uniform vor. Sicher machte das Kostüm sie namenlos und unnahbar, perfekt und sexy. Lydia unterbrach plötzlich ihren Redefluss. Sie hatte gemerkt, dass meine Gedanken abschweiften. Eine unangenehme Pause entstand.

Ich habe gelogen, sagte sie abrupt. Du erinnerst mich gar nicht an den Mann aus dem Film.

Gut, ich machte mir schon Sorgen. Ich wollte mir meine Enttäuschung nicht anmerken lassen.

Filmstars ziehen den Ärger an. Sie sehen gut aus, haben große Häuser, viel Geld und zwei Ex-Frauen, die sie nach der Scheidung ausbezahlen müssen. Wenn ich diesem Typ ähnelte, säße ich bestimmt bald hinter Gittern.

Ja, Stars sind nicht zu beneiden, sagte Lydia spöttisch. Ich weiß.

Sie klang müde.

Es ist spät geworden. Ich muss Schluss machen.

Ich antwortete nicht. Kein Laut drang aus dem Telefonhörer. Wir schwiegen lange. Ich sprach in die Stille hinein.

Wollen wir uns sehen?, fragte ich. Ich meine, wenn du Zeit hast und zufällig in der Nähe bist.

Was soll das heißen? Ist das eine Einladung?

Ich war in Passau, an der östlichen Grenze zu Österreich, und sie in Baden-Baden, an der Westgrenze zu Frankreich. Es war ausgeschlossen, dass sie einfach mal so vorbeikam.

Wir können uns auf halber Strecke treffen, schlug ich vor. Und essen gehen. Wenn du mir einen Ort sagst, komme ich dahin.

Ich wollte wissen, wie sie aussah, wie sie roch, wie sie ging, ob sie beim Lachen die Oberlippe hochzog, ob sie klein war oder groß, blass oder dunkel. Lydia lachte, ihr Lachen klang hell und fröhlich. Ich stimmte ein.

Hast du Lust?, fragte ich siegessicher. Wie wäre es mit einem Hotel? Wenn wir ein Zimmer teilen, wird es billiger.

Ich hielt die Luft an.

Ich weiß nicht, ob das so eine gute Idee ist, sagte sie.

Das wissen wir erst hinterher.

Ich war drauf und dran, im Hotelführer nachzuschlagen. Aber dann sagte Lydia etwas, das alle meine Träume abkürzte: Ich bin verheiratet.

Um nicht stumm zu bleiben, fragte ich: Wie lange schon?

Drei Jahre. Wir haben uns in der S-Bahn kennengelernt. Er hat meinen Koffer getragen.

Das ist ja schön, war das Einzige, das mir einfiel. Ich nehme an, er fliegt sehr billig?

Sie überhörte meine Frage.

Habt ihr kirchlich geheiratet?, fragte ich.

Das interessiert dich doch gar nicht.

Sie hatte recht. Ich fühlte mich ertappt.

Du hast mich unterbrochen, bemerkte sie dann. Ich war noch nicht fertig mit dem Film. Ich erinnere mich an eine weitere Szene. Der Mann und die Frau hatten sich nach der Hochzeit nicht mehr gesehen, Jahre waren vergangen. Sie trafen sich zufällig wieder, auf einer anderen Feier. Es war ein warmer Tag im Herbst. Das große gelbe Haus mit den Petunien an den Fenstern stand natürlich allein. Filmhäuser stehen immer allein. Auf einer Anhöhe über dem Fluss, der in der Nachmittagssonne golden schimmerte.

Ich denke, der Film war schwarzweiß?, sagte ich. Anscheinend schleppte sie das Telefon in einen kahlen, gefliesten Raum, denn ich hörte einen Widerhall, als sie antwortete: Trotzdem kann man Farbe sehen. Kennst du das nicht?

Nein, sagte ich. Wenn etwas schwarzweiß ist, dann sehe ich schwarzweiß, das ist alles.

Du hast keine Fantasie. Ich glaube, der Film hätte dir nicht gefallen. Es wurde sehr wenig gesprochen darin.

Kann sein, sagte ich. Normalerweise bin ich nicht wählerisch, ich schaue mir an, egal, was sie gerade zeigen. Trotzdem gibt es viele Sachen, die mich vom Kino abhalten können. Manchmal bin ich schon auf dem Weg, dann läuft ein schlechtes Lied im Radio, meine Laune sinkt, ich drehe um.

Du bist komisch … Sobald das Licht ausgeht, gibt es doch kein Radio mehr, keine schlechte Laune. Du bist an einem anderen Ort, zum Beispiel bei dem Mann und der Frau. Bei diesem zweiten Fest war die Frau nicht allein, sie kam in Begleitung eines anderen Mannes. Vermutlich lebten die beiden zusammen, sie wirkten vertraut. Doch als sie den Mann mit dem Schnurrbart sah, ihren alten Bekannten, ging sie auf ihn zu. Sie redeten lange miteinander und später spazierten sie den Hügel hinauf, auf der Kuppe drehten sie sich um. Sie sahen etwas Eigenartiges. Unten, beim Haus, kam ein Paar an, sie stiegen gerade aus dem Auto, etwa fünfzig Meter von ihnen entfernt. Es waren sie selbst. Vielleicht war es aber auch nur eine Täuschung. Die Luft flimmerte bereits vor Hitze.

Wie ging der Film zu Ende?, fragte ich. Die Kopie fing an zu brennen. Irgendetwas im Projektor war schiefgelaufen. Wir sahen plötzlich Flammen auf der Leinwand. Es sah eigenartig aus, wie der Filmstreifen in Großaufnahme vor uns verbrannte, während das wirkliche Feuer hinter uns war. Die Vorstellung wurde abgebrochen. Wahrscheinlich kann ich den Film deshalb nicht vergessen.

Du hättest ihn dir auf Video ausleihen können, sagte ich. Wie denn? Ohne den Titel zu kennen!

Ich hörte ihr Lächeln.

Ich dachte, du könntest mir helfen.

Ich glaube nicht, dass ich den Film gesehen habe. Er klingt vertraut, aber das ist wohl nur die Geschichte.

Ja, wahrscheinlich.

Wir schwiegen, jeder versunken in seine Gedanken. Lydia sprach als Erste wieder.

Wir können uns treffen, wenn du willst.

Erst jetzt fiel mir auf, dass die Musik längst zu Ende war. Ich drückte auf die Eject-Taste. Die silberne Disc rotierte noch, als die Klappe sich öffnete. Ich schwieg.

Ich bin am vierten Dezember in Salzburg. Du könntest vorbeikommen.

Lydia nannte ein Hotel und fügte hinzu, komm einfach, wenn du willst.

Ja, bemerkte ich lahm. Sicher.

Es pochte in meiner Kehle, aber mein Kopf war leer. Draußen dämmerte es bereits. Die Wolken waren dunkler als der Himmel. Überleg es dir und sag deinem Bruder … Ach, sag ihm gar nichts. Er soll nicht mehr anrufen.

Sie verabschiedete sich kurz und unverbindlich. Ich schaltete schnell Musik ein. Einen Augenblick später war es, als hätte es unser Gespräch nie gegeben. Mein Ohr schmerzte. Ich hatte den Hörer zu stark daran gedrückt.

Auf dem Eisernen Steg

Ich kannte mal einen, der saß auf dem Eisernen Steg und steckte seine Hand in Eddas Armeeparka. Frank hieß er. Die Brücke schwankte, als er dort mit Edda hockte. Die beiden schwankten mit. Am Rande des Tausendfüßlers, der über den Eisernen Steg zog, saßen sie und steckten die Finger zusammen. Der Main unter ihnen hatte die Farbe von gefrorener Entengrütze. Unter den Platanen schrien die Händler: Ein' Euro Stück! Ein' Euro Stück! Kleider und Schuhe lagen in wilden Haufen vor ihnen. Die Leute versuchten Beute zu machen. Sie zerrten an jedem Ärmel, Kragen, Schal und Schnürsenkel, den sie entdeckten, schauten kurz auf die Sachen und schmissen alles wieder oben auf den Berg. Über den Eisernen Steg kamen neue Kunden aus der Stadt.

Frank und Edda zählten die vorbeilaufenden Schuhe auf der Brücke. Edda die glänzenden mit Schnallen und Schnüren, die halbhohen mit Absatz. Stiefel, wenn sie aus Leder waren. Frank zählte Slipper, Pumps und Turnschuhe. Was ist mit Clogs?, fragte Edda. Wer zählt die? Frank entschied, Clogs seien Joker und wer sie zuerst sehe, müsse laut schreien. Er ging bald in Führung, weil Edda nie entscheiden konnte, ob die Schuhe halbhoch, aus Kunststoff oder aus Leder waren. Sie starrte zu lange auf den Main und drückte Franks Hand an ihren Körper. Er hätte gern die Hand frei gehabt. Er wollte sich Notizen darauf machen. Doch er ließ sie Edda. Einer kam vorbei, den kannten sie. Seine Schuhe waren dreckig. Er sagte, die Marktstände schließen um zwei, da gibt's sicher das eine oder andere Brötchen. Die beiden am Boden nickten. Die Uhr am anderen Flussufer zeigte kurz vor zwei. Sie blieben sitzen. Es war bereits zu warm für den Armeeparka und die drei Pullis übereinander. Wegen der Sonne blieben Stiefel und halbhohe Schuhe zu Hause. Edda war das egal. Sie zählte einfach zehnmal ihre eigenen Stiefel mit und holte auf. Als Frank einmal musste, gingen sie zum Ufer. Er suchte sich einen Baum, während Edda die Einkaufstüten bewachte. Auf dem Boden lagen Kastanien. Sie fühlten sich gut an. Zwischen ihrem rissigen Daumen und den roten Fingern drehte Edda Kastanien, bis Frank zurückkam. Er fasste ihr hinter die Ohren, flüsterte in die gelben Haare, du bist wunderschön.

Am Kiosk neben der Brücke kauften sie zwei Dosen Bier. Zusammen saßen sie wieder auf der Brücke. Sie wanderten mit der Sonne. Zwischen Wasser und Himmel glänzte Franks Nase, die immer wie poliert war. Er hatte eine scharfgeschnittene Nase, ohne Buckel. Fast wie eine Pyramide, dachte Edda und vergaß wieder, Schuhe zu zählen. Frank nicht, der war gewissenhaft. Vor Jahren lernte er die Telefonnummern seiner Freunde auswendig, um sie jederzeit anrufen zu können. Da Frank niemanden beleidigen wollte, lernte er alle Nummern. Er merkte sich die Nummer seiner Bäckersfrau, die der Kollegin aus der untersten Etage, die ihm mal ein Wurstbrot mitgebracht hatte, die des Jungen, der sein Rad auf Franks Auto hatte fallen lassen, die Nummer der Familie, an deren Tisch er im Teneriffa-Urlaub vor drei Jahren gesessen hatte. Die Nummer der Telefonauskunft konnte er sich nicht merken. Eines Tages wachte Frank auf und war nur noch damit beschäftigt, sich aller Telefonnummern zu vergewissern. Da ging er zur Post und kündigte seinen Anschluss. Genau wie Telefonnummern stapelte Frank jetzt Schuhe in seinem Kopf. Slipper, Pumps und Turnschuhe, Slipper, Pumps und Turnschuhe. Er hatte es nicht verlernt. Rote, braune, schwarze. Mit Streifen, Mustern, ohne Lack, mit Klettverschluss, zum Schlüpfen. Hottentotten-Boots, links gelatschte, rechts gelatschte, orthopädische Schlappen, einer ging barfuß. Den buhte Frank aus. Manchmal sah er zweimal das gleiche Paar. Er überlegte, eine Paschregelung einzuführen. Eine, die ihn bevorteilte, Edda fiel das nicht auf. Sie träumte. Früher, als sie im Kassenhäuschen des Parkplatzes hockte, hatte sie den Autos Menschen zugeordnet. Dabei konnte man nicht schummeln. Der Mercedes passte zu dem schlanken Herrn mit Pilotenbrille, das Motorrad zu dem Altrocker mit Gummistiefeln. Sie hatte sich Geschichten ausgedacht, die diese Menschen unterwegs auf den Straßen erleben könnten. Wilde Tramperinnen, die ihnen die Köpfe abrissen oder sie ausraubten. Der Mann mit der Pilotenbrille bot ihnen im letzten Augenblick seine Kreditkarte samt Geheimnummer an, aber die wollten die Tramperinnen nicht. Sie sagten Sachen wie, für die Ehre Randolfs! Nimm das, du Hund! und stießen die Männer in den Straßengraben. Manchmal raubten sie auch die Kinder von den Rücksitzen und brachten sie zu fernen Indianerstämmen. Edda liebte Indianer. Sie selbst hatte keinen Führerschein, fuhr nicht schwarz, trampte nie. Frank erledigte das für sie. Er ging zu den Ämtern und Behörden. Sie holte ihm dafür das Essen.

Edda saß da und wartete auf den Joker, die Clogs. Sie hatte es fast vergessen. Der Menschenstrom auf dem Eisernen Steg begann sich umzudrehen. Die Leute vom Flohmarkt gingen heim. Sie trugen ihre Beute in Supermarkttüten. Einer hatte ein Ölfass gekauft, ein dreckiges, das rollte er heim und freute sich wie ein König. Edda starrte durch die vorbeilaufenden Beine auf den Fluss, als das Mädchen kam. Es war ungefähr fünf Jahre alt, und seine Haare waren gelb. Edda blickte dem Mädchen nach. Die Kleine drehte sich um und zeigte ihr eine lange Nase, verdrehte die Augen. Frank spürte Eddas Hand in seiner zucken. Edda stand auf, packte das Kind am Ärmel und schrie. Sie hat den Joker gefunden, dachte Frank noch. Aber das Mädchen trug gar keine Clogs. Es hatte nur gelbe Haare. Edda stand in der ersten Frühjahrssonne, hielt das Kind am Ärmel fest und schloss den Mund. Die Menschen liefen einen Bogen um sie herum. Das Mädchen wollte etwas sagen, riss sich aber los und lief davon. Edda klappte zusammen, fiel mitten auf die Brücke. Frank vergaß die Schuhe. Er ging zu ihr und zog sie hoch. Was war denn das?, fragte er. Sie hatte meine Haare, sagte Edda. Frank nickte. Aber jetzt ist sie weg. Edda seufzte. Du hast gewonnen. Halt mich. Sie verbarg ihr Gesicht an seiner Schulter. Wir können Hunde zählen gehen, schlug Frank vor. Edda war misstrauisch. Mit oder ohne Leine? Frank grinste. Die Menschen eilten immer schneller und mit festen Tritten. Als Frank und Edda den Eisernen Steg verließen, schwankte der Boden immer noch.

Die Insel

Ich lebe auf einer Insel umgeben von einem Meer alter Autos. Es sind Wracks, leere Metallhülsen, im Laufe der Jahre kilometerweit aneinander gerostet. Ich bin die Einzige, die das Meer beobachtet. Es verändert sich ständig. Wenn der Nebel abzieht, an den man sich auf der Insel gewöhnen muss wie an Verkehrsregeln, sehe ich nie dasselbe Bild. Niemand achtet darauf, aber die Wagen verschieben sich. Unmerklich wie satte Reptilien, die in der Sonne dösen. Man hat sie hierher gefahren, weil ihre Zeit vorbei ist, doch selbst auf dem Friedhof können sie nicht sterben. So weit ich schauen kann, verbeißen sie sich zu Schrottfiguren.

Der Nebel überschwemmt das flache Land in meinem Rücken bis an das Ufer, wo ich meinen Platz habe. Ich starre auf die Wracks. Der Regen staut Öl, Benzin und Müll zu Pfützen. Obwohl ständig Einzelteile und ganze Kotflügel im Morast versinken, wird das Meer nicht flacher. Es ist unmöglich zu sagen, ob ganze Autos verschwinden und durch neue, die hinzukommen, ersetzt werden. Meine Augen sehen nicht, was geschieht. Nur mein Verstand sagt mir, dass es so sein muss. Ich begnüge mich mit einzelnen Einstellungen eines Films, von dem ich nicht mal weiß, ob es ihn gibt.

Ich bin kein Forscher, der jahrelang gräbt, um Versteinerungen toter Lebewesen freizulegen. Ich kann nicht in Knochen lesen, in Skeletten mit Heckscheiben und Radkappen schon gar nicht. Aber auf die Kunst des Knochenlesens stieß ich, als ich im Supermarkt eine Cornflakes-Packung aus dem Regal nahm. Sie nannten das Spiel Fossility. In jeder Packung lag ein Kunststoffstein, in den das Relief eines Tierkörpers gestanzt war. Wenn man mit einem Finger blind über die Oberfläche fuhr, konnte man sich einbilden, etwas Besonderes gefunden zu haben. Einen winzigen Elefanten, eine Eidechse, aus Plastik gestanzt. Fossilien. Ich starrte auf die Rückseite der Packung, auf der sie das Spiel erklärten, und murmelte das fremde Wort vor mich hin. Ob ich nur meine Lippen bewegte oder es laut aussprach – das Überwachungsvideo des Supermarktes verriet es nicht. Ich habe die Packung gekauft. Während ich mit den Cornflakes den Vordersitz bekrümelte, weil ich zu faul war, mir Wasser für das Milchpulver zu besorgen, überlegte ich, ob all die Schrauben, die Muttern, die Scherben, das Blech, ob sie wie die Leichen von Lebewesen zu Kohle verrotteten. Auf die Packung war ein Querschnitt der Erde gedruckt. Die verschiedenen Erdschichten, ihre Zeitalter und Namen, der heiße Kern. Ich habe mir die Rückseite der Packung auf das Armaturenbrett geklebt. In der Sonne vergilbt das Papier unter der Windschutzscheibe. Mein Wagen hat einen Dauerparkplatz am Friedhof der Autos, er steht mit der Motorhaube zum Trümmerfeld. Wenn ich meinen Wagen jemals verlassen sollte, bräuchte ich ihn nur ein paar Meter weiter zu schieben. Unsicher würde er an der Betonkante über dem Meer der Autos schwanken und dann mit einem Krachen herunterstürzen. Wenn ich später wiederkommen sollte, würde ich ihn nicht mehr finden. Ich starre auf die Wracks, ich starre und beobachte.

Ich habe nie jemanden im Meer der Autos gesehen. Der

einzige Mensch, der manchmal zu mir kommt, ist der Ingenieur. Er besitzt eine Tankstelle, ein paar hundert Meter weiter am Ufer. Er hat nur wenige Kunden. Insgeheim nenne ich ihn Dummy, er erinnert mich an die Testpuppen, die zerstört aus Unfällen auferstehen. Sein Ohr ist zerfetzt, und die Partien seines Gesichts verschieben sich wie der Schrott vor uns. Einmal hat er keine Nase. Da sind nur zwei Löcher, aus denen ich, wenn er ausatmet, Schleimblasen aufsteigen und platzen sehe. Ich fange gerade an, mich daran zu gewöhnen, dass er redet wie kurz vor einer Polypenoperation, da klopft es an die Scheibe meines Seitenfensters. Ich drehe meinen Kopf, bemerke eine Grimasse, die sich an meiner Scheibe festsaugt. Dann erkenne ich, dass es der Ingenieur ist. Er löst sich von der Scheibe. Ich sehe seine Nase.

Ich öffne die Beifahrertür, er steigt ein, wendet mir sein Profil zu und fängt an zu reden. Ich starre auf seine Nase, die oben einen Höcker hat. Fabelhaft, sagt er. Fabelhaftes Wetter heute. Habe meine Zapfsäulen heute allein gelassen. Dachte mir – lass mal, heute nicht. In den letzten Tagen eh so viel Regen abbekommen. Ist ganz gut. Sie trocknen zu lassen. In Ruhe. So redet er. Seit es keine Sprecher mehr im Radio gibt, höre ich ihm länger zu. Wir schauen beide geradeaus, er redet, ich trainiere meine Gesäßmuskeln und versuche mich an den Klang seiner Stimme zu gewöhnen. Er redet langsam, muss nach den Wörtern suchen. Verstohlen schaue ich ihn von der Seite an. Einmal wendet er den Kopf, schaut mich an, ich drehe den Kopf so weit, dass ich gerade noch das Loch unter dem rechten Auge sehe. Der Wangenknochen fehlt. Die Haut wölbt sich nach innen wie eine Augenhöhle. Hätte ich nicht meinen Rückspiegel, wüsste ich nicht mehr, wie ein Gesicht aussieht. Kommt der Ingenieur, fällt es mir schwer, ihn nicht für mein Spiegelbild zu halten. Es ist schwierig zu begreifen, dass nicht alles, was ich sehe, ein Bild von mir ist. Ich fühle mich schlecht, wenn er schlecht aussieht, und gut, wenn er eine neue Nase hat. Wenn dem Ingenieur die Wörter ausgehen, hält er sich die Ohren zu, das zerfetzte besonders vorsichtig. Er wölbt seine Hand darüber, damit sie nicht die ausgefransten Ränder berührt. Ich glaube nicht, dass das Ohr wehtut, aber es muss unangenehm sein. Lässt er die Hände wieder auf den Stoff seines blauen Arbeitsoveralls sinken, dann hat er neue Sätze in seinem Kopf. Es scheint, als ginge das leichter, wenn man die Ausgänge verstopft. Hier sind überall Strahlen, Strahlenstraßen, wenn deine Gedanken zufällig eine kreuzen, kannst du sie vergessen, vielmehr: Sie sind vergessen.

Ich habe früher nicht viel nachgedacht. Früher war nicht hier. Ich hatte einen Drehstuhl und keinen Autositz, den man nach hinten klappen kann. Mein Drehstuhl stand vor einem Schreibtisch und der vor einem Fenster ohne Gardinen. Die Nachbarn hätten reinschauen können, aber da war nie jemand. Mein Drehstuhl stand da, es wurde hell, es wurde dunkel, die Wolken veränderten sich, keine Geräusche. Genügend Essen muss es wohl gegeben haben, aber es war unwichtig, und es lohnte sich nicht, darüber nachzudenken, warum heute nur zwei Löffel Erbsen und kein Kartoffelbrei. Ich saß wie ein Affe auf dem Drehstuhl – mit angewinkelten Beinen, mein Kopf hing fast bis auf die Knie herab. Ich kratzte mich manchmal am Kopf und stand auf, um auf die Toilette zu gehen. Der Drehstuhl war meine Droge. War ich müde, drehte ich mich. Ich stieß mich mit hartem Schwung vom Boden ab und drehte mich so lange, bis mir die Augen zufielen. Natürlich hätte ich warten können, bis das von alleine geschah. Nie bin ich nachts aufgewacht. Wenn ich mich vorher lang genug gedreht hatte. Drehen half immer. Du stumpfst nicht ab. Du spürst das Schwindelgefühl immer wieder. Aber manchmal haut es dich um. Ich habe verschiedene Arten des Drehens entwickelt. Es gibt bestimmte Regeln, die zu unterschiedlichen Ergebnissen führen. Die zeitlichen Abstände zwischen den Schwüngen, das Tempo, die Sitzposition. Am wichtigsten aber ist der Blick. Der Blick ist entscheidend. Du musst dich konzentrieren, deine Augen festhalten, alles andere ausblenden, dann wird dir nicht schlecht. Du siehst die Welt hinter den Dingen. Mit der Zeit lernte ich meinen Blick zu kontrollieren, und Toni begann mich zu vergessen. Vorher hatte er ein paar Mal schimpfend das Erbrochene weggewischt, weil ihn der Gestank beim Malen störte. Toni lebte in der anderen Ecke des Zimmers. Er hatte da ein Bett, einen Tisch, einen Campingkocher und vor allen Dingen seine Staffeleien. Immer wenn ich mich drehte, war ich gezwungen, sein Leben dort hinten schemenhaft wahrzunehmen. Ich erahnte das blaue Feuer des Campingkochers, die karierten Hemden auf dem Boden, Blätter überall und Stifte, Pinsel, Farben. Das Dunkle war Toni. Er bemerkte mich nur, wenn es stank. Soweit ich mich erinnern kann, war Toni nicht immer da. Es kam vor, dass ich ihn so lange nicht mehr sah, dass er sich neu vorstellen musste, wenn er kam. Während Toni weg war, war ich oft zärtlich zu meinem Stuhl. Er hatte ein braunkariertes Sitzpolster, an dem ich mich rieb. Dazu musste ich meine Affenhaltung aufgeben und die Beine auf den Boden spreizen. Ich kam eher durch Zufall darauf. Dann fing ich an, mich dabei zu drehen. Ich kippte nach vorn und hielt mir den Kopf. Mit dem Sturz hat es, glaube ich, angefangen. Es war, als wäre eine Sanduhr in meinem Kopf umgekippt und der Sand würde innen an meinem Schädel reiben. Ich begann zu warten. Ich wartete auf den Moment, in dem Toni das Zimmer verließ. Es reichte nicht mehr, dass ich gelernt hatte, mich wegzudrehen, ihn nicht mehr zu bemerken, ich wollte mit meinem Stuhl allein sein. Aber auch als Toni immer seltener kam, hörte das Warten nicht auf. Toni hatte mich vergessen. Ich fing an, meine Füße zu berühren. Ich habe lange gebraucht, um bis zu meinem Kopf zu kommen. Ich habe nie Wörter vergessen, nie Gerüche, aber Berührungen. Die kannte ich nicht mehr.

Der Ingenieur sitzt neben mir. Mit einem Griff versichere ich mich, dass die Tür des Wagens offen ist. Immer wenn der Ingenieur neben mir sitzt, öffne ich meine Fahrertür, damit seine Worte nicht an die Scheiben prallen wie ein Schwarm Vögel. Für gewöhnlich hilft das. Seine Worte drängen hinaus und über die Dächer der Autos davon. Er schickt ihnen neue nach, die nach den ersten suchen sollen, ihren Auftrag vergessen und einfach fortfliegen. Aber heute stehen seine Worte in der Luft vor mir und schlagen mit den Flügeln: Was hast du gemacht? Die Frage schneidet die Luft. Niemand hier darf nach der Vergangenheit fragen, auf einer Antwort beharren. Er reißt mir den Boden unter den Füßen weg, er weiß, dass er das nicht darf. Ich drehe meinen Körper zur Seite und stelle einen Fuß auf den Beton unter dem Wagen. Ich spüre den Blick des Ingenieurs in meinem Rücken: Wo warst du? Was hast du gemacht? Ich setze den zweiten Fuß auf den Beton. Was war es? Er beugt sich vor. Selbst wenn ich es wüsste, könnte ich ihm nicht antworten. Er wartet. Ich lasse meinen Kopf zwischen die Knie sinken und schließe die

Augen. Was hast du gemacht? Er macht mir Angst. Das sind keine Vögel mehr. Das sind laute, schlagende Helikopter. Ich kenne ihn schon so lange, er darf neben mir sitzen, aber so war er noch nie. Einen Moment lang suche ich eine Antwort. Meine Augäpfel flippern unter den Lidern. Da ist der Gedanke auch schon vorbei. Ich kann ihm nicht antworten. Eine Hand berührt mich an der Schulter. Ich fliege von dem Autositz und bin erstaunt, dass mich meine Füße tragen. Ich renne, bis ich nicht mehr kann, und dann noch ein Stück weiter. Als ich mich umdrehe, sehe ich meinen Wagen nicht mehr. Der Nebel ist undurchdringlich, der Tank meines Wagens leer. Zurück wird der Ingenieur laufen müssen.

Ich stehe vor dem Supermarkt. Die Leuchtbuchstaben sind verwischt vom Regen, der Parkplatz leer. Ich betrete das Gebäude. Gestützt auf einen Einkaufswagen fahre ich die Regale ab. Die Marktaufsicht sitzt auf einer gläsernen Empore am Ende der Halle. Ich kann hinter den spiegelnden Fensterscheiben niemanden erkennen. Ich nehme Milchpulver, Cornflakes, Vitamintabletten aus den Regalen, Tubenkäse und Fladenbrot, packe alles in große Tüten. So gehe ich hinaus in den Regen. Ich folge der Straße nach Norden. Die Klippen am Meer der Autos fallen steil ab. Die Wagen türmen sich fast bis an die Kante heran. Ich werfe meine Tüten auf die Wracks. Dann lasse ich mich vorsichtig selbst auf ein Autodach gleiten. Der Wagen droht umzukippen, aber ich schaffe es, das Gleichgewicht zu halten. Auf Händen und Füßen krabbele ich in das Meer der Autos hinein. Die Insel verschwindet hinter mir im Nebel. Weit draußen finde ich eine Fahrerkabine. Ich schiebe die Tüten hinein, krieche durch das Fenster nach. Über mir türmen sich die Wracks in den Himmel. Der Boden hier scheint fest. Ich muss nicht befürchten, im Morast zu verschwinden. Ich stelle eine Konservenbüchse als Regensammler auf. Ich schlafe ein. Ein kratzendes Geräusch weckt mich. Hastig gleite ich in den Fußraum neben dem Gaspedal. Es kratzt weiter. Es klingt wie eine Feile, die über Metall gezogen wird. Ich luge aus dem Fenster, sehe mir zugewandte Fersen, wage es, mich empor zu ziehen. Der Mann steht auf den Autos. Er sieht mich nicht, ich bin verborgen unter all dem Schrott. Der Mann beugt seinen Rücken über eine Motorhaube. Mit einem Metallhaken kratzt er Zeichen in den Lack. Ich umklammere meinen Schraubenschlüssel, bereit zuzuschlagen. Da erkenne ich die dunklen Locken wieder. Es ist Toni. Er dreht sich um. Wir schauen uns an.

Leuchtend rosa

Letzten Herbst sagte eine Frau, ich verlasse dich. Oder viel schlimmer: Sie sagte es nicht. Sie lebte mit dem Mann in einer Großstadt, in der sich alle Bewohner nach Landluft sehnten. Auch die Frau und der Mann hüstelten oft. Sie klagten über ihre verklebten Lungenflügel und die ständigen Meetings, das viele Koffein, ihre müden Augen und den Lärm, Lärm, Lärm. Eines Tages aber kündigte der Mann seinen Job als Marketingleiter bei einer Firma für Geo-Satelliten und trieb stattdessen Schweine auf die Weide. Die Frau fragte sich weiter täglich, ob sie glücklich war. Anstelle einer Antwort steckte sie ein Eincentstück in ein Marmeladenglas und versuchte, den darin wachsenden Haufen kupferfarbener Münzen als Vorgriff auf große Ereignisse zu sehen, die sie durchrütteln würden und schütteln. Sie würde im herabschneienden Glück stehen wie eine Plastikfigur in einer Schneekugel. Sie war sicher, dass dieses Glück etwas mit dem Mann zu tun haben würde. Entweder würde sie ihn mit in diese Schneekugel zerren oder er wäre sogar derjenige, der es schaffte, das gläserne Halbrund über sie beide zu stülpen. In den Augen der Frau war der Mann zu viel imstande, wenn sie ihn nur genug triezte.

Die Frau arbeitete lange als Lehrerin. Eines Tages ertrug sie die Elterngespräche nicht mehr. Sie beschloss, geflüchtete

Erwachsene in Deutsch zu unterrichten und nebenbei Game Design zu studieren. Doch dann schaute sie auf die Uhr und bemerkte, dass die Zeit drängte. Die Münzen erreichten bereits den Deckel des Marmeladenglases. Die freilaufenden Schweine des Mannes schrieben zwar immer noch rote Zahlen und er schnüffelte mehr am Rotwein als in den Bilanzen. Doch wenn sie jetzt ein Kind bekämen, wäre der Mann schon über sechzig, wenn es die Schule beendete. Das flüsterte die Frau dem Mann ins Ohr. Prompt feuerte er das Kondom in die Ecke. Dort paarte es sich mit den Staubmäusen.

Der Bauch der Frau schwoll an, sie musste plötzlich dauernd zum Arzt und hatte nicht gewusst, was bei der Zellteilung alles schiefgehen kann. Sie bürgte nun mit ihrem Leib und ihrem kleinen bisschen Seele für ein kommendes Wunder. Das war sehr belastend und erhebend. Die Frau ging innerlich auf Zehenspitzen. Trotz all der Gefahren durch Katzenkot, Rohmilchkäse und besonders andere Kinder schaffte es das Kind auf die Welt. Der Rest der Nabelschnur, der aus ihm ragte, wurde schwarz und fiel bald ab. Der Mann blubberte dem neuen Mitbewohner dicke Schmatzer auf den majestätisch gewölbten Bauch. Sehr viel mehr wusste er nicht mit dem Kind anzufangen. Plötzlich arbeitete der Mann mit neu geschöpfter Kraft auf seiner Schweineweide. Die Frau glaubte nicht, dass die neue Hirtin ihn so eifrig machte. Im Gegenteil: Die junge Frau schien ihn und damit sie, die frischgebackene Mutter, zu entlasten. Die Frau verstand nur nicht, wieso sie selbst an den Sessel mit dem bekleckerten Stillkissen festgetackert war. Stillsitzen war keine Stärke der Frau. Sie sah plötzlich, wie vollgestopft, dreckig und unordentlich die Wohnung war. Am Anfang versuchte sie, Nachrichten zu gucken, Zeitungen und Romane zu lesen, während das Kind an ihrer Zitze lag. Sie notierte Fragmente über den Zustand ihres versehrten Körpers – diesen Mittelpunkt der Welt, der so Unglaubliches erschaffen hatte. Das Kind gluckste, pupste und schlummerte mit der Anmut eines Engels. Die Frau bewachte es in abgrundtiefer Einsamkeit. Sie hatte sich verdoppelt und war dennoch allein wie nie. Dank des Kinds wurde sie zwar der großen Stadtfamilie einverleibt. Doch deren Umarmung drohte sie zu zerquetschen. Die Frau war plötzlich nicht mehr unsichtbar, sondern durch das Kind an ihrer Seite waren sie beide ein öffentliches Gut, das begutachtet und geschätzt werden musste. Bei jedem Spaziergang prasselten die Kommentare der Passanten auf sie herab. Einmal wagte sie dem Kind einen Schnuller in den Mund zu stecken. Damit verdammte sie es dazu, ein Stotterer und stumm zu werden. Ganz zu schweigen von den schiefen Zähnen. Schnell zog die Frau den Gummistöpsel aus dem kleinen Mund. Sie flüchtete nach Hause. Dort blätterte sie bald nicht einmal mehr die Seiten um. Sie starrte auf den Putz an der Wand. Je langsamer und behäbiger die Frau wurde, umso schneller wirbelte der Mann zur Tür hinaus. Von seinem Bauwagen aus hütete er die Säue. Wind und Wetter gerbten ihm das Gesicht und sein Rücken krümmte sich. Er hegte und pflegte die Schweine, um sie dann von jemand anderem umbringen zu lassen. Das Kind brauchte schon wieder neue Strampler, einen Fahrradanhänger und der Mann und die Frau dringend ein Podest, auf dem sie ihr Waten in Schlamm und dreckigen Windeln auf höhere Glückseligkeitsgrade erhöhen konnten. Der Mann und die Frau waren jetzt Eltern, die Hüter des Grals.

Das Kind wuchs und wuchs. Es stürzte sich auf alle Dinge in der Wohnung, die den Eltern lieb und teuer waren, und das waren, wie sich herausstellte, viel zu viele. All die geheimnisvoll schimmernden CDs etwa liebte das Kind. Es klaubte sie aus ihren Hüllen und schrammte damit über den Dielenboden. Die Frau riss ihm die Scheiben aus der Hand. Der Mann und sie räumten die besonders wertvollen Sachen jeden Monat einen Regalboden höher oder stopften sie in die Einbauschränke. Dort stürzten die Bildbände, Bluetooth-Kopfhörer, Rehe aus Porzellan und seidene Unterwäsche der Frau entgegen, sobald sie die Türen aufriss. Sie wollte schnell in der letzten Minute, bevor die Nudeln gar waren, nach dem einzigen Oberteil suchen, das ihr noch passte und das nicht mit sauer riechenden Milchflecken besudelt war. Überhaupt: ihre Brüste – diese Ballons waren ihr jetzt so viel näher, sie waren so viel hilfreicher als der Mann. Doch die freilaufenden Säue des Mannes, die sich dank eines versierten Metzgers in wunderbar duftende Fenchelsalami, zarte Koteletts mit halbmondförmigen Knochen und knusprige Schnitzelchen verwandelten, diese reinen, guten, einwandfreien Schweine waren so eine tolle Geschichte, die musste sich doch irgendwann auszahlen. Die Frau hatte ihre Sammlung von Glücksmünzen inzwischen weggeschmissen. Sie putzte stattdessen viele Male am Tag die schaumigen Ausscheidungen des Kindes weg, dessen Haut davon ganz wund und blutig wurde.

Nach einem Jahr merkten der Mann und die Frau, dass sie schon lange keine Musik mehr gehört hatten, weil sie die CDs vor dem Kind in Sicherheit gebracht hatten. Was sie sonst noch unterließen, besprachen sie beim Schein von Teelichtern und gedämpfter Barmusik. Sade bot sich an. Schade, schade. Die Frau war bereits beim Entzünden der Streichhölzer enttäuscht gewesen. Sie stritten sich darüber, ob sie das Schlafzimmer lüften sollten oder nicht. Der Mann war dafür, die Frau dagegen. Sie setzte sich durch. Da straffte sich der Rücken des Mannes und er verschränkte die Arme. Er erklärte, so laufe das nicht. Die Frau erwarte am Abend, wenn das Kind endlich schlafe, dass er, der Mann, auf Knopfdruck alle Beleidigungen des Tages vergesse und den wilden Bock gebe. Er habe aber auch Gefühle und wolle gefälligst mindestens eine halbe Stunde vorher anständig behandelt werden. Die Frau schüttelte den Kopf. Sie wäre gern sanft und verständnisvoll gewesen. Sie probte es eine Zeit lang, doch sie war viel zu wütend. Sie hasste es, wie der Mann sie und das Kind abhängte, als seien sie zu zweit besser dran. Wieso musste sie um jeden Handschlag betteln? Wieso roch der Mann nicht von selbst, was zu tun war? Wieso kaufte er ständig neues Öl für die Fahrradkette oder neue Tupperware? Übersah aber, dass der Windeleimer überquoll und der Stapel zerbrochener Bilderrahmen höher und höher wurde? Sie hatten doch so viel vorgehabt. Sie wollten sich doch die Sorge um das Kind teilen. Sie wollten am gleichen Strang ziehen. Sie waren doch so ein schönes Paar, so eine glückliche Familie. Sie durfte das nicht vermasseln. Damit alles blieb, wie es war, musste sie dringend einen Boxklub finden, der sie aufnahm. Dort würde sie ihre Wut mit einem tätowierten Jüngling im gekachelten Duschraum loswerden. Wenn sie es schaffte, ihren Mund zu halten, konnte sie mit dem Jungen vielleicht regelmäßig ihren Beckenboden trainieren. Alles könnte gut werden, wenn sie schnell genug atmete und schwieg. Sie musste schweigen, wenn der Jüngling seinen Kleber in ihre Haare schmierte. Wenn sie ihn bat, das zu lassen, würde sie sich selbst als alt und etepetete entlarven. Die Frau wusste, dass die Generation des Jünglings keine Abweichungen vom Pornoskript akzeptierte. Sie musste den Schutz ihrer Haare eleganter einfädeln. Vielleicht könnte sie mit seinem Schlauch Feuerwehrfrau spielen. Möglicherweise löschte sie dann ein anderes Haus. Eins, das wirklich in Flammen stand. Bei ihr wäre es nur ein Strohfeuer. Die Frau gähnte aber leider schon bei dem Gedanken daran. Sie gähnte überhaupt sehr viel. Ihre Wangen fielen ein, während ihre Bauchdecke einem Kraterfeld glich. Alles rutschte nach unten. Ihre Laune, ihre Augen, ihr Lächeln – alles fiel in ihre Kehle zurück und schnürte sie zu.

Doch das Kind war eine Wonne. Jede Qual wurde durch sein Lächeln erhöht. Wäre alles einfach gewesen, wäre es auch nichts wert, sagte sich die Frau. Der staunende Blick des Kindes verzauberte jede Fluse auf ihrem Hemd. Seine Hände waren wie kleine Samtkissen für die Nadeln, die sie innerlich stachen. Das Kind fing die Nadeln auf und barg sie in all seiner zappeligen Ruhe. Es war so lebendig. Die Frau hätte den ganzen Tag weinen mögen aus Rührung und Angst, diesem Geschöpf könnte etwas zustoßen. Sie wusste, auch der Mann würde nie so an ihr hängen wie an dem Kind. Er kümmerte sich zwar nicht genug und nicht auf die von ihr empfohlene Art, doch er liebte das Kind. Das wusste die Frau. Die Liebe des Kindes zu ihnen, ihrer beider Liebe zu dem Kind, sie würde nie schwinden. Der Mann konnte sie, die Frau, verlassen. Doch durch das Kind würden sie beide immer verbunden sein. Darum war es wirtschaftlicher und auch gesünder, gleich zusammenzubleiben. Außerdem wusste die Frau, dass eine Liebe durch die gemeinsam überwundenen Hindernisse wächst. Sie würden also auch diesen Graben überbrücken und sie würde anfangen, wieder netter zu dem Mann zu sein.

Sie packte einen Picknickkorb, der Rotkäppchens Großmutter würdig gewesen wäre. Brot, Wein, Kuchen. Sie band sich das Kind vor den Bauch. Sie kämmte ihre Haare, die kein fremder Kleber, sondern der Brei des Kindes verklebt hatte. Sie setzte sich in die S-Bahn. Sie ertrug die Rüge der älteren Frau, die ihr gegenüber saß, wegen des fehlenden Mützchens, weil sie zu faul war, den Waggon zu wechseln. Sie ärgerte sich. Sie ärgerte sich, dass sie sich ärgerte und nicht mitleidig auf die Frau herabsah. Sie versuchte, sich auf die vorbeiziehenden Bäume zu konzentrieren. Am Bahnsteig des Endbahnhofs sah sie die Luft über den Gleisen flimmern. Mit dem immer schwerer werdenden Korb, dem inzwischen Tonnen wiegenden Kind schleppte sie sich in den Hain des Mannes. Sie erahnte den Maschendrahtzaun schon von Weitem. Sie hörte das aufgeregte Grunzen der Säue, die offenbar gefüttert wurden. Sie sah einen jungen Mann, der einen Eimer in den Trog leerte, umringt von der leuchtend rosa und vom Schlamm braun getupften Schweineschar. Sie sah ihren Mann neben dem jungen Schweinehirten. Sie sah keinen Kuss, keinen Arm auf der Hüfte des anderen. Das brauchte sie nicht. Sie sah, wie wohl ihr Mann sich fühlte, ganz und gar unbeschwert von Frau und Kind.

Sie stellte den Korb mitten auf den Asphalt der Straße. Sie wankte zu einem Stein am Rand. Das Kind fing an zu greinen. Sie tastete nach seinen Füßen, die aus der Trage ragten. Sie massierte die winzigen Zehen und tupfte sich gleichzeitig mit einem zerfetzten Taschentuch die feuchte Stirn. Ein

Auto brauste heran und erfasste den Korb. Die Flasche lag in Scherben, der Rotwein zerlief auf dem Teer. Das Auto bremste, setzte zurück. Als der Fahrer sie mit dem Kind sah, riss er die Augen auf und legte den Vorwärtsgang ein. Der Wagen entfernte sich. Die Frau war wieder allein mit der Hitze des Kindes, ihrem Schweiß und den Tränen, die nicht rollen sollten. Jetzt würde es Herbst werden; Winter, Frühling, Sommer – egal. Sie konnte jetzt nicht mehr damit drohen, den Mann zu verlassen oder fremdzugehen. Denn nun wusste sie, dass der Mann sie längst im Stich gelassen hatte. Sie fühlte sich hässlich und klein. Der Mann und sein junger Kollege eilten herbei. Ihr Mann legte ihr den Arm um die Schultern und fragte, ob ihr Kreislauf verrückt spiele? Was los sei? Sie schüttelte den Kopf. Sie musterte den jungen Schweinehirten, schätzte die Größe seiner Jeans und mutmaßte, dass er seine Nasenhaare kürzte. Seine Augen standen weit auseinander. Sie fand, er ähnelte entfernt einem Schaf. Sie schwor sich, nicht kleinlich zu sein.

Als der Mann nach Hause kam, servierte sie ihm ein Bauernfrühstück. Er trank eine Flasche Wein, gönnte sich dann noch mit Speck umwickelte Datteln und Absinth. Die Frau zählte heimlich die Promille. Sie wusste, dass er jetzt nicht mehr zum Denken imstande war. Vielleicht sollte sie besser über Politik reden, über zukünftige Koalitionen, über die Rollenverteilung im Staat und wie die Autoindustrie die Abgeordneten Kasatschok tanzen ließ. Die Frau fragte sich, ob sie den Mann eigentlich noch begehrte, ob sie noch wusste, was Begehren war. Sie war so stolz darauf gewesen, dass sie die Lust besiegt hatte. Sie hatte geglaubt, das mache sie unabhängiger. Jetzt war das alte Brennen wieder da. Sehr unpraktisch. Die Frau versuchte, ihre Sehnsucht in etwas Produktiveres umzumünzen. Sie erklärte dem Mann, wie sehr sie bewundere, was er da draußen in seinem Sauenhain fabriziere. Seine Tiere hätten wenigstens ein Leben, bevor sie stürben. Diese Steaks aus dem Supermarkt seien eine Strafe. In der Pfanne schnurrten sie im Nu auf die Hälfte ihrer Größe zusammen. Noch dazu schmeckten sie trocken und seien mit Rückständen von Medikamenten vollgepumpt. Die Steaks des Mannes aber, die behielten ihre Größe, ihre Saftigkeit und sie wisse, dass die Schweine keine Antibiotika bekämen. Kurz: Seine Firma sei eine gute Sache. Auch ohne Ökosiegel. Der Mann schwieg und wartete auf das Aber. Die Frau überlegte und formulierte dann taktvoll einen Hinweis: Eine solch gute Sache verdiene es, weit verbreitet zu werden. Sie habe einen Blick in den Geschäftsordner gewagt. Es gebe ein, zwei Dinge, an denen sie noch arbeiten könnten. Warum etwa habe der Caterer, der für eine Hochzeit bei ihnen geordert habe, sich nie mehr gemeldet? Könnte es vielleicht an der falschen Rechnungsadresse liegen und daran, dass seine Bitte um Korrektur unbeantwortet blieb? Und das sei beileibe kein Einzelfall. Die Frau schwieg, um den Mann einen Moment mit dieser Erkenntnis allein zu lassen. Dann säuselte sie: Es sei wirklich toll, was er da draußen leiste, aber im Büro, da bräuchten sie dringend Unterstützung. Der Mann angelte mit der Gabel nach der nächsten Speckrolle und tunkte sie in den Honig, bevor er sie mit einem Schluck Absinth verschlang. Die Frau holte tief Luft und machte ihren Vorschlag: Heute laufe doch alles digital. Sie könne ihn von zu Hause aus unterstützen, während das Kind ihre Beine umklammerte. Der Mann unkte noch ein wenig, stellte ihre Erfahrung und das Zeitbudget infrage, fügte sich aber letztendlich in die vollkommene Verquickung ihrer Schicksale. Die Frau klopfte ihm auf die Schulter und räumte die Absinthflasche in das Eckschränkchen.

Während das Kind schlief, greinte oder mit Bauklötzchen warf, durchforstete die Frau nun Ordner um Ordner, stellte Rechnungen, überprüfte die Bilanz und krempelte das gesamte System um. Sie machte sich selbst unersetzbar. Der Mann merkte es wohl erst, als der junge Schweinehirt kündigte. Vielleicht hatte die Frau sich auch damals bei ihrem Picknicküberfall nur verguckt. Vielleicht war der Obstkorb gar nicht umgekippt. Vielleicht war sie nicht die überzählige Birne, sondern im Korb auch immer Platz für sie und das Kind gewesen. Sie fragte nicht. Sie zog durch, was sie mal versprochen hatte: In guten wie in schlechten Tagen. Die Firma ging dennoch pleite. Sie schlitterten gemeinsam in die Privatinsolvenz. Mal schlief die Frau, mal der Mann bei dem Kind. Er bekam einen Bandscheibenvorfall am untersten Halswirbel und wäre beinahe für immer gelähmt gewesen. Sie rasierte sich den Damenbart. Langsam und seltsam tastend krempelten sie sich um, das Innere nach außen, das Äußere nach innen. Vom Glück war oft die Rede. So lang, dass ihnen davon, wie vor dem Videobild eines prasselnden Feuers, wieder warm wurde.

Die Haare des Kindes hingen ihm ins Gesicht. Deswegen sah es schlecht und prallte gegen die Ecken der Möbelstücke. Die Frau liebte seine babyhaften Ringellöckchen. Mit denen wäre es nach einem Haarschnitt vorbei gewesen. Deshalb ließ sie ihm die Haare wachsen. Doch mit der Schere in der Hand verfolgte schließlich der Mann das Kind. Es flüchtete unter protestierenden Quietschen durch die ganze Wohnung. Wo immer der Mann das Kind erwischte, schnitt er schnell und entschlossen. Die hellen Haare rieselten zur Erde. Die Frau hätte schon wieder heulen mögen. Doch entweder hätte der Mann besser Friseur werden sollen, oder Menschen bis mindestens acht Jahren waren einfach durch nichts zu verunstalten: Selbst mit zerrupften Haaren sah das Kind hinreißend aus. Der Mann und die Frau bewunderten es vom Sofa aus. Die Polster waren durchgesessen und so rutschten sie in der Mitte zusammen. Ihre Hüften berührten sich sacht. Verschmitzt lächelnd kniff das Kind die Augen zu und drehte sich taumelnd um sich selbst. Blind wie es nun war, hielt es sich selbst für unsichtbar. Gehorsam wehklagten die Frau und der Mann auf dem Sofa bitterlich. Das Kind sei verschwunden. Nie, nie, nie mehr kehre es zurück. Sie seien todunglücklich. Übertrieben laut begannen sie zu schluchzen. Da riss das Kind die Augen wieder auf. Da! Da! Da!, schrien der Mann und die Frau wie aus einem Mund. Sie öffneten ihre Arme und haschten nach dem Kind. Sie warfen es sich zu. Das Kind gluckste vor Vergnügen, während es von einem zum anderen flog. Die Frau und der Mann waren Eltern geworden. Sie würden es für immer sein.

Inhalt

Bibliografischer Nachweis

»Fremde Fenster« (2010), »Das Hotel« (2012) und »Die Katze« (2016) erschienen im Literatur Quickie Verlag, Hamburg.

»Hochzeiten«, »In der Zwischenzeit«, »Der König«, »Nachsaison«, »Lou«, »Die Insel« und »Auf dem Eisernen Steg« erschienen erstmals in: Maike Wetzel: *Hochzeiten. Erzählungen*. Frankfurt am Main: Collection S. Fischer 2000.

»Zeugen«, »Geister«, »Zwei Stimmen«, »Gras und Rüben«, »Arme Ritter«, »Schlaf« und »Fremde Fenster« erschienen erstmals in: Maike Wetzel: *Lange Tage. Erzählungen*. Frankfurt am Main: Collection S. Fischer 2003.

»Nördlich von Hollywood« erschien erstmals in: *The Gold Collection*. Hrsg. von Karsten Kredel und Jörn Morisse. Frankfurt am Main: Suhrkamp 2007.

Alle übrigen Erzählungen sind Erstdrucke.

Maike Wetzel
Elly
Roman
152 Seiten. Gebunden. Lesebändchen
ISBN 978-3-89561-286-2

Elly ist weg. Eines Tages verschwindet die Elfjährige spurlos aus dem Leben ihrer Familie. Die Eltern und Ellys ältere Schwester bleiben zurück und versuchen trotz des Verlustes weiterzumachen.
Doch die drei können nicht loslassen, Elly bleibt allgegenwärtig, in Gedanken, Taten und Schuldgefühlen. Jeder spielt den Tag, nach dem nichts mehr war wie zuvor, unablässig im Kopf durch. Die Suche nach Elly hört nicht auf, alle Beteiligten schaffen sich ihren eigenen Ersatz für das Verlorene.
Elly erzählt eine eindringliche und berührende Geschichte über den Sog von Trauer und Hoffnung – darüber, wie eine Familie durch das Verschwinden der Tochter jegliche Gewissheiten verliert.
Maike Wetzels Roman besticht durch seine fesselnde Atmosphäre und sprachliche Brillanz. So entsteht das facettenreiche Bild einer Familie, deren Sehnsucht nach dem Verlorenen die Wirklichkeit verdrängt.

Schöffling & Co.

»Ein Buch, das einen so schnell nicht wieder loslässt.«
Antje Liebsch, *Brigitte Woman*

»Tatsächlich hat Maike Wetzels erzählerischer Gestus etwas von angehaltenem Atem.«
Hans von Trotha, *Deutschlandfunk Kultur*

»Das Romandebüt *Elly* von Maike Wetzel ist das perfekte Buch für den Moment, in dem du der Welt abhanden gekommen bist.«
Lydia Herms, *Deutschlandfunk Nova*

»Psychologisch toll, sprachlich brillant.«
Sylvia Schwab, *hr2-kultur*

»Wie Maike Wetzel diese Urängste und deren Folgen vermittelt, fesselt und wühlt auf. Ihre lakonische, unaufgeregte Schreibweise steht im völligen Kontrast zum Innenleben ihrer Protagonistinnen und Protagonisten.«
Michael Au, *SWR 2 Lesenswert*

»Eins dieser Bücher, die man gelegentlich aus der Hand legen muss, um sich innerlich zu beruhigen.«
Annemarie Stoltenberg, *NDR Kultur*

»Das Romandebüt der preisgekrönten Erzählerin und Filmemacherin besticht durch seine fesselnde Atmosphäre und sprachliche Brillanz.«
Buchreport

»Das ist ein hochkonzentrierter, auf Genauigkeit bedachter Roman über das, was nicht passieren darf.«
Judith von Sternburg, *Frankfurter Rundschau Online*

»Maike Wetzel erschafft ein kunstvolles Mosaik über den gnadenlosen Glauben an ein glückliches Ende.«
Brigitte

Schöffling & Co.